中国专业作家散文典藏文库

中国专业作家散文典藏文库

孙少山卷

# 衣锦还乡

孙少山 ◎ 著

中国文史出版社

# 目　录

## 第　一　辑

# 第 二 辑

第 一 辑

# 荒　楼

半夜里，妻子忽然哽咽着说："卖了房子，再也没有个家了……"我安慰她说："房子怎么能算个家呢？到城市里住，公家会分给咱们房子的。"

"你也知道，那可不是公房，那是咱们俩，那几年……"她终于呜呜地哭了起来。我也忽然一下子心里翻江倒海，泪水唰唰流下。

"唉，你这抖索在十二月寒风里的，路边的蒿草呀，以你的枯败来显示了这北方的悲哀。一座孤楼，立在夕阳中，立在山坡上，破败的门窗空对着山野茫茫，一位孤独的老人，徘徊在自己的坟墓旁……"

这几句话，是我在大楼住的时候写在记工本上的。

所谓"大楼"其实只是一幢二层小楼，只因在这荒山野岭里除它之外没有比它再高的建筑物了，我们便叫它"大楼"。

水泥砖砌成的，已经破败不堪，整条山沟里到处都布满了碎砖烂瓦，长满苔藓的街道，横七竖八的房屋基础，毁坏的台阶，烧成黑炭的木桩，仔细观察还可以分辨出街道分布、球场、公共厕所，甚至还有浴池。这一切都让你不能不想象出这里当年曾经是一个热闹的小镇，而铺展在眼前的却是一片黄色的艾蒿在寒风里瑟瑟地抖动着，孤单的大楼好不凄凉地立在那里。

据说，这是战争时日本关东军的一座陆军医院，炮火把一切都夷为平地，不知为什么这座小楼却幸存了下来——虽然墙壁上也布满枪弹的痕迹。废墟上长起来的榆树都有碗口粗了，大楼里搬来了新主人，这是一些无家可归的人们。这里前不靠村后不靠店，整幢大楼只住了五户人家，大部分的房间都闲在那里，远远望去，空洞的门窗就像瞎了的眼，有几个摇摇欲坠的窗扇挂在墙上，像一个人断了的胳膊被风刮得荡来荡去。

在一个寒冷的春天，青草还没有发芽，我带着一个女孩子走进了这条山沟。我扛一个行李卷，她挎一个篮子，她就是我新婚的妻子。多年之后回想起来犹然酸楚揪心，总像能看到一条苍黄的山沟里，一前一后踽踽地走着两个人，夕阳照在他们身上，四周一片沉寂，一片荒凉。

我一看那破烂的门，透着风的窗，黑洞洞空落落的屋子，忽然想放声大哭。一路上像个无知的孩子跟在我身后的她，这时却信心百倍地说："快，你去撮几锹土来，先把这屋的地垫平。"地面都给老鼠洞穿得坑坑洼洼。看着她那双大脚飞快地挪动着，把我弄进屋的新土踩平，在这一瞬间，我知道她可以和我共同地承担起生活的担子。我的心情也愉快起来，跑去附近的朝鲜屯子买回了两只碗、两双筷子、两个水桶、一口铁锅，这就是我们的第一个家了。

因为有了她，在这荒山林莽里我不再孤独；因为有了她，在这远天远地里我不再彷徨；因为有了她，在这冰天雪地里我不再忧伤。我有了一个家。

我们要创家立业。


她和她的伙伴们在河里玩儿，女孩子们坐在沙滩上，并拢大腿，把水捧在两腿间，比赛看谁能让水一点儿也不漏。忽然娘站在崖上喊她回家，她啪嗒啪嗒跑回村里。八十岁的祖母笑着告诉她：给你找下对象了，在东北。并把我的一张小照片儿给她看，她看了一眼说："中。"

大娘家大姐就在东北，每到过年就邮回来十块钱，大娘总要把那十块钱给大家都看一遍。她牢牢地记住了爹和娘看那钱的眼神，也记住了

4

那张蓝色钞票的样子，她也要上东北，也要过年给爹娘邮回那样的十块钱。

那年她十八岁，傻得什么都不知道，她去问一个刚结了婚的伙伴，结婚到底是怎么回事。伙伴红着脸说："俺没法儿说，等结了婚你就知道了。"她就是怀着一肚子的疑问和一个十块钱的伟大理想，千里迢迢跑到东北投奔我来了。

她把这个理想深深地掩藏在心底，从没让我知道。盖房子那年我们穷得分文没有了，但是临过年她仍然坚持要寄回家十块钱。我大怒，打了她一个耳光。吃了耳光她也不屈服，坚决要寄这十块钱。我无奈之下只好答应。如果我知道这是她的伟大的理想，就是再穷，我也会心甘情愿去想办法满足她这个愿望的。可是她一直对我严守这个秘密。十多年后，偶尔闲谈，她才说了她之所以到东北的伟大理想。

也许，正是因为她怀揣着这么个理想，才能从容不迫地陪着我母亲在来的路上蹲了半个月的监狱。现在，我怎么也想不通公安局把这么一个傻姑娘和一个老太婆关起来有什么用。她们会是什么罪犯？但他们就是关住不放，给她们吃半生不熟的高粱米，吃猪在上面拉屎撒尿的冻白菜。多年后我在一篇文章上看到一句话，说当时的整个中国就是这样，深有同感。一个人在马路上走，没有相应的证明就可能被抓起来，农民要赶个大集都必须去生产队请假。

为投奔我这个未曾谋面的丈夫，她可以说是受尽了千辛万苦而英勇不屈毫不动摇。

从此，天还不亮我就翻过山去下煤洞子里推大车，她就在山坡上开荒种地。她是"黑人"，没有户口，没有口粮，必须自己种粮自己吃。我每天从煤井里爬上来顾不得休息，和她一块儿刨地开荒。我们砍倒树，再刨出树桩，偷偷地在树林中开出一块又一块小小的土地。如果大一点儿就有被生产队发现而没收的危险。最难刨的是那种塔头草甸子，它们坚韧得像胶皮，砍不断扯不烂。钢铁的镐头刨秃一把又一把，柞木镐柄折断了一根又一根。最容易开垦的是杨树林子，那些胳膊粗的小树，我们抓住，一齐喊声，一、二、三！一用力就能连根拔出。东北由于地下寒冷，树根都扎不深。翻开乌黑的土地，撒下金色的种子，我们期待着收获。阳光是那般明媚，山林是那般青翠，我们累了，躺在干燥的枯草上，听着布谷鸟急迫的啼叫，玉米苗在疯一般地生长，很快就结出了硕大的棒子。"只要有双手，就没有饿死的人！"她像发现了真理似的叫道。

山里的女孩子都发育得晚，母亲说，在来东北之前，她瘦得像个黄瓜架，老长的脖子。她是嫁给我之后才真正发育起来的。尽管我们一天三顿只吃玉米面和咸菜头，尽管我们一天到黑都在拼命干活儿，但她还是一天天健壮起来，她的肌肉结实得像装满粮食的麻袋，力气大得惊人。进入了青春期的女孩子是一生中最漂亮的时期，即使一个极其一般的女孩子也会在这段时间内放射出动人的异彩，哪怕你给她穿上破衣烂衫也掩盖不住她通体的光辉。她最美丽的青春就给埋没在那荒山野岭里了。只有一天，我和她无意间在一条两边都是密林的小路上相遇了。也许是我一时走神，只十步远竟然没认出她，当时心里一惊：呀，这个女人真不错啊！完全用客观的眼光去看自己的妻子，我相信，只能在这种情况下——当时我愣了很长时间，直到她站在我对面才回过神来。

荒野中这座孤楼就是我的家，温暖的家。什么是家？对一个男人来说就是妻子加房子。我有了一个家，尽管它看上去是那么凄凉。每当我从煤矿回家，远远地看见它，四周是一片死气沉沉的荒山，它寂寞地站立着，倘若不是那破败的楼顶上还擎着一缕炊烟，你不会相信这里还有人居住。走到楼的背后，冷风刺骨，雪粉打着旋，叫我每次看到就悲伤的是那灰色的墙壁上白石灰写的一条大标语："青年们！把我们美丽的青春献给我们的石油城吧！"这是公元1958年的痕迹，国家曾经要用这里的煤炼油，这里曾经聚集着大批满怀着理想的年轻人，我仿佛看到他们唱着歌儿，热火朝天地在劳作。他们的青春留在这里了，而现在他们人在何处？

夜里，北风沿山谷奔驰而来，在空洞的楼顶上呜呜响，残存的破窗扇啪嗒啪嗒一夜不停，总叫人觉得有一个人在走来走去。妻子发抖地抱紧我。我不迷信，不相信什么鬼魂，但也时常觉得我们是在一片汪洋大海里漂荡着。

我不记得我们是怎样度过那些漫长的冬夜的，只记得她每天早晨起来都要用铁铲乒乒乓乓地敲破水缸里的冰才能取水做饭。青春的活力抵抗了荒野的严寒。

下大雪了，大雪封住了瓦上的缝隙，家雀们找不到自己的窝了，只好飞到空屋子里住宿。我手里拿着电石矿灯，妻子举着树枝上楼去抓它们，我们黑乎乎的影子在白色的墙壁上移动，像张牙舞爪的恶鬼。这些可怜的小东西只敢在有灯光的亮处逃来逃去，最终都给树枝打落下来。一次能捉几十只。她欢叫着，在空洞的楼房里蹦跳着，像个孩子。

她也常在夜里哭，想家。这是我毫无办法的事情，那几句安慰她的话我自己都听烦了。她哭的样子倒不错，真的，挺动人的，先是那嘴瘪着，泪水就扑簌簌流了下来。和我打架的时候就不同了，她会咧开大嘴拼命地号，号得我六神无主，直想翻跟头。我们的脾气都可以，常常为了一句话就打起来，我把她打得口鼻流血，她抓得我少皮没毛。打完架，我给她打水洗干净，她第二天早晨若无其事地爬起来给我做饭。

我最怕的是她打完架不吃饭，哀求也不行的时候我会突然跳起来，把拳头直杵到她鼻子尖上，叫着："吃！你给我吃！不吃我就揍你！"她流着泪，像老牛吃草似的把饭在嘴里拌来拌去却总不下咽，说："俺咽不下去。"

"不行！咽不下去也得咽！"我疯狂地吼叫着，两眼急不可待地盯在她的嘴巴上，恨不能用棍子给她往肚子里捣。当时我觉得她一顿饭不吃就是无法补救的损失。我的残暴却给她留下了美好的回忆，多年后，她常和她的伙伴们说起我逼她吃饭的故事。她的伙伴们刚好相反，一打架丈夫就不给她们吃饭。


一条荒凉的山沟里，蜷伏在战争的废墟里以避风雨，这是已经够可怜的人们了，然而厄运并不顾惜他们。县体委要盖体育馆，要拆掉大楼用这些钢筋和旧砖。我们还居住在下层，他们就把上层的墙壁套上钢丝绳，用拖拉机拉塌下来。钢铁的履带轰鸣着，把我园子里碧绿的土豆秧、玉米苗顷刻碾作了烂泥。倒下的墙壁堵住了我的屋门。一个从城里来的孩子，站在楼上瞄准我的水桶扔砖头，直到把它砸扁为止。

一个又黑又胖的家伙，点着指头对我："喂，你过来，过来……"

我怀着友善的愿望走到他跟前，我记得很清楚，当时正抱着我们的第一个儿子。他开始了他的训话："——我告诉你，这里的一块砖头、一根木头，都不准你动，你别以为我不知道，你们这些家伙，告诉你们，他就是公安局的——"他指着旁边一个身穿黄上衣蓝裤子的人说："对付你们，他有的是办法儿！"

我气得浑身哆嗦，一句话说不出来。回到家躺在炕上半天没动。十年后我在县城里经常遇到这个人，他只不过是一个滑冰教练员。

不能不承认正是由于这个人的激发，在漆黑的夜里，我把妻子从炕上拖起来，逼迫她跟我一起去抬一架梁桎。她吓得说话都变了声音，但是我的凶恶让她不敢不服从。在杂草丛生、崎岖不平的山坡上，我们抬着一架巨大的梁桎向树林深处走去，沉重的落叶松木头几乎要压断我的腰。我一点儿也不顾惜她，压低声音喝骂着："快走！你他妈的快！"

这是我为自己盖房准备的第一根木料。

第二天县城里来了一台汽车运走了这些木头。我站在山坡上看他们搬运，那样一架梁桎他们是四个人往车上抬的。

我们从大楼里给赶走了，失去了可怜的家。他们用炸药把那战争中唯一幸存下来的大楼又炸成了一片废墟。数年来，我每次从那里经过都要呆呆地站在碎砖烂瓦上很久。在这片废墟里我们生下了第一个孩子，按照她不知从哪里得来的习俗，把衣胞埋在了屋里的地下。我还能找得到我们睡过的那小块土地，还能闻到当年的那股气味儿。

春天，山林里充满了各种树木的清香。我带着她上山偷木头，这种偷盗并不惊险，住在山里的人们都是靠偷伐树木盖房子的。伐倒之后，生产队就派牛车给拉回来。即便是让林场的人抓到，也不过就是没收，或罚几个钱让你把偷的木头拉走。天气很暖和，林子里的枯草和树叶给阳光晒得毕剥作响，四无人声，浓密的山林里只有我们两个人。一人一把大锯，我指示她哪棵要伐，哪棵不要，并且一边催促她快干，一边嘴里斥骂她干得太笨。她给骂得嘟着嘴巴一声不响，只能拼命地拉锯，但总比不上我。其实，伐树，一般男人也比不上我，但我总觉得她应该干得跟我一样才对。

年轻的树们一棵棵给锯倒了，哗啦啦地响着，整座山林都在震动。有柞树、桦树、杨树，它们十分委屈地躺在地上，因为刚刚长了叶子，一年的生命才刚刚开始就遭到了屠杀，并且，远还没有到它们寿命该结束的年纪。树也有血，钢锯片给它们的血染成了吓人的紫色。

伐够一车，我们就必须把它们抬出林子，脚下不是乱石杂草就是灌木，举步维艰，我渐渐给沉重的木头压得火了，恨恨地说："你他妈的只知道抬小头，总让我一个人抬大头！"她气得要死，但又不敢说什么，从此就每棵都抢着抬大头，我后悔了，要夺下来，可她就是抱住不放。

今天回想当初，我再也找不到那么一个能挨骂又能抬树的女人了。那时她能咽得下气，但又绝对不是窝囊废。以我那坏透了的脾气，老天爷专为我打造了这么个女人给我。看电影《白蛇传》，老艄公的一句唱词让我感动得不知如何是好——十年修得同船渡，百年修来共枕眠。我常常觉得我和她这辈子可真不容易。唉，这个傻乎乎的女人。

若把人生比作从此岸到彼岸的一段旅程，那么，艰难的那段旅程是她和我互相扶持着走过来的。即使这是一根棍子也是不能不感激它的。

后来我到北京上学了，她说："过去，你下煤洞子，我觉得还好，咱们还算得上是两口子，现在，我觉得不行了，自己知道没文化……"

唉，文化，文化——

她不是我所选择的，我也不是她所选择的，是命运稀里糊涂把我们弄到一起来的。曾经有一次，我对她说："我们去领一张结婚证吧。"我们结婚时都没有户口领不出结婚证。

"要那有什么用?"她说。是的,儿子都和我一般高了,现在再去领那东西有什么用?

房子!房子!那一年我睡觉都在做梦弄房子。没有钱,但是我们必须要盖房子!

我们再也不会有那样的勇气了,明天就要动工了,今天还没有买一块瓦的钱。她再也不能有那么厚的脸皮了,没有钱雇车,她就跑大道上去哀求那些过路的牛马车给顺便捎石头。她又去哀求那些拉煤的汽车从县城里把瓦给拉回来。她一天到黑东跑西窜,我向来拙于言辞,凡是求人的事情全推给了她去做。我的伙伴们都夸她有本事,其实我心里明白,那算什么本事,豁出一张脸皮罢了。

那时她正怀着我们老二,但是搬石头运砖瓦,她勇气百倍;她赤着脚,高高地挽起裤腿子,挑水和泥,抹墙勾缝,什么都干,无所畏惧。叫她为难的是我们没有像样的饭菜来招待前来帮工的伙计们,她只能以带着歉意的笑脸求劳累了一天的伙计们原谅。

天灾,我们遇上了真正的天灾!做土坯是东北地区盖房子最大的工程,也是最累最苦的活儿。当伙计们帮我做了一整天土坯,已经完工的时候,突然天降大雨,而且一连三天。第三天早晨我到坯场一看,辛辛苦苦做好的坯全部给大雨浇得稀里哗啦。我蹲在那里看着这些白费了我们无数汗水的烂泥,连站起来的力气都没有了。她拉我起来,说:"这没什么,我们重新干!"

据她说我那次流泪了,她第一次看见我流泪。我不记得我是否真的流过泪,但那次打击对我确实够大的。"重新干"说起来容易,即使伙计们愿意重新再来帮工,我连管他们一顿饭的东西都没有了。

房子终于盖起来了。有一天很晚了,我从山沟里下来,迎面出现在我眼前的新房子让我大吃一惊。呀,这是多么宏伟的建筑啊!真的,那是我一生中所见到的最宏伟壮丽的建筑物,在昏暗的天光下它是那么动人心魄。

后来每当我们打架时，我说："你给我滚出去！"妻子就会毫不示弱地以同样的音高说："你给我——滚出去！"

　　的确，这房子更应当算是她的。

　　她爱极了我们的这座土坯房子，每到过年她都要粉刷一遍。我说："今年就算了吧，墙都很白哪。"她说："不用你动手，我自己干！"她弄水和石灰，我就躲一边。只有当她给石灰侵蚀了眼尖叫起来时，我才去帮她吹出来。

　　我远离家到北京上学了，她给我来信说："我把外面屋的地面打上了水泥，里面屋地面铺上了砖……"在当时的农村，这算是很豪华的装修了。下面她接着说："我知道你肯定是不让的，你就回来打我吧。"我曾经告诉过她，那房子我们不会住很久了，不要再做任何修理了。但是她总要每年都进行一次仔细的收拾。

　　水泥地面比黏土地面的优点在我暑假回去就领略到了，忘记是因为什么事我发火了，一挥手把桌上的一只碗和一个瓷盘扫地下，只听得叭叭两声就粉碎了，清脆利落。当我气呼呼地走到院子里，忽听得身后叭的一声更响亮。我大吃一惊，以前我摔家具她只是哭，今天怎么啦？屋里乒乒乓乓接连响起来，我只好装作听不见走出去。中午回家吃饭时，她把饭做好了，但是没有一只碗。我说："我他妈的摔了两个，你摔了几个？"

　　"四个。"她说。

　　"好啊，你大有进步了！"我说。

　　"我不能再受你欺负了，不要就拉倒。"她说。

　　现在我们已经很少打架，但这并不是说我们现在更亲密起来。她很怀念那些打架的日子。那时我是多么的霸道啊，我摔碎的东西，强迫她收拾起来，她一边哭着一边干完这屈辱的活儿。

　　我问过她："如果我真的不要你了，你怎么办？"

　　她说："反正不会饿死，找个能挣饭吃的就行。"

势所难免，非得离开这条小山沟不可了。黄昏时分，我独自爬到西山坡上，久久地注视着夕阳中这个卑微的小山村，它是那么的宁静，连狗都不叫一声。家家屋顶的炊烟也直直地竖着，一动不动。时光在流逝，在这里我度过了一生中最好的年华，无数的血汗浸入了这块土地。我看着我的房子，它毫无出奇之处，和大家一样，土墙瓦顶，心平气和地待在山坡上。但是，对于我来说，它就和妻子一样，虽然不再年轻漂亮，但只要你看上一眼，就会有一种东西叫你心都颤抖。妻子就要跟着我一起远走了，可是它却不能不仍旧待在这里。刚建起来时它在村子最外头，面对着一片旷野。每当我从山里回来，转过山脚第一眼看到的就是它，觉得它又壮观又神秘，像是不知哪天突然从地下冒出来似的。现在，在它的前前后后都盖上了房子，儿子说："爸，咱们家的房子越来越叫人家给包围了。"

　　人，其实是应该有私有财产的，特别是房子。除了它的实用价值之外，它还是你感情上的一种寄托。你很难想象成千上万人所共住的一座楼房你会对它有如此牵肠挂肚的感情。每当我看到高楼上那些密密麻麻的窗户，我就会联想到养鸡场里那些鸡笼子。

　　躲进自己亲手造起的房子里，看窗外狂风暴雨抽打着山野；躺在温暖的炕上听着寒冷的北风呼啸着从屋顶上滚过，安全、舒服的感觉电流一样穿过身体。同时，你会感觉到自己不可战胜的力量，会感觉到自己在这个天地间的至高无上的价值。

　　那个无所畏惧的二十岁的妻子消失了，消失在这条荒凉的小山沟里，消失在这座普普通通的土房子里。日渐见老的她完全不知道自己将会到一个什么样的房子里居住，在新的房子里她将变得软弱无力。那段时间她终日惶惶不安，几次写信要求不要卖掉房子，但她也知道这一切都是无可挽回了，她无力抗拒。

　　她亲手造起来的房子终于由她亲手给卖掉了。打下豆子，收回玉米，她又把我们共同开垦的田地送给了别人。这些土地养育了我们全家十六年，两个儿子完全是吃着我们自己的田地上生长的粮食一天天长大起来。另一方面，这些土地也消耗掉了她和我的青春年华，把我们从二十岁到三十多岁，一生中最美丽的岁月深深地埋葬在了土层下面。

最后的那几年，她由于过度劳累常常腰痛，不得不跪在田垄上锄草，趴在地上收割。我坚决地要求她不要种那么多地了，但是她坚决地又全部都种上。今年，十三岁的大儿子能帮她干活儿了，却又要扔掉永不再种，她百般难舍又百般无奈。

她告诉我，在离开的那天早晨她哭得饭都没吃一口。我似乎看见在那两旁垛满柴火的小街上，她要上车了，流着泪，一步三回头，我们的房子越来越远了……

她从此将要像一个毫无根基的东西，随着我到处漂泊。是我用手扯断她的根，使她变得可怜巴巴。在拥挤的北京站东侧，按照约定，她倚着墙站在那里，看见我了，一笑，笑得那么惨。叫我吃惊的是她的脸上出现了那么多的皱纹，我第一次发现她老了，虽然她三十岁刚出头。同学们都来看她，我说："看看吧，乡下老太婆。"

晚上，她轻轻地对我说："你不要那样说俺。"其实我早把白天那句玩笑给忘记了，不料她竟耿耿于怀。我笑道："那是开玩笑，说你老太婆有啥关系？"

她不再说什么，但显得很忧郁。

在同学的怂恿下，我买了一条时兴的不知为什么叫作巴拿马的裤子和一件运动衫，她说我穿上这里也不好那里也不好，结果让我脱下来给儿子穿上。就在她离开北京后我才明白过来，她是希望我跟她一起老起来。

她恳求我不要学跳舞，不要和女同学来往。几位女同学明明是来看望她的，她倒显得惴惴不安。她处处显得小心翼翼，走路都轻轻的，那个风风火火无所畏惧的妻子没有了。我时常想，在人生中，我这一步是否走得对。

在过去，我说："咱们离婚吧。"她会一手叉腰一手指着我的鼻子叫道："走吧，谁不离谁是王八蛋！"现在，我再提起这话，她就叹口气说："离就离吧，早晚脱不过这一步。"

有时在似梦非梦的状态中我恍惚看到她被遗弃了，一个人孤零零地站在一片空旷的荒野上，冷风吹刮着她单薄的衣襟，一轮将要落山的太阳把通黄的光线照在她身上，照在她脚下索索抖动着的茅草上，她一脸茫然地向远方张望着……我的心碎了。

我也经常想开这样一个玩笑，假说要和她离婚，她那副样子一定会激起我强烈的感情。但，这玩笑是开不得的。她会承受不了。

# 天　籁

我对儿子说："太阳再也不会从山顶上升起来了。"

面对着烟雾迷蒙的东方，太阳正从那座灰色的楼顶上升起。

小小的鼻头，稚嫩的大耳朵，汗毛纤细的面颊，敷着淡淡的、花粉一样的阳光。他沉默着，深深的忧伤笼罩着他。

太阳再也不会从山顶上升起来了。

那条卑微而又丑陋的小山沟，太阳总是从架子山顶上升起，每天每天……

太阳光混合着鸡鸭的鸣叫，溢满浅浅的山谷。

脚边是打满了的水桶，水的波纹已平息。黑亮的水面浮着一个残月的天空。我挑着扁担，久久地注视着山沟的尽头，四周一片太阳落山后树木和庄稼们发出的喧嚣。山沟尽头处横着城墙般的山峦，山顶上几块黑云正拉拉扯扯匆匆走过，向着看不见的去处，衬着玫瑰色的天空。太阳就是从那儿落下去的。

那是我，带领着妻子、儿子，走过的人生。向着不可知的去处，在荒原上，在那条小山沟里。

搬家的时候我不在。妻子说，那天早晨老二从窗户一看他的伙伴王开元走进院子就哭开了。

他是不善哭的。我试验过，不打得他疼得挨不住他是绝不哭的。他假哭，在外头和他的哥哥英勇打斗，一进门却咧开大嘴拼命号。

临上车，他抱住黑狗的脖子哭得如痴如醉。大他两岁的老大在旁边跺着脚喊："不许哭！再哭我就揍你！"而自己却泪流满面。

我听了很惶恐。两株幼嫩的植物被我从地里连根拔了起来，我听见那白色的根须发出噼噼啪啪的断裂声。

妻子还说："那天真怪了，狗趴在院子里一动也不动，往常只要一出门它就跟上，打都打不回……"

太阳再也不会从山顶上升起来了。每天每天，它都从对面这座肮脏的灰色的大楼上升起。

怨恨终于在那天晚上爆发了。妻子总说她永远也不想那个破地方。他俩群起而攻之。他们很少合作，那次却一致地义愤填膺。

"你忘了！俺那些大娘送你的时候都哭了！"

"你忘了！咱家的房子都是小英德家大娘、小宾家大娘、王子常家大娘，还有俺舅妈帮着盖起来的！"老二声泪俱下。

盖房子的时候妻子正怀着他，一口饭也吃不下却还要干活儿。

"我也帮着他们干来！"妻子说。不知为什么，妻子对她曾生活了十六七年的那条小山沟没有一点儿感情。

"你干！你能干多点儿……"老二终于气得哇哇大哭。

我紧紧地抱住他小小的躯体，我感受着他幼嫩的心无可奈何的苦痛。泪水从我鼻翼上泫然而下。唉，那条渗透着我的血汗、埋葬了我的青春的小山沟。

刚二十岁的她，少气无力地躺在土炕上。十分老到地十分内行地告诉我，头生子的衣胞必须埋在屋里。我撅起屁股，在炕前用铁锹嚓嚓地挖了个很深的坑，把老大的衣胞埋了进去。

那是日本关东军遗弃的一座小楼，满身弹痕破败不堪。我带着妻子在那里栖身，以避风雨。四周蒿草萋萋，狐狸旁若无人地在空房里进进出出。

几年后我们搬走,它也给拆除。每当我经过时,都要站在那片瓦砾上寻找埋着儿子衣胞的地方。我的目光穿透土层,看见了儿子的影子。

　　老二的衣胞埋在我家后园。沙果树已经大了。

　　莫非是因为他们生命的一部分给埋进了那片土地里?


　　他们拼命地诅咒我把他们带到的这座城市。破马路、破楼、破汽车、破公园、破商店、破哈尔滨!

　　"你们滚回小煤矿去!"妻子怒吼!

　　"你给钱吧!"老大毫不畏惧地伸出手。

　　"给,你给呀!我们马上就走。"老二在一旁帮腔。

　　妻子大狼狈。

　　"等我长大了,要使劲儿挣钱,有了钱就回小煤矿……"老二无可奈何地抹着眼泪。

　　"先要好好上学!"老大恨恨不已。

　　老二每天都要对着墙壁练拳头。他把一只鞋底挂在墙上,用那小小的拳头满腔仇恨地去打,嘴里嘿嘿地叫喊。每次都要打得大汗淋漓才住手。

　　后来老大才告诉我,有一个学生无缘无故地抽了他一个耳光。人们只知道孩子天真,其实孩子有时也很残忍。

　　他看见我的脸色变了,又安慰我:"没事儿,他没使劲打,只这样……一点儿也不痛。"他用小手儿轻轻在我脸颊上打了一下。

　　老大首先获准回那小山沟探望。他回来说他一进门叔叔全家都哭了。问起那只狗,他很颓丧:"它不认识我了。"

　　他最想念的最想见的就是它。它却不认识他了。

　　第二年轮到老二。他总是乐观的,回来说:"我一到小煤矿,王子常家俺大娘就说,哎呀呀,那不是小英地回来了!接着她就喊呀,把俺舅妈、小英德家俺大娘、小宾家俺大娘都喊出来了。小宾家俺大娘摸着我的头说,你妈好吗?小英德家俺大娘说你看小英地长这么高了……"

**17**

他得意扬扬地到处做客，还要带上他的小伙伴王开元。

"小宾家俺大娘说，你再不来俺家就管自别来俺家了！"

老二曾经捡回一只肮脏的小猫，给它细心洗干净养在家里。我和妻子一齐对他进行威胁、利诱，他只是毫不动摇。他坚忍地忍受着叱骂，只和他的小猫儿友好。狭小的空间放人已够挤的，岂能再容一个异类？我们没有后退的余地，几天之后，终于迫使他抱起他的小猫儿送了人。

不久他又弄回一只小狗儿。在哈尔滨见只狗都不容易，他居然捉了一只抱回家来。

他在阳台上搭了一个狗窝，表示了他要养下去的决心。妻子说要给他扔出去，他说："那我也走。"妻子可不在乎这类威胁，指着门外道："你马上给我抱着滚！"

他坚持了许多天，最终还是被迫送了人。我和妻子都松了口气。妻子在那天对他特别好，要做好的给他吃。问他想买什么，要给他钱，他只是一声不响，甚至饭都吃得很少。

该轮到我回小煤矿了。在奔驰的火车上你看到窗外一闪而过的那些平庸卑微的小山沟，你会觉得作为一个人如果在那样的小山沟里过一辈子，简直就像一只蚂蚁。然而我每次拐过山脚一进入那条熟悉的山沟都要心里直颤。

蹬车子累了，我停下，对着空旷的山野，痛痛快快地撒了一泡尿，我毫不羞怯地面对山岩、树林、蒿草、庄稼……一种前所未有的轻松愉快几乎要使我对着它们大声喊叫。

由于那一瞬间，我知道了我一直都在受着怎样可怕的禁锢。我一直在这种文化禁锢中生活都已经不能感觉到了。

两边是半朽烂的木棍障子，歪歪斜斜向前延伸开去，地上散乱着牛羊粪，柞木劈柴的烟味弥漫了狭窄的街道。我回到了过去的世界，回到了那个年轻时的我。

在距我的房子十多米远时，我清晰地听见了妻子在呵斥着儿子："看不见要下雨了，快往屋里抱柴火！"只要我跨进院子，一准会看见她在猪圈前给猪喂食，健壮圆润的小腿上沾着从山上带下来的泥土，她的身上有一股青草的气味儿……

转过屋角，如梦方醒，我看见了新主人在房山砌的鸡窝。一阵让人难以承受的心酸。我永远失去了那个年轻的妻子和两个光屁股的儿子。我没能带走他们，他们给遗弃在这里。我带到城里去的是另外的三个人。他们还生活在这条小山沟里。

那天晚上，小村沉睡了，我独自站在雪地里，周围是山的模糊的黑影，玻璃一样透明的天空下是起伏不平的雪野。一片寂静，连只狗叫声也没有。我已经好久没享受到这种极度的宁静了。它像清水一样洗涤了我的耳膜、我的五脏六腑。

突然我听到了一种嗡嗡的响声，它自天边传来，既宏大又细微，既遥远又切近，我感动了。它是无可比拟的，人类的任何语言都不能形容。人间古往今来的任何音乐也不能与之相比。它在山谷间流荡回旋，它渗入了树林，渗入了岩石，充满了整个宇宙。我的灵魂深处感到了美妙的震颤。在这样半明半暗的夜里，泪水不知不觉流了出来。我不拭不揩，任它们流淌。

我终于听到了天籁。

# 那年好大雪

　　那年好大雪！早晨起来，我要去下井，忽然觉得推不开门了。我说，怎么回事？门推不开了，快来帮我。十八岁的妻子壮得像头牛犊子，跳下炕大声嚷道，闪开，看我的！她勇气百倍地用肩膀向门撞去，但是只撞开了一道巴掌宽的缝隙。我们齐心合力，总算把门给打开了。向外一望，惊呆了。门前的雪齐胸高，沟平了，山矮了，山坡上的那片柞树林不见了，一夜之间换了一个天地。好像在我们睡觉的时候，被人偷天换日，把那个看惯了的世界给弄没了，悄悄地换上了一个白茫茫的雪的世界。又好像趁我们睡着的时候把我们给悄悄地移动了，给弄到了一个完全陌生的雪的世界上来了。雪野里传来咔咔的声响，那是一些松树在雪的重压下不停地断裂。年轻的柞树腰身柔软得像少女，它们在雪层下面全都匍匐在地，到春天雪化时又一个个没事儿似的站立起来。

　　那年好大雪！妻子十八岁我二十五岁。我们独自居住在那条荒凉的山沟里，四周一片瓦砾，整条山沟都布满了废墟。多年后人们考察出那就是二战中亚洲最大的军事要塞——东宁要塞，而我们就居住在要塞中心。要塞中心里居住着年轻的我和年轻的她。

　　那年好大雪！雪再大也要去下矿。煤矿在山那边，距我们的居住地五里路，每天我都要徒步翻过山去。我鼓起勇气动身了，在齐腰深的雪里前进。大约走了有一个小时，我回头一看，泄气了——费尽九牛二虎之力仅仅走出不足一百米。就在我失望之后原路返回的时候，在我蹚出的雪沟里有一团火焰向我滚来，太阳已经出来了，它是那么红，红得耀眼。揉揉眼细看，大吃一惊，是一只狐狸！它若无其事地沿着我的脚踪跳跃着向我走近，一会儿给雪埋住，一会儿又钻出来。我给吓住了，汗毛直竖，大气不敢出，脊梁骨一阵冰冷。我本来是不会怕一只狐狸的，是它那从容不迫地逼过来的气势把我给镇住了。我站在那里不能动了，觉得它不是一只狐狸，而是一个向我步步逼近的小小的妖怪。我看得见它被雪映照得眯起来的眼睛，看得清它黑黑的湿润的小鼻子，看得清它一根根不停翕动着的胡须……就在我呼吸都要停止的时候，它抬起头来了，我们面面相觑，它似乎一愣，然后身体迅速一团，回头就跑。原来它一直没发现我！我受了一场虚惊，我觉得奇耻大辱，怒火冲天，大叫一声向它扑去。在平时人和狐狸的速度是不能相比的，但此时在深雪里我们就不相上下了。它连滚带爬地逃，我连滚带爬地追，距离始终在三米之内。但是就这三米的距离我却无法缩短。我已经完全从恐惧中摆脱，在我眼里它是一顶上好的狐狸皮帽。这样的冬天里我非常需要一顶暖和的狐狸皮帽，但是我没钱买。老天爷把这顶狐狸皮帽给我送来了。有好几次我几乎就要抓住它的狐狸尾巴了，但总还差那么一点儿。狡猾的狐狸，它不再跳跃，一头钻进松软的雪里，从雪下面逃跑了，于是我就失去了这顶狐狸皮帽。

那年好大雪！李祥带着他那只四眼狗捉住了五只狍子。平日里，狍子对狗是不屑一顾的，它们那四条长腿，狗累死也追不到一点儿影子。但是一米多深的大雪害了它们，那又细又长引以为骄傲的四条腿像棍子一样深深地插进雪里，肚皮给雪托了起来，蹄子悬在半空。狗们穷凶极恶地追过来时，它们干着急也无法拔腿就跑。狗的腿虽然短，但是爪子面积大，它们在雪里像鱼儿那样游动。看着一步步逼近的杀手，狍子们眼睛都快急出来了，可就是拔不出腿来。

那年好大雪！胡四那老奸巨猾的家伙用一根柞木棒子打到三只狍子。他想到了山上那眼暖泉。冒着热气的水流把一路上的雪都融化了，小河沟就成了唯一的通道。胡四就手持棒子守候在一边。那些千辛万苦挣扎到泉边的狍子们沿流水下来找吃的，正中了胡四的埋伏。

那年好大雪！我虽然丢了一顶狐狸皮帽，但捉到了三十五只麻雀。大雪把瓦楞盖住，麻雀们找不到家门了，无家可归的它们只好潜到楼上那些空房间里过夜。我提一盏矿灯，妻子举一把长长的桦树枝，居心不良地上了楼。麻雀们个个患夜盲症，黑洞洞的窗外把它们吓坏了，只敢在灯光里飞来飞去，于是当树枝扑打的时候就难以幸免于难，一个个成了妻子的战利品。她叫着笑着跳着打着，整座空洞的楼里都是她的声音。如果有人听到准会以为是闹鬼了。是女鬼。迫不及待地把麻雀埋进灶坑的炭火里，我们有了大半年来唯一的肉食。暗红色的火光照着吃得满嘴流油的两张乌黑的脸。

唉，那年好大雪，我二十五，妻子十八。

# 古城爱辉

波斯菊开放在 1993 年 8 月的阳光里，鲜艳而寂寞。穿越历史的丛林，黑龙江在沉重地流淌着。古城爱辉砖堞上的艾蒿在微风里抖动。

一百三十三年前的 5 月 22 日，沙俄西伯利亚总督穆拉维约夫满脸忧郁，从这里一步一步登上江岸台阶。他想家，把他弄到这么个远离家乡的地方来，他认为是沙皇对他的一种流放。他在这里和清政府黑龙江将军奕山签订了历史上有名的《瑷珲条约》。但他绝不像后来的中国人所描述的那样不可一世，趾高气扬，一副得胜的侵略者嘴脸。他心里只是想着了却一桩公差，绝没想在这件事情上名垂青史。他很悲苦，脚步蹒跚，不高的江堤他上得竟如爬山般艰难。

一百多年之后，我踩着那位不幸的俄国总督的脚印一步一步往上来，想到他一定在夜里又梦见了远在彼得堡的妻子和女儿。我抬头看见了在江岸上相迎的奕山，他也是一脸的悲苦。这位留着长长的辫子的满族男人已经被这件事情折腾得精疲力竭，怎么能和对岸的俄国人达成协议而又能使远在北京的皇上不发脾气，实在不是一件容易的事情。要知道，回北京请示一件公文，骑马快跑，往返一次也要一个多月，许多事情他都要自己拿主意，万一有差错，被皇上身边那些专事挑错儿的家伙们奏上一本，轻则丢官重则丢脑袋。

他终于在文件上写下了自己的名字。从此江东六十四屯六十多万平方公里的土地划入了沙俄的版图。从此，他成了历史的罪人。卖国贼一直被骂了一百多年，骂到了1993年的8月。

如果他拒绝呢？难道那片土地就能归于清政府？试想一下，在自己的家门口北京天津都被远涉重洋的外国人打得落花流水，何况在这万水千山之外的黑龙江边！我们太难为他了：那时那刻，他别无选择，只能如此，只能如此。

穿越历史的丛林，黑龙江在沉重地流淌着，流淌着。

历史在这里驻步不前。今天的爱辉城仍然是一个小小的农村。虽然它已被叫作爱辉镇，实际上你见不到一点儿"镇"的景象。它的人口反比一百年前少了许多，向日葵金色的轮盘仍旧沐浴在1860年的阳光里。空荡荡的街上一只黑狗在悠闲地溜达，它曾经一声狂吠惊了奕山的马。

闪闪发光的江流对岸，茂密的柳树丛在风中涌动，我的感觉那是松花江对岸，游过去赤脚在那沙滩上一走，细细的沙子塞进脚丫弄得我发痒。然而我又知道只要我的脚一踩上那片沙滩就会被认为侵犯了另一个国家的主权。柳树丛在摇晃着，它们不是在召唤我，它们承认这条江是一条不可逾越的界线。江风吹着，从这岸到那岸，它们也看不见这条界线。阳光以同样午后的光辉抚摸着两岸的土地、树丛、芦苇，它也不认为这里存在着一条界线。站在这国界线上，我深切地体会到国界线是人类粗暴地在地图上画的一条线。

国界，多少年来，它被歌颂着，被当作了神圣的东西膜拜。为了这条在实际上并不存在的线，人类互相残杀了数千年。

有一年我站在抚远县城的北山上，那是一个冬天，我望着苍苍茫茫的白雪皑皑的雪野，冷风吹着我的衣襟，猎猎作响。那是中国的最东北的尖端，黑龙江已经吞并了松花江，江面更加辽阔，像一条银色巨龙坦坦荡荡逶迤自天际而来，气势磅礴。江天寂寥，四无人迹，唯见江对岸黑色的树丛瑟瑟在寒冷的天气中。无边的苍凉使我感到大自然中人类的渺小与卑微。人类的存在都是一种偶然，更别说个人的一生了。那时间，我觉得只要冰封的江面上出现一个人，我都要扑过去拥抱他，不管他是俄国人还是中国人，是白种人还是黄种人。他都是我的弟兄。

彼岸，矗立着哈巴罗夫的铜像，他被尊为民族的英雄。事实上，他的功绩使俄罗斯的老百姓得到了什么？徒然使他们的沙皇多了一块惩罚他们的寒冷的地域，把他们流放到这里，遥远得使他们永远回不了家乡。

美国飞机投下的炸弹能够钻入地下四十米深爆炸。于是伊拉克成千上万的士兵被毁灭在沙漠深深的钢骨水泥工事中了，无声无息。有的年仅十五六岁，像一棵棵还未结棒子的青玉米，被齐根儿砍断了。

古往今来，不知有多少年轻人在"爱国"的口号之下，未及长成就从地球上消失了。因这人们编造的美丽的圈套，人类钻来钻去已钻了几千年。

穿越历史的丛林，黑龙江在沉重地流淌着。

我和小石，每人抱住一扇巨大的红漆大门，把它们缓缓地拉开。人们将会在电视屏幕上看到这个象征着历史进程的镜头，沉重的国门终于打开了，而我们俩隐藏在门后，谁也不会看见。

《瑷珲条约》签订时，曾立一碑以作纪念。日本人打过来时，炸掉了这个碑，而另立一碑。碑文说明《瑷珲条约》是中国人的耻辱，说明江东六十四屯原属中国所有，并说明日本人曾经帮助中国人打过沙皇俄国。1945 年苏联红军打过来了，又炸掉日本人立的这块石碑，另立一碑，说明苏联红军帮助中国人打败日本侵略军解放了这片土地，立下丰功伟绩。珍宝岛事件发生，中苏开火，这一纪念碑又被炸掉。这样，到今天就没有一块当年立下的纪念碑了。这，就是历史。

曾经是小学校长，现为《瑷珲条约》纪念馆的负责人说，《瑷珲条约》当然是一个不平等条约，但它也确实在当时给此地的老百姓带来了一个安宁的生活环境。摄像机镜头从江对岸的柳树丛摇到江面上，江面上正有一艘快艇翻着白色的浪花驶过。越过江面，摇回到此岸，波斯菊开放得无比鲜艳，在八月的秋风里摇曳。再摇到风雨斑驳的海关城墙

25

上，从砖墙向上，镜头移到圆拱关门上方时，摄像师忽然停下，无可奈何地摇头苦笑。原来这青砖砌的古建筑上，有水泥塑上去的六个大字：爱辉人民公社。

# 一江风雨旧边关

爱辉镇是以那个《瑷珲条约》而闻名于世的。这个条约把黑龙江以东以北共计六十万平方公里的国土割出去了，面积相当于英、法两个国家。在中国遭受的所有不平等条约中，《瑷珲条约》无疑是最为惨痛的一个条约。在今天来看，多少万两白银能买回这么广大的一块国土？现在，我就站在这个条约的签约地。荒草萋萋，江风习习。

爱辉区的书记指着一座青砖建筑说，这是中国最早的海关。言下之意他很为自己能作为这座著名的海关的最高长官而自豪，尽管这已经是废弃的海关。我没有资料能证明这是否真的是中国最早的海关，但我相信这是中国唯一保存下来的旧海关。像上海、天津、广州等地的古代海关是不可能保存到今天的。这是典型的中国式建筑，城关开有三个圆拱形城门，中间很大，左右两旁各开有一个小门。仔细一看，城墙脚下的一些砖已经被风雨侵蚀，剥落严重。从上了锁的门缝里一望，里面长满了蒿草。抬头看，城关上有一些枯草的断茎在阴暗的天空下抖动着，不胜凄凉。更让人感慨万端的是上面的六个大字——爱辉人民公社。两旁的对联一边是"繁荣"，一边是"富强"。这座青砖旧建筑记录着这样一段历史：先是一个国家对外政府机关，后沦落为一个乡镇的机关，现在则是一座被遗弃的旧建筑。与中国别处的海关日新月异的变化相比，它不能不感到悲伤。

其实，十年前我就来过这里，那时这段江岸还有很多游人，所以江边设有很多长椅，不知道什么原因现在人们把这段有历史遗迹的江岸给冷落了。我在也许就是我当年坐过的长椅上坐了下来，它的油漆已经完全剥落，有的木板甚至已经朽烂，由于长时间没人来坐，一些野草硬是从木条的间隙里长出来，令人哑然失笑，俨然是它们坐在了长椅之上。但是非常干净！干净得一尘不染！几乎让你想用舌去舔。这些江边的长椅上只有日的辉映，月的光华，雨的亲吻，风的抚慰。

面对着滔滔江流，我想象着当年那个穆拉维约夫乘战船来到这里，又走上江岸的情景，当时他一定满脸疲惫，而且忐忑不安。离家万里，在这边关荒凉之地为官，等于流放，远离宫廷，升迁莫测。我想，站在此处相迎的奕山更是栖栖遑遑，他从北京走了一个月才到达这里，一路上的辛苦不说，到此地已经千里迢迢，与皇帝音讯不通，传一封公文要一个月才能到达京城，他难知这一笔下去带给自己的是杀头还是流放。两个很普通的官员，就因为此一行改变了世界两个大国的格局，改变了一个是世界人口最多，一个是世界面积最大国家的版图，从而在历史上留下了他们的名字。但他们个人却仅仅是一个符号而已，穆拉维约夫并没有因此而得宠于尼古拉二世，奕山也留下了千古骂名。其实，他当时拒不签字又能有什么用呢？

非常奇怪，这个爱辉镇正在北纬五十度线上，在这样高纬度上空气透明度特别高，如果天晴的话，这样的夏天正是艳阳高照，今天却是云朵低垂。这些云形状很特别，它们大块儿大块儿地分布在天上，看上去几乎是凝然不动，很像那种青花瓷器上画的云，给人一种典雅之感。在它们的间隙时有阳光透下来，探照灯般投射到江面上。江面黑一块，白一块，明一块，暗一块，不断地变幻着。江对岸一个人影都不见，我所在的此岸也少有人迹。天地之间似乎只有我。

很显然，"爱辉人民公社"是在铲除了"爱辉海关"的位置上抹上白灰写上去的，爱辉海关当年的情形我不能想象，对轰轰烈烈的人民公社却是记忆犹新，在那海关重镇成为历史之后，想不到它也成了遗迹。

穆拉维约夫远去了，奕山远去了，仅仅十年之后我这次重来也被人称作老爷子了。

终于有一块云洒下了阵雨，打乱了江面上的水墨画卷。一切皆成为幻影，唯有这一江风雨依旧如昨，唯有这一江大水依然浩浩荡荡。

# 废弃的大道

那条废弃的大道躺在秋天的太阳下依然闪着耀眼的白光。我专程来看望它，原以为它会消失得如同别的土地一样，让我找都找不见。没想到，已经废弃二十年了，它居然闪闪发光地出现在我面前。我扶着自行车，惊讶地站在它面前。秋天的风吹拂着我斑白的鬓发。

那个煤矿经过了五十年的采掘，终于被采空。这条从县城通往煤矿的大道也就顺理成章地遭到被废弃的命运。当年，它是这座县城的一条主动脉。人们做饭、取暖、发电，一切生活需要都是由这条大道源源不断地输入黑色的煤炭来完成。这座山城的生命就是这条大道维系着。它是县城的生命线。

对于我，一个在煤矿里挖煤的人，这是条充满憧憬的幸福大道。尽管"幸福"有各种解释，可是它的确给予了我许多，在我的人生中有着永不能磨灭的色彩。我屏住呼吸，看它从山那边蜿蜒而来，远远地和我发出呼唤。二十年前，这是一条我唯一通向外面世界的道路。一个年轻人，终年在那黑暗而深邃的矿井劳作，只有这条大道，能通向一个光明的世界。每次在这条大道上行走的时候，那颗年轻的心脏就会剧烈地跳动起来。城里那繁华那美丽让他目不暇接。踏上大道就闻见油条的香味儿，只有县城里有油条。一个被沉重的矿车榨干了最后一粒玉米能量的人，那金色的油条就是他的生命。只要一闻到油条的气味儿他就精神

30

焕发，他就生机勃勃。他不能常到县城里去，就像不能天天过年一样，他只能几十天一次来踏上这条大道。进一次城，是一个比春节更盛大的节日。从精神到物质，他都会在县城里得到满足。走在大道上的他，感受着大道的生命。它像五线谱那样飞扬在山间，它像年轻女人的胸脯那样充满了弹性。奔走在大道上的年轻人生命力得到了最大的释放。大道是美丽的。离开大道后的二十年间他的生命再也没有像在大道上那样焕发过。

我走上大道，发现它毕竟是被废弃了。大道两旁长满了荒草，那艾蒿的枯茎在秋风里抖索。雨水的利刃残酷地把它的胸膛切割开。有一段竟然被拦腰斩断，冲成了一条深达两米的大沟。我跳进沟里，像抚摸自己的伤口一样抚摸着它给剖开的断层。在这里，你可以看到它的年轮。一层层，布满了故事也充满了酸辛。最下面的一层是块石，老年人都会知道，这是日本关东军修的，他们所有的公路一律用块石铺设。那个煤矿最早就是日本人在那里开采的。不，是他们把中国的农民抓到里面去采煤的，那些庄稼人压根儿就不知道煤是怎么采的。他们成了一代最早的矿工。

往上就是沙土层了，这是中国人自己铺的，从年代上说大约是过了二十年。最上面的一层是风化石。这种风化石是介于泥土与砂石之间的东西，到20世纪六七十年代，人们发现风化石是最好的筑路材料。当然，在没有水泥和柏油的情况下。我在这断层里寻找着，好像能找到我年轻的痕迹，好像那个年轻煤矿工人的影子就隐藏在这土层里。我没有找到，我只是找到了一块马蹄铁，已经锈迹斑斑。但是我似乎听到了在我的头上有嗒嗒的马蹄声响过。我从坚硬的土层里拉出一段钢丝绳。泥土里的众多元素已经把它侵蚀得如同草根一样脆弱。我可以随意把它一根根折断。我还从土层里抠出一个螺丝，大约是汽车上某个部位的。我想到了那些在这条大道上开过的汽车，它们非常一致，开过去的一定是空车，开回来的一定是装了满满的一车煤炭。土层是最不能引人注意的，但是土层又是最久远的，考古学者们只能从翻开的土层里寻找历史的痕迹。哪怕再过去几万年，几十万年，人们也会从这条大道的土层里获得几十里外有一座煤矿的信息。因为这大道的断层里夹杂了大量的乌黑的煤。

对于我来说，这里面埋藏了我年轻的岁月。我的血汗，我的希望，我的幻想，都给埋藏在这里面了。面对着这被剖开的断面，我看到了那些让人心疼的情景。脚下的沙砾在沙沙响着，他一步步向前走去，大道在他的眼前好像不是在缩短而是在延伸。但是他充满信心，义无反顾地向前走。汽车呼啸着从他的身边开过，他看也不看，他宁愿自己步行也不愿伸手拦车。也许有一个好心的司机会载他去县城，但是他不愿意向人伸出乞求的手。他相信自己的双脚。

数年之后，我终于有了一辆自行车。我把它打扮得像一个新娘子那样美丽。它在这条大道上风驰电掣般奔驰时，我快乐得又叫又唱。那是多么的幸福啊。后来我有了妻子，再后来我又有了儿子。我们一家三口在一台自行车上进城去。妻子载着我，她的身上还背着儿子，妻子这个贼大胆，她沿陡坡向山下俯冲从来不用车闸，我们快得可以超过汽车。自行车的速度把汽车司机吓得目瞪口呆。

今天，我脱掉鞋子，扯下袜子，赤脚在这条废弃的大道上走，让尖锐的沙砾硌痛我的脚掌。在这条大道上有我年轻的妻子和年幼的儿子，岁月把他们的痕迹消失在这条大道上了，我要用我的脚掌亲近他们。

这是一条只有十公里的大道，我从来没有感觉到它多么绵长，哪怕是我在步行的时候。只有一次，它长得让我痛恨，它是那么长，长得好像没有尽头。我的一个伙伴给矿车撞破了股动脉，我抱着他，双手用力压紧他的腿部，但是无论如何也不能止住鲜血从我的手掌下向外涌流。汽车在大道上向县城急驶，我只觉得这条大道长得有几千里几万里，怎么也跑不到头了。他是我最好的朋友，他那年轻的生命就消失在这条大道上了。赶到县城时他已经血流尽而死。今天，他的灵魂应该还在吧？他是否能感知我的到来？

在一段大道的路基上晃动着几秆枯死的玉米秸，风吹动时那几片叶子发出细微的沙沙声。这是人们在打这条大道的主意了，他们想把它开垦成田地。这是大道所不能忍受的，它进行了顽强的抵抗。玉米秸细得如同人的手指，这就是它抵抗的成果。它是大道，不同于一般的土地，它不忘自己往日的辉煌，它要向人们证明它今日的顽强。

废弃的大道寂寞地躺在蓝天白云下面，四无人迹，只有天上一轮秋天的太阳。往日的车水马龙都成了旧梦。再也没有人来光顾它，永远也不能有汽车轮胎在上面滚动。但是它仍然在山坡上闪耀着一片白光。

# 消失了的月光

　　当我抬头看见了它时，心里一阵猛烈的颤抖，如见久违了的至亲的人，真有一种欲哭无泪的感觉。它就是这样光华万丈地悬在天上，一尘不染地在万里晴空之中。月明星稀，只要月亮在中天大放光明的时候，一定是星星稀少的时候，星星寥落在月亮周围。见到这样的月亮，我才知道二十多年的都市生活是失去了月亮的生活。在城市里永远见不到这样的月亮，城市不仅仅污染了空气，也污染了月光。

　　四无人声，这是高山滑雪场。在这样的夜里只有我一人站在山间。远处的山顶也在月光的照耀下轮廓分明，高高地耸立在天幕之下，树林都是黑色的，那两条滑雪道如同两条白练从山顶飘落下来。我踩着雪地向更深的山里走，我要离开人们更远一些，离开灯光更远一些，充分地享受这份静谧、这份月光。走进林间，听得山顶上的树林发出呜呜的响声，人们把这叫作林涛。的确如同滔天洪水从山顶那边涌来，让人不寒而栗。我低下头，看着落在雪地上的树影，这些落尽了叶子的树枝的影子横陈于雪地上如同水墨画在宣纸上。

　　我再次仰起头看天上的月亮，心里的酸楚汹涌而至，我想起了一个姑娘。三十多年前，也是这样的一个夜晚，我独自坐在一个钉马掌的拴马桩上，那是一个粗大的圆木做成的四方架子，用它吊起马钉马掌。我坐在横梁上看着月亮唱歌儿，唱得很悲伤。这时从下面走过来那个姑娘，其实我就是在等她，我忽然从拴马桩上跳下来，抱住她吻了一下。她挣脱开，低声骂了句"王八犊子"，飞快地跑开。我哈哈大笑，又爬在拴马桩上唱歌儿，不过这次已经是心满意足。

前些天，我意外接到了她打来的一个电话，她病了，很重，问我到哈尔滨能不能治。我去医院问了之后，让她来。那天早晨我到车站附近一个小旅馆见到她之后，当年那个美丽的姑娘已经变成了一个半老的妇女。憔悴得几乎连当年的一点儿影子也寻不见。她已经病得连路都走不动，但是脸上仍旧很平静，她当年就是以一种惊人平静的态度对待了自己人生中最大的灾难。

我再次抬头看天上的月亮，它依旧是那样美丽、年轻，而当年那个美丽而年轻的姑娘却永远地失去了。我，也老了。我们都老了。

天气很冷了，我向回走。脚下的积雪发出咯吱咯吱的响声。只有在这远离人群的地方我才想起这逝去的一切。

我走上公路，路旁的树都静静地立在月光中。我看着月光落在水泥铺设的路面上，我这才发觉，月光是这样的让眼睛感到舒服，我已经多年没感觉到这样令人愉悦的光。我这些年来成天面对的总是让眼睛感到刺激的光线。人们在拼命制造一切吸引你而又让眼睛感觉刺激的五颜六色的光，完全忘记了天下还有让人感到舒服的光。

月亮对所有城市人来说已经永远地失去了，即使空气中没有灰尘，那些人造灯光也污染了皎洁的月光。皎洁，只能用来形容月光。

# 衣锦还乡

## 1

夜宿胜利村。我把永地叫到外面，让他听这山野的寂静。在城市住久了，寂静就成了人间最优美的音乐。田野一片昏暗，葱绿的庄稼也都变成了一片灰色。远处的山峦如同水墨画一般在天际起伏着。一条白亮的线条把青白的天空画出，有几缕条状的黑云一动不动地横在上面。我和永地静静地站在黑暗中，远处有一点灯火，在无边的黑暗里它显得分外生动。在我们的脚下有草虫时断时续地鸣叫着。我们都是远远地离开了自己的出生地，生活在一个陌生的城市里。人如同一棵树或是一株草，虽然是远离故土，但却不能不在生命的最本质里仍然存在着故土中的一些难以说清楚的东西。

睡在母亲的土炕上，坚硬的土炕硌得我难以入睡。有哮喘病的父亲在左边发出可怕的鼾声，母亲睡得很安静，轻轻地呼吸着。他们已经老了，母亲七十七岁，父亲七十四岁，他们正以飞快的速度在向八十岁上迈进，现在，就像已经黄了的树叶，不定哪一阵小风吹来就突然落地、消失。我虽然还不能说老，但生命力已经明显地在衰弱下去。只有右边这个，二十二岁，正在蓬勃旺盛得如同一株春天的树。炕太短，他不得不把他那两只四十五码的大脚斜出去才能伸直。生命就是如此，当新生的强盛起来时，老的就要走向死亡。此时此刻躺在这土炕上的是一根生命之链。一边在艰难地呼呼喘息，即将消失，一边睡得无声无息，正如朝日在升起。从生命的角度去想，只要这根生命之链不断，那么一切都算是正常，都应当说是完美的，可是，当你的父母就要离你而去而且永远也不能相见时，你的感情上总是难以接受的。这就是上帝造人的一大缺失，他既要人有丰富的感情，却又要人用不断的死亡来延续生命。可是，没有死亡就好了吗？没有了死亡人将何以为人？生命会是一种什么状态？我们任何一个现在的人都是无法想象的。

## 2

能在山间干干净净的小路上走一走是一种很难得的享受。四周是一些馒头状的低矮的小山，它们总是那么心平气和地立在天底下。这样的山让人看了觉得非常亲切。太阳明亮地照着，蔚蓝的天上有几朵洁白的云，空气里充满野草的芳香。只有在这山野间你才能真正地无忧无虑。在这样的时刻你会想起许多往事。这条山沟在抗日战争时期是日本关东军的一座陆军医院，1945年的秋天，苏联红军进攻，把这里炸平了，所有的工事和房屋都成了一片废墟。但有一座二层楼奇迹般地保存了下来。我们把它叫作大楼。那时候我们这些刚刚从关里领来媳妇的盲流无处安身，便手里提一个小包袱走进了这条荒无人烟的山沟，在这里居住下来。这座破败的楼房就成了我们的家园，我们借它以避风雨，它因我们的进住而获得了生气。我们已经在这远离故乡的偏远的山区流浪多年了，这是我们第一次有了家。我在这里只住了三年，是我永远难以忘怀的三年，二十岁的老韩在这里第一次成了母亲。每当我冒着风雪从五里外的煤矿赶回来，这里有一个温暖的家在等着我；每当我下夜班在黑暗中穿过恐怖的树林和废墟一头扑进亮着灯光的屋里，有一个年轻的女人带着甜香气味拥抱我，大楼于我是恩重如山。

在这样的山野间走着，我想起刚来的那个秋天，有一个晚上，我在大楼的西头望眼欲穿地等着，看见老韩手里拿着一根绳子在这条小路上垂头丧气地走回大楼。她到地里捡豆子给团结村的人抓去了，一直到天黑才给放回来。当时我不觉得她可怜，反而骂她笨，为什么别人就没给抓住？你为什么不往树林里跑？她委屈地说她的绳子给他们拿去了，她不得不跟他们去村里。那时候一根绳子对我们是一份很重要的家产哪。刚刚二十岁的老韩在大队办公室里挨了他们一顿训斥。捡的豆子还一棵也没拿回来，都给没收了。

咦，怎么什么都没有了？大楼连个茬儿也不剩了？孙美云嚷起来。她也是当年大楼的居民之一。

是的，什么也没有了，我们当年亲爱的家园如今连废墟也看不到了。前些年，我每次到这里还能看到一些断壁残垣，我像一只失去了家的狗，常常站在上面待半天，现在却只见一片茂密的玉米地。没有比站在当年的旧居前更凄凉的情景，而我们却连旧居的一块碎砖烂瓦都见不着了。穿过玉米地我找到了一片艾蒿，这就是大楼唯一的痕迹了。这里由于拆楼时堆积的石灰和碎砖太多而无法耕种。但是艾蒿们长得却是特别繁茂，它们像一堵墙。我用脚奋力踩出一条道让他们进来看，你们来看吧，这就是大楼！这就是大楼原来的地方。

永地不是在这里生的，他当然对这块土地毫无感情。孙美云也只顾对老韩说小煤矿的故事。老韩还是有些激动，她说，孙美云，看呀，这是俺家的园子，那是小冷家的，搬家那一年，大白菜长得老大！她在这里生下了我们的第一个儿子永安，摇身一变从一个傻姑娘成了一个年轻的母亲。我找到大约是当年我们的炕的地方站好，让永地给我和老韩照相。二十五年前我们就睡在这上面，就是在这尺寸之地上我们延续了生命。当年的老韩好健壮呀，她的身体结实得像一段圆木。门窗都是破烂的，冬天风一吹到处咣当着响，那时我们年轻，两个火热的身体拥抱在一起抵挡着严寒。早晨，水缸结了厚厚的一层冰，老韩拿锅铲叮叮当当打破开始取水做饭。

我注视着脚下踩着的这块土地，它因覆盖了过多的碎砖瓦和沙灰而显得很干燥，我的目光似乎穿过这表层向深处看去，在那更深的地方我看到一个神圣的东西。我曾经在这里埋下了我们的大儿子永安的衣胞。那是他刚刚生下不久，年轻的老韩躺在炕上指导着我在炕的跟前挖坑。女人在这方面就显得有些怪，当她自己本身还在成长发育的时候，忽然生下了一个孩子，顷刻之间她就长大了。她颇老到地告诉我头生孩子的衣胞要埋在屋里的道理。当天晚上我就去下井，在井下我把儿子的衣胞就许给了我的伙计。他的老婆长年生病，而据说头胎的衣胞，特别是男孩儿的，人吃了能治大病。我认为这是件大好事情，埋在地里要不也是白扔。如果能让一个女人吃了治好病，当这个女人和老韩在一起时，一个吃过另一个身上的一部分，在我看来一定会很有意思。当天夜里我下班兴冲冲地跑回家，动手要把衣胞掘出来，不料老韩坚决不让，她态度的激烈使我大吃一惊。她说听老人讲孩子的衣胞让人吃了会对孩子不好。怎么个不好她却又说不出，但是坚决不行，任我怎么说服也无效。这是她身上的东西，我只能食言了。第二天我很羞愧地对我的伙计说，对不起，老婆不让。他却很通情达理地说，我知道你家里不会让的。从那时我知道一个女人当她认为对她的孩子有妨碍时，尽管这妨碍似是而非，她都会拼命地斗争。

　　有一次当我独自一人到这里来时，我几乎是清清楚楚地看见了年轻的老韩一手牵着刚会走路的永安，一手分开艾蒿丛走了出来。

　　孩子的心理有时很怪，永安去年有一次忽然对老韩说，妈，你太年轻了，你如果像俺姥姥或俺奶奶那么老就好了。当时老韩和我都很吃惊，这个大四的大学生难道不知道老了就意味着死亡吗？

　　孙美云说，上回永安回来，我说，永安你他娘的忘了吃我的奶了吧？你妈每次去团结都把你放俺家里，你一哭我就给你吃我的奶，你叼得我的奶头子老长老长。永安就脸红了说，你看俺大娘，你看俺大娘。

　　她们找到了当年大楼吃水的暖泉子。这是大楼居民唯一的水源地，它养育了我们这七户人家许多年。这泉水即使最冷的冬天也不上冻。泉水总是那么清亮，还有很多虾。孙美云说，咦，小韩你看，原来的大水泥管子叫哪个王八蛋给毁了。老韩也说，是谁这么坏？碍他什么事了？

二十多年前老韩总是从这里挑水，有一天早晨我看见挑着两个水桶的老韩从泉边走上来，忽然觉得她成了个陌生人。当时太阳正从她的背后照得她遍体金光，那是一个春天，她脚边的青草上挂满露水珠儿，一片灿烂。我一下愣住了，觉得这是从哪里来的一个姑娘？那是她留给我的最美丽的影像。

老韩叫道，哎，孙美云，你快来喝口水吧。孙美云说，俺不喝，要喝你喝吧，你看边上都让牛踩了。老韩还是用手捧起水喝了一大口，嘴上滴着水说，哎呀，真甜啊，又喝到大楼的水了。

### 3

所有的矿村都是这样的下场，当地下的煤挖完了时，它们就不可避免地要衰败下去。就如同一个人把力气出尽了，老了，等待着他的就只有坟墓了。小煤矿现在就到处一片荒凉。这里本来煤层就薄，只采了二十年就光了。很多人都搬走了，还留在此地的人就只有在山上开点儿荒地种庄稼。过去的磨坊倒塌了，过去的供销社门前连个人影儿也没有。街上只有几只狗在溜达。有几座房子已经没人住，但也没有拆除，就那么空荡荡地站立着。失去了人住的房子是最凄凉的风景，它在哀哀地向你诉说着两个字——遗弃。这个村子唯一的生气是街上的两排杨树都长大了，一路上哗哗地响着。

我和老韩走进了我们亲手盖的房子里，我连叫了几声，屋里有人吗？屋里有人吗？没有人答应，只有一个五六岁的孩子惊慌失措地跑进里屋去推她的妈妈。这时我们才记起健媳妇是个聋子。因为健也不太聪明就娶了个耳朵聋说话也不太清楚的媳妇。健是妗子的大儿子，论起来是我的表弟。很年轻的一个小媳妇从炕上坐起来看着我们笑。在农村就是这样，对突然闯进屋里的人不仅不会怕而且会感到很高兴。我对她

40

说，这里原来是我们家，后来卖给你们家了。她笑着点点头，表示懂得，并且很热情地叫我们上炕坐。老韩对她说，我们要到园子里去看看，不坐。

县里把大楼拆掉去建体育馆，我们这些大楼的居民就被驱赶到了矿上，我和老韩在伙计们的帮助下盖起了这座房子。对自己亲手盖的房子的感情是没有房子的人很难理解的。当我后来住公家房子，特别是住的又仅是一栋大楼的一小间，对房子就没什么感觉了。老韩在我们的房前照了一张相。她曾赤着脚高高地挽上裤腿和泥抹这墙。邻居们都说她像个男人一样能干。

我当年栽的沙果、苹果梨、李子树长得很大了，把后园全遮蔽。紫色的大李子上有一层淡淡的白粉，这是熟透了的标志，大如鸡蛋的李子在碧绿的叶间让人垂涎欲滴。不经现在的主人许可，老韩和我就摘了吃。这也许就是我们最后一次吃自己亲手栽种的果实了。永地的衣胞就埋在这里。他对这后园的印象特别深，在他写的文章里多次提到。对于自己出生地的那种依恋大约是所有动物都有的。园子有一个后门，永地就是常常带着他的狗打开后门，跳过这条小河沟跑向后山去。狗被绿色的豆地完全淹没了，不得不跑几步就猛地跳起来，像鱼儿跃出水面那样，看看方向再追它的小主人。他抱着狗的脖子坐在山坡上，看天上的渐渐变红的云，看家家屋顶上升起的炊烟，看渐渐暗下去的村庄，他能那样坐很长时间。天冷了，他紧紧抱住狗的脖子取暖。直到老韩站到院子里扯着长腔叫，永地！永地！回家吃饭了！他才带着他的伙伴一溜烟儿地跑回家。

现在，我对我家养过的那两只狗怀着深深的歉意，那时候我都舍不得给它们吃饱，甚至玉米面都不给它们吃，它们就那么在半饥饿中过了一生。儿子们很爱它，永安那时已经有心机了，他吃饭时总是在最后一口拼命往嘴里塞大饼子，塞满就立刻向外跑，狗已经在门外等着他了，他就跑出院去把嘴里的饭吐出来给狗吃。这种作弊行为后来还是被我发现了。我把他们带到城市来，我觉得最大的损失是让他们失去了狗，他们再也不能和狗一起玩儿了。这对他们这一生是一个无法弥补的缺陷。城市里的狗，无论从哪方面和农村里的狗都是无法相比的。城市里的狗是人的宠物，而农村的狗是孩子们的伙伴。

## 1

小宾他妈就是赵桂荣。就因为冯连平从有了孩子之后总是叫"小宾他妈，小宾他妈"，于是赵桂荣这个名字快给人忘记了。

那一天我和冯连平从井下爬上来，老赵亮着他的大金牙对我说，我给你说个媳妇吧？

我说，咱没钱，不要。连停都没停下。

他又问走在后面的冯连平，我给你说个媳妇吧？

冯连平说，有吗？有，就要。

他结婚那天我去一看，呀，好漂亮的一个小媳妇。如果当时我见到她本人也许就要她了。现在成了人家的老婆。也许是因为这个关系吧，许多年来我总觉得赵桂荣应该有我的一份儿。只要有机会我就要对她动手动脚的。抱一下，抓一把，在她的奶子上摸一摸，已如同家常便饭。她也总是说，老实点儿，让孩子看了算怎么回事？却并不很恼怒。不知不觉，人就这么老了。

冯连平真是捡了个大便宜。原来那次老赵是给他们老赵家的小姑奶奶说媒。从那以后，老赵家的人见了冯连平都要礼让三分。连老赵家的那些胡子老长的见了冯连平也要恭敬地叫一声，小姑夫……老赵家的少辈也都不敢跟冯连平骂架，只要一开口准吃亏。冯连平急了一跺脚，你老姑奶奶陪我睡觉！

小宾他妈赵桂荣站在院子里。她的身后是满篱笆的牵牛花。这些紫红的牵牛花开得如满天星星一样多，在碧绿的一堵篱笆上闪烁着。院子也收拾得井井有条干干净净。这个女人总是这样，家里从不显得乱。她笑着说，我说小韩，你还知道回来看看呀？老韩说，这不是回来了嘛。

赵桂荣一口气生了五个孩子，两个小子三个姑娘。最后一个她本不想要了，已经有了两男两女，他们的确也满足了，自动地到公社里去做了结扎手术，但不多久又一次怀孕。据说结扎手术是把输卵管扎死之后再截掉一段，从不发生手术失败的事情，唯独赵桂荣却截掉一段仍旧能再怀上孩子。人的自愈能力真是不可想象。生命意志在赵桂荣这个普通的女人身上体现了它惊人的顽强。那两根被截断了的输卵管在她的肚子里努力地生长，互相寻找着对方，像长了眼睛似的，它们在那么拥挤的场所里竟然又找到了对方，然后互相拥抱在一起，然后又把它们之间的结扎处打通，这是一项多么复杂而艰巨的工程啊。就是这样自动完成了。在她又怀孕时，每次见面我都要瞅瞅她日渐大起来的肚子感叹道，小宾他妈，你可是真了不起啊。她无可奈何地说，我有什么办法？现在待在他们身边的这个十五六岁的小姑娘就是结扎之后又生的。看着这个漂亮的女孩儿悄悄地给我们端茶倒水，我心想，这可真是上帝的孩子啊。他们家是我们同龄人中孩子最多的一家。让现在的年轻夫妻打死也想不出那么多孩子是怎么带大的。她就那么一手带大了，没有任何人帮过她一把。但是她不爱下地干活儿。她对冯连平说，我就是为了不到生产队干活儿才嫁给你的，叫我下地干活儿没那个门儿！也许是她不下地干活儿还真显得比她的同龄人都要年轻得多。

多年的媳妇熬成婆，现在的赵桂荣也要起威风来了。就在我们到的前一天，她把小宾赶了出去。小宾找了个对象她没看中，对小宾说，你要是敢领家来我就连你也打出去！最后小宾哭着走了，说，我就是死了也不回这个家了。简直要上演一出新的《孔雀东南飞》。

我们在赵桂荣家吃饭，正巧冯连平也在家，他现在当工长，也就是采煤队长。当年他被当时的工长老井熊得一见老井就撒尿。他很难为情地对我说，我他妈的也不知道是怎么回事儿，一见了他就紧张，一紧张就有尿。他这人看上去愣头愣脑的，实际上最胆小，也最忠厚。

现在他也当工长了。他说，伙计，咱当年也是从这时过来的，咱不能再去欺负别人，只要能过得去就让他们过去算了。有时候一生气罚了他们的钱，过后又都给他们了，人心都是肉长的，你说是不是？

我说，当然，那活儿不是人干的，挣那钱是卖命的钱，不容易。

他抽了口烟，抬起头看看我又小声说，再说啦，也不是给咱自己干的，得罪那个人，值得吗？他实际上也是给承包人打工的，每月挣八九百块工资。

我们俩是同年同月同日生，我一直感到这事真巧，常常对赵桂荣说，我和冯连平是同年同月同日生实际上是一个人，所以他的老婆也就是我的，他能怎么的，你就要让我怎么的。可是赵桂荣说他骗了她，说他实际上是比我大一岁。

5

大潘的耳朵越来越聋了。她原来并不是聋子，想不到还没有六十岁就聋成这样子。大家都叫她大潘，其实她个子并不大，是因为她姊妹俩都在小煤矿，便叫她大潘，妹妹叫二潘。这是一个省事的称呼。她和我们算是近邻，住在我房后。东北的院子没有墙，两家只隔一道篱笆，两院之间说什么话都听得见，发生的什么事都是一目了然。我们进屋时老褚正在锅灶上剁猪菜。他说，来客了快准备做饭吧！老潘说，我知道，生猪便宜了，三元五角一斤还不好卖。老褚说，去你妈的！老潘说，到胜利去卖？那儿能价钱高一些？老褚气得笑了，操着河北方言骂道，高你妈那个腿来！老褚直起腰来，拍拍手。我说，不用忙，说好了在俺妗子家吃。老潘说，我听错了，耳朵这两年更聋得厉害，他是要到团结去卖，我不管，爱哪儿去就哪儿去吧。老韩也给她说笑了，拍着她的肩膀在她耳朵上大声说，对，他爱上哪儿去卖就上哪儿去卖！

一会儿她又对老韩说，你知道吧？二曼没有了。去年没有的。她干涸的眼里涌出了泪水。

老韩点点头。他们的二女儿做人流时被一个不负责任的大夫把子宫刮破了，大出血不止。他却说没关系，就那么流死了。另外的三个孩子

44

也都成家出去过了，家里就只有她和老褚。那件事老韩是听我说的，那一年我正好在这个县里挂职，老褚到县里要打官司。当时我心里也很难过，她是我看着长大的。胖乎乎的，一见人就爱笑。她看上了一个有妇之夫，后来那人和前妻离了婚，和她结了婚。其时她已经怀孕，因前妻留下一个孩子，她就不能生，被拉到县里做人流，不想刚二十多岁就死了。

小香来了，拉着老韩的手说，嫂子啊，我知道您也轮不上到俺家里去坐坐，就过来看看您吧，十几年没见了。说着有点儿眼圈儿发红。老韩说，你也还是那个样儿，现在孩子都大了，他也该好了吧？小香点点头说，好些了，他这几年强多了。

她就是这么一个总是静静的女人，从来不对人大声说话，从来不和任何人吵架。在她的意识里就从来没有不好的人，大家都是好人。当年她嫁给发荣时，发荣有四个弟弟一个妹妹。她能在这么大的一家人家里当儿媳妇真不容易。发荣本来脾气就极坏，后来又因脑袋受了伤脾气变得更坏，而且很古怪。和谁都不说话，一开口就骂人。但她就能一心一意地抚养三个孩子。许多人认为她该离婚，和发荣没法过下去。她却就那么一年一年过来了。

她说，老二前年考上了牡丹江师范学院，没路费，年年不回家过暑假，在那里给人家当家教，挣了路费冬天好回家过年。

从牡丹江回小煤矿也就只要二十多块钱的车票，那孩子竟然拿不出。他和永地是同学，永地这家伙却只惦记着到哪里去玩儿。老韩说，孩子毕了业你就好了。小香叹口气说，毕了业也不能指望他什么，只要他自己能顾得过自己就不错了。

我们要走时，洪科家从街上过看见了，一步闯进来，拉住老韩的手说，小韩你到大城市里住一定学会跳舞了，来，教俺跳个舞。回头对我说，可别笑话俺呀。说着就迈着大秧歌的步子扭了起来，边扭边嘴里唱着。老韩哪里会跳什么舞？也就和她一起乱扭。一院子人哈哈大笑。只有在乡村里才能听到这样的笑声，城市里的人不知道都怎么了，很难听到他们有开怀大笑的时候。洪科家姓臧，大家都叫她小臧，现在我连她的名字都记不起来了。她比我们大十来岁，应该是叫嫂子的，但她从来也不装个嫂子样儿，只一气儿地和大家胡闹。她年轻时胖胖的，很健壮。现在又黑又瘦，头发也花白了。但人精神很好。城市人都在减肥，我看农村老百姓永远没那个烦恼，她们上了年纪都瘦得很厉害。

前年我到小煤矿，从山上下来，看见她正弯着腰在豆地里铲草。太阳火辣辣地晒着，她的后背上都是白花花的汗碱。我觉得她已经是快六十岁的人了还这样拼命地干真是犯不着。她说，不干行吗？小刚上学谁供？我说大的呢？她说，大曼出嫁，有孩子了，嫁出去的人你还能要人家帮你？忠良结婚也有孩子了，分出单过，现在自己还顾不过自己呢。

她有四个孩子，最小这个和我们的老大同岁。等这个最小的孩子上了大学再结婚，她也就老得不行了。但她就是这么乐观。看她那么怪模怪样地扭着，我想，人们常说身在福中不知福，但更多的人是身在苦中不知苦啊。

那次我骑车子离开小煤矿时，在大道上迎面遇见了兆臣家，她已经是六十岁了，扛一把锄头回家，人也是又黑又瘦像个铁人一样。我停下车子和她说了一会儿话。她的情况更惨，孙兆臣本来是个很强壮的人，但是有一天喝上酒夜里就突然死去，她就自己拉扯着四个孩子过日子。因为他们是亲姨家结亲，有一个是白痴，连吃饭都要靠人喂，却长得又胖又大。一天要吃得比一个健康人还多。大女儿和大儿子都各自成家过日子。她现在一个六十岁的寡妇还要供她最小的儿子念大学。一个六十岁的妇女要凭一把镐头种庄稼供一个大学生，艰难的程度可想而知。我问她，你还能供得起吗？她说，还行。我问，你从哪儿能弄到点儿钱？她说，我每年种点儿地，打下豆子能卖两三千块钱，省吃俭用着也就够了。

我跨上车子时心里很沉重，每年两三千块钱，她自己就不用生活吗？那时我强烈地感到有钱的人是幸福的，如果有钱我就会掏出来一把给她，我没有，就只能在心里觉得惭愧。

小煤矿是个很奇怪的村子，它每年考上大学的孩子比别的村要多出三至四倍。一个仅仅有百户人家的小村子，每年都有两三个孩子考上大学。这在周围任何一个村子都是从来没有的。这是件好事，也是件坏事。苦了小煤矿我们这一代人。我们这一代人个个都是赤手空拳从关里跑到这条荒山沟里谋生的。从下了煤矿那天起，就年年往关里邮钱给父母，都觉得这是天经地义。站下脚后就开始攒钱结婚，自己盖房子，从不敢指望父母能帮助一分钱。我常说，下煤洞子的人个个都是英雄好汉，他们为了父母和儿女生活得好而宁愿自己冒生命的危险。我们都是从二十岁左右开始流血流汗的，一直流到六十岁还没个完，还要供孩子们念书，还要帮他们结婚、盖房子。这些女人，她们这一生没有吃一点儿好饭，没有穿一件好衣服，终其一生都在拼死拼活地干啊，干啊，直到死那一天才能停止。在这条荒山沟里，生命就是这样延续的。这条山沟里的土地都是很贫瘠的土地，不适合种庄稼，好地早已经在几十年前就给外村人开垦了，我们只能开垦一些草都长不高的山坡地。只要你在这里种地，在这里生活下去，就注定了你要永远贫穷下去。但是仍然有这么多的人恋恋不舍地留在这里生活着。

　　可怜的小煤矿，可怜的埋葬了我青春的地方，可怜的我儿子的故乡。

## 6

　　我陪永地去看他们的学校。学校孤零零地坐落在西山坡上。周围的杨树都长高了，门前的松树也长高了。孩子们放假，很大的一个操场上只有一片静悄悄的阳光。永地扒着窗户挨个教室都看了看，我问他当年在哪个教室他竟然记不得了。我在挂着"小煤矿学校"牌子的门前给他照了两张相。在农村里当个小学生也是不容易的，特别是冬天，小学生们要轮流生炉子。轮到他们值日的前一天晚上就要把生炉子的柴草准备好，第二天早晨天还不亮就要起来抱着柴草往学校跑。跑到学校里小手都冻得木了。永地那时候是个很负责任的班长，他还要去叫尹成德的那个女儿一块儿去，老师分派一个男孩子带一个女孩子。进到黑洞洞的教室里，他们要先掏炉灰，然后再划火柴去点易燃的草，等到木柴完全燃烧起来后才能往炉子里放煤。生好火炉，教室里暖和起来，他们就回家吃饭，吃过饭再到学校上课。生炉子对八九岁的孩子并不是一件轻松的事情。他们要从一年级开始，一直到小学毕业。

永地绕到后面去上厕所了。其实这里到处都可以撒尿，他一定要去厕所不过就是为了找回当年上厕所的那种感觉。那曾经是他每堂课都向往着的地方。小学校的厕所不同于任何地方的厕所，那是孩子们自由和欢乐的地方。只有在那里他们才能摆脱老师的监视。所以一下课，不管有没有尿，都要一窝蜂地往厕所里跑。我在厕所外面悄悄地把相机对准厕所的门口，果然他一手提着裤子出来了，我按下了快门。他于是就有了一张提裤子的照片。当年他离开时只有一米多一点儿，现在人几乎长了一倍。一米八多的大个子站在一个低矮的小学校的厕所门前提裤子是很滑稽的。他现在一定觉得这厕所忽然变小了，小得可笑。

晚上永地被国红开一辆三轮车接到石门子去了。他回来对我说，活活叫他吓死。下石门子大岭的时候国红也不踩刹车，一溜烟往下飞，把那些大汽车都给甩在了后边。我相信这是真的，那孩子从小就有一股野性，天不怕地不怕。这有点儿像他的爸爸，培道就是因为太胆大送了命的。他当兵到过越南，当真打过仗，不过那是帮越南打美国，因为有功而当上连长。转业回来在公社当武装干部，有一次水库工地上放炮打石头，有一个哑炮，别人都说要过一段时间再上前去排除，他却不听，亲自跑上去了，刚要扒时炮突然响了，结果是他给炸得粉身碎骨，整个人都飞了起来。国红现在搬石门子村住了，原来和我是邻居，他家就住在我们前边。国红和永地是很好的伙伴，但老韩和国红他妈因争地界打过架，国红每次叫永地出去玩也都不进我们家。他们有一个暗号儿，只要国红在外面一学斑鸠叫，永地就扔下筷子撒腿往外跑。开始我和老韩都不知道怎么回事，只觉得这孩子有毛病，怎么饭没吃完就向外跑？后来是他哥哥永安把他们的把戏戳穿了。

我一直没有见到国红，在我的印象里他还是那个圆脸、胖乎乎的孩子。只看着自己的孩子长大了，总以为别人家的孩子仍旧是小孩子。永地说国红已经长得一米八高的个子，体重达到二百斤，永地再三强调说他绝不是城市里那些胖子，他浑身都是结实的肌肉，一点儿显不出胖来，是一条真正的铁汉子。这也是他爸爸的遗传，庄培道当年就是一条强壮的大汉。他当了连长还总爱和士兵们摔跤，全连没有能摔得过他的。

永地的另一个好朋友就是孙美云的小儿子永康了。永康和国红正相反，从小就瘦弱得像有病，小脸儿总是黄黄的，人也没精神。老实得如同一个小姑娘。两个人总是形影不离，永地处处护着他。当年我搬家的时候，两个小伙伴哭得如痴如醉。这孩子直到师范学校毕业还像个小孩子一样不懂事，我们这次回来一看，他长大了。个子高了，人也胖了，并且说话之间也看得出是一个成熟的教师了。他们俩永远不能忘的一件事，一定就是那一年永康失手砍了永地一斧子。两个孩子合伙到山上砍柴，结果永康失手砍在了永地的鼻梁上。当时永地的小棉袄上满是血，一个痛得哇哇大哭，一个吓得哇哇大哭。我也心疼得直发抖。

永地一回到他童年的伙伴们中间，就和我们彻底分道扬镳了。

## 7

苟大夫来看我了，迟缓地挪动着脚步走进来，剧烈地喘着。但他满面带笑，说道，我来看看少山。我很惶愧地说，你看，我应该去看你才对呀。

这叫我很不好意思，他比我大十多岁，已经满头银发，也就是说他的头发已经全白了。但白得很好看，根根如银丝一般。他在十几年前就肺气肿很严重，现在一百米的距离对他如同万里长征一样艰难。这大约就是煤矿的职业病吧？他可以说是命若悬丝，已经悬了十几年，我以为他早就该死了，但一年年他活了下来。这也许因为他自己就是大夫，懂得怎么样苟延残喘。小煤矿另一个得肺气肿的尹成德早已经去世多年。他比老苟其实还要年轻得多。

老苟和我原来都是一块儿下井的伙计，当年他也是料到煤矿这碗饭岁数一大就吃不了，所以他就自学了医生。这大约和我写小说是一样的。他记性好，又很聪明，在我们这周围几十里之内的乡村医生中他可以毫不夸张地说是最好的了。这全凭他认真好学。直到今天他还是一有空闲就看医学书籍。在乡村当医生你必须什么病都懂，不分什么内科外科儿科妇科。又因为他不是科班出身，一贯谨慎小心，所以几十年行医没误诊过，没出过一次医疗事故。这对一个医生是很不容易的。我早就说过，老苟真是小煤矿人的福气。可是他眼看就不行了，他一死，小煤矿人再生病可就难说了。

我说，你看上去气色不错呀。对他而言，他的确面色很好，不像一个久病不治的人。

他说，咳，不行了，不行了，早一天晚一日的事了。

人都有自己不能克服的弱点，他这人就是遇事太过于犹豫，也就是好谋而无断。他本来可以更有发展的，最低他可以离开这个小煤矿，但也许是命定的，他这一辈子就是走不出这条小山沟。在他还能走得动的时候，他回到他那紧靠胶州湾的故乡一趟，回来后颇伤感地对我说，唉，回村里一看，年轻的都不认识了，兄弟们都生了，连爹娘都不亲了。他还说，自古以来都说关东山是个人当铺，伙计，我这会儿才明白过来，人混好了的就不想回去了，混穷了的想回又回不去。那是他第一次回老家，也是最后一次。当年离家时是一个强壮的小伙子，高高的个子，可以说是一表人才，回去的是一个重病缠身头发花白的半老人了。他注定要埋葬在小煤矿这条离家万里的遥远的小山沟里。但是，他有五个儿子。他姓苟的种子在这块贫瘠的土地上播撒开了。中国姓苟的并不多，在这条小山沟里就有了五家。如果他能这么想，也许不至于太伤感吧？

孙美云说，不能光他们吃，今天咱们也吃！晚饭在王子常家里摆了两桌，一桌我们男的，一桌是老韩当年装煤车的伙伴。这些女人那时候为了挣点儿装车费，都争着到煤矿去装煤，她们最多的时候能一人一天装四十吨煤，现在想想都感到可怕，四十吨煤堆在一起像小山一样。她们就能一锹一锹地扔到高高的运煤车上。装一天煤，汗水混着煤灰弄得一张脸像鬼似的，只有一口牙是白的。那时候装一吨煤才给三毛钱。小马说，小韩那时候最财迷啦，一有车开来她就跑出去先扒上看看有没有能捡的东西，什么她都要。捡到一点儿东西她就说，伙计又够本儿啦！

老韩有点儿不好意思，赶紧把话岔开，喝酒，喝酒！

我记得，那年我们盖房子，砌锅灶用的水泥就是老韩那么一点一点从车板上扫起来的。有拉水泥的车总能撒在车厢里一点儿。我记得她有一次还捡到过一根很长的绳索，这都是在农村过日子缺不了的东西。我们的日子就是那么精打细算过来的。

因为王子常现在是支书了，大家吃他的饭就是吃公家的饭，因此都很放得开，气氛也就很活跃。全村只有他家有冰箱，陈秀华请我们吃饭用的那点儿肉就是放在他们冰箱里的。因为要招待上面来人，冰箱里还有一盘虾。孙美云说，只有一盘了，对不起，俺们这些馋老娘儿们就吃了。我说，应该应该。我心想，这些女人一辈子待在这个小山沟里，过年也不能吃一次虾。

女人总是比男人爱说笑，她们那边嘻嘻哈哈没个完，我们这边却在感叹大家都老了。更多的是沉默。真正的农民或工人，都是很沉默的，他们常年很少说话，因此语言的功能都几乎丧失了。在一起相聚时大多是默默无语地相对。他们说我在城市里不出苦力，年轻，我就指给他们看快掉光头发的头顶。村长陈宝春说，没事儿，还会长出来的，你记得吧，我那一年掉得一根儿头发都没有了，后来不是都长出来了嘛。我告诉他说，你那年掉头发是一种病，叫鬼剃头，所以后来能长出来，我这是到时候了，就像这秋天的树落叶子啦，这辈子休想再长出来了。

大家又说起许多已经死了的伙伴们，于是各人心里就产生了一种满足感。比起他们来，我们这些人强多了，他们来到这个世界上只出了些苦力，还没等到能吃上几顿馒头就死了。

喝完酒我走出来在院子里撒尿。整个村子寂静得没有一点儿声音，也没有灯光。西山黑黝黝的，看上去好似比白天更近了，就在跟前。忽然我觉得就像回到了过去一样，我并没有离开小煤矿，就像我过去每天晚上对着西山撒尿一样，只要我一推开门进屋，就会看到灯光里的小韩和两个没长大的孩子。我就那样独自站在昏暗的院子里，不愿打破这种幻觉。

8

到我们曾经挖过煤装过车的小乌蛇沟去看看是我和老韩预订的计划。山这边的煤挖光之后，我们又搬迁到山那边的小乌蛇沟开了矿。我在那个矿下过三四年井，老韩也在那里装过几年车。小乌蛇沟曾经是一个村名，后来把这个村改名叫太阳升，但是仍有很多人叫它原来的名字。翻过山再走一段路就是。

中午吃过饭还想看几家，都没有人。最后到了紧挨大道边的殷延忠家坐了一会儿。他更见胖了，一见面就是嘿嘿笑。他是个很忠厚的人。但有个外号叫大诌，其实他最说实话。他的诌是说给大家逗笑的，绝不存心骗谁。在我们刚结婚时一度和他们家关系很密切。有时候我和老韩吵架了，老韩不吃饭就到矿上来干活儿，我就赶紧跑到他家求延忠嫂子做点儿饭给老韩吃。真是罪该万死，我竟完全不记得延忠嫂子的名字了。她也是个很善良的人。她的娘家和老韩家很近，山前山后。当年她回山东老家时就到老韩母亲家里替老韩看看，老韩回家也到她家里替她看看。我们走出来时延忠嫂子一直送了很远，又站在大道上和老韩说了很长时间，直到我们看不见了才回家去。她说前几年她娘在的时候，她年年都回去看一看。她从这个小煤矿回到山东家乡花很多钱，还要费很多周折，要换三次火车两次汽车。她当然舍不得坐卧铺，全是硬座，一坐就是三天多。但她就能一年一趟地跑，全是为了看看她的老娘。女儿对娘的感情不知比当儿子的要深厚多少倍。

延忠嫂子说，现在俺娘死了，叫我回去我也不回去了，回去干啥？我再也不回去了。说着，眼里不由得流下泪来。她已经很决绝地斩断了家乡路。老韩自然也眼睛红红的了，说，等俺娘死了我也是不能回去了，现在只要她在一天我就要回去看她，再不看就看不到娘了。

我远远地看着大道上两个女人站在那里同病相怜地互相倾诉，不敢过去。她们当年都是为了吃饱肚子，千里迢迢跑到东北来的。她们嫁给男人时不讲什么感情啦，恋爱啦，只要能挣饭吃就行。结果肚子倒是吃饱了，精神上却又遭受着骨肉分离的痛苦。

七月的山野到处是葱茏茂盛。庄稼、蒿草、树木都达到了生长旺盛的顶点，你几乎能听到天地之间响彻着一种生命的呼喊，一切的生命都在呼喊着生长。但是，我发现了不远的山坡上有一座坟，心中一动，我喊老韩过去看看，因为我怀疑那是兆臣的坟。老韩说，不去，不去，要去你自己去吧，看那干什么！她吓得像要见鬼。我穿过一片豆地，又趟过一片荒草丛，许多"后老婆针"挂在了我的裤子上。这种野草的种子只要粘在你身上你就择都择不掉，据植物学上说这是它们传播繁殖生命的一种方式。走到跟前看了看碑文，才知道这不是兆臣的，而是小乌蛇沟一个姓马的人。

在这一片繁茂当中，我们走迷路了，你怨我我怨你地互相埋怨。过去这是一条我们每天都要走的路，现在却走错了。我们走到了一片果园里，再往前已没有路。那边有一间看果园的小屋，我说，那屋里也许有人，咱们进去打听一下吧。这是一间多半用石头砌起来的小屋，屋里有一铺小炕，炕上躺着一个老头儿在睡觉。我叫道，哎，我打听一下……这个人翻身坐起，老韩先叫了出来，哎呀，老管哥，老管哥！是你呀！

真想不到竟是老管，他曾经是我们大楼的邻居，也是我一块儿推过大车的伙伴儿。

老管也又惊又喜，你，你，你们怎么走到这里来了？他本来就有点儿口吃，意外的相遇使他更口吃。他大约是中午喝了点儿酒，睡着了，呼吸中还有点儿酒气。

我说，我们要到小乌蛇沟去，找不到路了，正要找人打听一下，怎么也想不到能碰见你呀。

老管说，这就是我的一片果树园子，我天天在这里，别的干不动了，要不怎么办？

煤采光了，人也老了，还得生活下去，他们便到山上来开荒种果树。开头是有人把山上的野杏树嫁接成山东老家的杏树，居然成功了。于是一个一个地仿效，也开始种别的果树，有很多人都到山上来了。他们都生活得很有希望，因为果树在一天天长大，园子也在一年年扩大，他们把这看作是将来留给子孙的财产。但他们的生活可是倒退回去了一百年，过着几乎是与世隔绝的生活。住在山上，没有电，点一盏油灯，或者是干脆什么也没有，太阳一落下去就困觉。

老管非常真挚地要我们多坐一会儿，但是我说要快走，要不到小乌蛇沟该黑天了。我们原来并不很亲近，他这人脾气太倔，而且总要以老大自居，处处要别人让着他听他的。有人说过，当年他是条好汉，有力气，能干活儿，事事不让人。死去的孙兆臣曾经对我说起过，他刚到林业局抬大木头和老管一根杠儿，老管先起了一步，差点儿把他压死，他咬着牙几乎挣断了脊梁骨才站了起来。到我和老管推大车时他已经走下坡路，快四十岁了，而我那时刚二十多岁正当盛年，便有些不买他的账了。有一次在井下我们吵了起来，我把他骂哭了。当时他已经是打又打不过我，骂又骂不过我，只有哭了。他比我大十多岁，当然是骂架他吃亏。在昏暗的巷道里，我在后边推，他在前边拉，一边拉着一边哭，还要努力向前奔跑，脚下的泥水吧唧吧唧地向两边飞溅，那样子相当可怜。今天老管的热情又使我想起了那情景。

我说，你精神挺好哇！我只能说他的精神好了，他瘦得厉害，满脸皱纹。胡子白了，腰也有点儿弯了。

他笑笑说，不行了，老了，老了。其实他心里觉得自己还行着呢。

这里风光倒是不错，向下一望，乌蛇沟河谷就蜿蜒在山下，绿色铺满了整个谷地。向南远远地可以看到那边的石门子村，有几处白铁皮的屋顶反射着阳光。河谷在那里被两边的山崖夹死，形成了一个门似的隘口，所以那地方叫石门。乌蛇沟村在下游大约十里远处，在这里看不到，被山挡了。老管一定要摘一个果子给我们吃。其实这时候沙果和苹果梨都还没熟，但他不一会儿从一棵树上摘来了一个鲜红的果子，不像苹果也不像沙果。他说这是新品种，这棵树也是头一年结果。老韩拿在手里看着它鲜艳晶莹的样子没舍得吃。老管说，吃吧，吃吧，好吃了。但她到底也没咬开。

我们只要老管给指一下就行，但他非要亲自送我们不可。他领我们穿过果树园子，又穿过了一片柞树林子，这才看到了一条山道。道上长满了草，但有拖拉机走过的痕迹。老管站下说，我不再往前送了，顺这条道走下了山就是小乌蛇沟了。我和他握手告别，他有点儿不太习惯这种方式。当时我没想，现在想来那可能就是我们今生今世最后的一次握手了。山野遇故知，真有点儿恋恋不舍。

## 9

我和老韩是从南边的大道进入小乌蛇沟村的。我们每人手里提一个塑料口袋，既不像走亲戚的也不像干活的，一前一后在沙石路上走着。我一进小乌蛇沟村自然就会想到，可别见到她啊。语言在很多时候是很暧昧的，在这"可别"之中其实深含着一种期望。也就是说，在这个村子里我最先想见到的就是她。她算是我的什么人呢？是恋人？是情人？是爱人？是朋友？其实什么都不是。准确地说吧，她仅仅是一个我打算娶来做老婆而没成功的女人。然而我在二十七八年之后一想到就心情不平静的也只有这个人。我这一生当中只有过两个想娶了当老婆而没成功的女人，她是第一个。一个男人为一个女人接连几夜失眠这大约是每个人都曾有过的吧？而我这一生当中只有过那一次。这就可以说她是我曾为之失眠过的唯一的女人。

　　街道上静悄悄的。午后的阳光很明亮地照着。街角上有三四个女人在谈天。当年的供销社门前很冷落，现在农村办了很多小卖店，属于国营的供销社就门前冷落车马稀了。我记得当我离开这个村子后，第一次就是在这个供销社门前见到了她。我在这个门前站着等我的伙伴进去买东西，她也正从街上走进去。当时我靠在墙上站住，觉得脚下的地在往下沉，往下沉。将近三十年过去了，那种感觉似乎仍然能清晰地感觉到。

　　大榆树底下是这个村子的中心，村里的很多闲来无事的人都聚集在这里。忽然我发现了表妹瑞艳的大伯哥，他当年帮我去盖过房子。我走上前去叫了他一声大哥，他也很快认出了我。我们正好怕找不到瑞艳的家，就请他领着了。就在我们拐过街角向北走时，我一眼看见她了。就是那个她。她的名字不说也罢。我觉得胸口一下子紧了起来。我直直地看着她，她也发现了我，并且毫不含糊地认出了我。她也在看我。幸亏当时老韩正应酬着和这位大哥说话，没有发现我的异常。就这样，我们走了过去。我觉得她好像是穿了一件灰色的衣服，正在和另一个女人说话。这毕竟是个村子，想不到就能正巧见到了她。我已经快二十年没来这个村子了，这么偶然从街上一走就遇见了。你能说这其中不是巧合吗？

　　很早以前的一次，我坐在一辆拖拉机上从街上突突突地开过，正遇上她从她姥姥家的后园里向外出，她的腿很长，就那么一跨就从篱笆上跨了出来。后面她的孩子紧跟着，她一眼看见我，不顾后头的孩子急得直叫唤，就那么急急忙忙地走了。她是不想让我认识她的孩子，因为她是嫁给了她的亲姨家表哥，第一个儿子生得畸形。无论如何不能说她生活得很幸福。有一首歌儿唱道，只要你过得比我好。坦白地说，我没有这么想过。当然也不希望她过得不好。她的好坏与我没有任何关系。那么说，我爱她吗？当然不是。我和她统共只说过不过三句话，说爱不是有点儿太浪漫了吗？而且骂过架，差点儿打了起来。恨吗？也谈不到，我没什么可恨她的。我想我现在仍然一见到她还能情绪波动，仅仅是我当年的情绪狂乱的余波而已。就是因为那次波动得太厉害，所以直到今天仍然不能平静。我认为不仅是我们这样的并没有恋爱过的人，就是那些当年爱得要死要活的人到后来仍然怀念着当初，也全是在怀念过去的自己。他是在为当年的自己而伤感，如若不是这样，那么他们到后来都是见一面就从此而满足，再也不想见了就无法讲得通。这是因为他爱的是当年的她，而绝非后来的她。他的不能释怀是因为他无法把自己割裂，他爱的是自己，当年的那个自己，而这个她只不过是怀念当年的自己的因由而已。他原来并不能明白地知道这一切，才愿意再相见，等到一见之后，才发现原来是一场自己对自己的误会。所以苦苦思念的恋人最好不要见面，见面之后原来那美好的记忆就荡然无存。

在走过之后，趁老韩不注意我又回头去看她，让我心里轰然一声的是，她竟然也从那个方向回转身子一直看着我。我猜想她也是在看老韩。她要看看老韩是个什么样子。由于位置上的方便，她可以一直看着我们，而我们却无法看她。我曾一度想告诉老韩，但最终没有出声儿。我有一种背叛了老韩的感觉。

她明显的是一个农村中年妇女了，而且也胖了，显得更高大。

其实我也欺负过她。那时候她已经有了三个孩子。我手里拿一台相机径直地闯进了她的家里，我决心要照一张她的照片。我事先调好了速度光圈。想不管三七二十一，只要她一照面，咔嗒一声回头就走。当时我刚刚转成了国家干部，很有些小人得志的意思。比她的男人明显处于一种优势地位上。她没在家，她的二儿子热心地带我到后山上去找她。半路上果然遇见了她，她正背一个背筐从山坡上下来，可能是去摘绿豆了。我迎上前去说，我给你照一张相吧。她说，俺不照相。我说，不要钱。她说，不要钱也不照，俺从来不照相。

她很惊慌，这是她没有想到的情况。我不管她，在她对面按下了快门。她更低地低下头急急忙忙地往下走，我来不及对焦距匆忙又照了两下。因为我技术不行，后来发现只有一张能看得清楚。如果当时有傻瓜相机就好了。这张照片很一般，怎么也看不出她的漂亮。何况她背着背筐低着头也看不太清面部。后来我就扔了。

转眼间我们都已经半老了。不管如何，这次小煤矿之行见到她算是有了一个精彩的片段。

<h2 style="text-align:center">10</h2>

瑞艳到胜利去看我们了，我们却来看她。家里只有她的第二个儿子涛。我就叫他开拖拉机送我们到河东的煤矿去。我让他只开车头，这样快一些。我和老韩就坐在车轮的瓦盖上。如果不是在农村待过的人一定不敢坐。

一切都没有变。大约只有煤矿能在十几年后仍然是老样子。从它建起来那天起，它就不会有什么变化了。它的变化是在地下的。井口、房子、绞车、煤垛，一切都如同我没离开过。我又从当年下井的小路上向井口走去，又从井口走上煤垛，就像我又换上了工作服要下井了。时间太紧，我不能下井去看看。刚开这个井时我就在这里干过，如果这是一个什么大事业，我就可以说是开国元勋之类的，可是开了这么个老鼠洞一样的煤矿，就连我自己也觉得没可吹的。

当年的伙计们下井的几乎没有了，只有培智和冯连平在这里当工长带班儿。我们的后代也很少有下井的，这事业是万万继承不得的。如果我的儿子，宁可讨饭吃我也不让他们下煤矿。我的伙计刘在凤的儿子小宁在这井下给砸死了，刚二十多岁。那是一个很好的孩子。但是现在仍然有年轻人下煤矿，他们大都是内蒙古来的、四川来的。和我们一样，这是新一代的闯关东的英雄好汉。祝愿他们能平平安安地从这里走出去吧。

上次来时我看到了一个内蒙来的男孩子，他是高中刚毕业，没考上大学，就到这里来下井了。他的哥哥比他早一年到了这里，哥俩都在这个小煤矿下井推大车。煤矿里的活儿最繁重，但他们都舍不得吃一点儿好的。矿长招待我吃饭还要让食堂的人提前到村子里去买点儿肉，食堂里根本就没有肉。我问食堂管理员为什么没有肉，他说，即使炒了他们也舍不得吃。

想不到的是小白仍旧在煤垛上翻大车，就是把绞车拉上来的矿车翻倒卸下。他这活儿竟然一干二十年没变！他热情地叫我，孙师傅，你来啦！我说，我来了，你还翻大车？你可真是老翻车的了。他一脸灰，小鬼儿似的，露一口白牙，嘿嘿一笑说，老翻车的了，老翻车的了。

只有下井不行的人才翻车。他也并非是体格太差，而是因为他太笨。手脚笨，脑袋也笨。到现在他还是光棍一条，看样子这辈子是不能结婚了。当年他看上了洪科家大曼。洪科爱喝酒，他买了酒给洪科送去，开始洪科以为这是便宜，留下喝了，后来大曼不让，他才觉得这事不好。但是不管他怎么给脸子看，小白就是往他家送酒，洪科就从窗户给他扔出来。这大约算是小白一生唯一的恋爱史吧。

李清义也离开这里了。上次来的时候他还说他不想回河北老家去。他说，他个丫的，在这里混吧，多咱死多咱算完。我说，你家里有儿子有老婆还是家去的好。他说，伙计，回去不行了，待不下了，这么多年在外，儿子根本就不亲了。从小分开，没在一块儿过，生了，就跟他丫的外人一样，小孙子都有了，连我这个爷爷都不认识。今年过年我又回去了，刚过完初一我就回来了。伙计，人啊，就是这样，哪里黄土不埋人？

那次是秋天，我们分手时他站在山道上，脚下是一些黄色的落叶，夕阳照在他孤单的身上很有些晚景的凄凉。

他是河北人，那地方的人称妈为"丫"，大家给他起了个外号叫"老丫"。老丫真正是小煤矿的开国元老，1958 年，公社派他和七八个盲流开煤矿，他们到供销社的废铁堆里买了把破铁锹，就到了小煤矿的山沟里，从那开始，才有了小煤矿这个村子。他回河北老家领来一个媳妇，不料这个媳妇到这里住不惯，犯精神病，一回老家就好。于是，她就回老家住，隔几年老丫回去探亲。就这样，老丫一辈子就两地分居。

他是个最没有脾气的人，他带领我们几个小跑腿儿的住在小乌蛇沟的这个山坡上开矿，我们穷极无聊时就拿他开心。我们把他按住，从锅底下抹了黑灰，把他的脸抹得鬼一样，然后就把他推到大道上去，让生产队下地的姑娘们看。他从不发火，只是嚷嚷着，他个丫的，你们这不是糟践人吗？

培信他们几个头头儿把煤矿承包之后，他那时的岁数已经不能下井了，就给他们当矿上的保管员。因为他为人老实，靠得住。但是这个矿眼看就要开完了，开完之后他就无处可去。所以他百般无奈之下，还是要回老家。他回家之前曾到过乡里，他在这里干了一辈子，问能不能在他离开时给点儿路费，乡里领导们的答复是，乡镇企业工人实际就是农民，没有劳保这一说。最后还是培信给了他两千块钱，他含着泪离开了这个他干了一辈子的小煤矿。我好似看见他就像他当年来闯关东时一样，背着一个简单的行李卷儿，一步三回头地离开了这个他干了一辈子的小煤矿。他回到一个陌生的不欢迎他的家里去。这次问起来，他的老乡们说，他没在家乡，谁也不知道他到哪里去了。

涛把拖拉机发动起来，我和老韩要离开这个流血流汗的地方了。我回头再看它一眼，这是我最后来看它了，它最多还能存在两年。两年之后它就会被封闭，被炸塌，将不会再有人到这里来看看，将不会再有车到这里来拉煤。它将是一个长满蒿草的土坑，把无数人的青春年华，把万千的喜怒哀乐，把许许多多的故事，永远埋葬在地下。谁能知道这个看上去如此卑微的地方曾经埋葬了七八个年轻的生命？他们都在二十岁左右。凡是下煤矿的人都是为生活所迫，从下井的第一天起，他们就盼望着有一天能从这个黑洞里爬出去。这些年轻人是永远也爬不出去了。有的人终于爬了出去，可是断腿的，折了胳膊的，瞎了双眼的，能像我这样囫囵着从这里走出去的实在不多。我还有什么可抱怨的呢？生活对我是够厚爱的了。

　　永地天黑了才从小煤矿赶到胜利村。他走进院子里，在昏暗的光线中像一个巨人一样站在我面前。我问他，你怎么才回来？你吃过饭了吗？他站住，不出声儿。我正诧异着，忽然发现他的脸变得异样，嘴瘪下去，向两边一咧，迸出哭声说，爸，我不想跟你们一块儿走，我要再住几天……接下去就是抽抽搭搭地哭了。

　　我大吃一惊，这个巨人之哭把我吓慌了，就像我自己做了错事一样。连忙说，你不愿走就住下吧，住下吧，过些日子再回去。我说着自己也不由得流泪了。

　　第二天永地就留在了胜利，没跟我们去东宁。我给他留下了余地，我说，你如果决定要留下来，就留下，如果你想和我们一块儿回去，明天就到东宁找我们。我和你妈在东宁等你。我觉得这种情形他已经不适合再回小煤矿了。不管分手时多么恋恋不舍，一旦离开后就不会再返回了，如果再返回会使你自己和对方都觉得不适应。果然他第二天到东宁找到了我们，决定一块儿回哈尔滨。

　　我自己也常常感到奇怪，这些年我对同事或熟人的死去都表现得很淡漠。看别人那悲痛的样子就觉得自己有些不近人情。唯独那次对庄培信的死心里很震动。因为他一直都是生龙活虎地忙碌着，没一刻安宁。怎么也不能让你相信他已经死了。他是脑溢血突然死亡的。连他自己也没有想到会死，在送他去医院上车时，有人要背他，他还坚决不让，他觉得让人背的样子很可笑。他坚持自己往车上走。他一生最大的特点就是要强，事事都要比别人强。他在医院里第一次吐血，怕吐到床上弄脏了床单，挣扎着往前移动吐到地下。他绝没想到自己会死，所以他没有留下一句遗言。在他第二次又大量吐血时，他忽然觉得自己不行了，心灰了，他流下了眼泪。这时他已经说不出话来。直到临死他都不能说话。当然他的脑子还是很清醒。最后的时刻，他伸出一根手指头，大家乱猜，谁也没猜出他的意思。他就怀着这样一个深深的遗憾永远地去了。时年六十岁。若论岁数他也算不得早死，而是他给人一个生气勃勃永远不会老的印象，让人觉得意外。

小煤矿的支书陈宝玉在他死后的第二年忽然又被车撞死。他们一个是矿长一个是支书，而且两个人是亲家。两个人都死得很突然。

海军是培信的大儿子，也是陈宝玉的女婿。他对我说，俺爸准是在那边又开煤矿了，缺一个支书，就把我老丈人又叫去了。他这一说我不由得笑起来。

培信嫂子住在庙里。

绿瓦红墙，好大的一座庙宇已经矗立在紧临绥芬河岸的山顶上了。据说原来在对岸的山上就有一座娘娘庙，后来给拆除了。现在建的这座肯定比原来的要大好几倍，也壮观得多。我们进去看了看，没有信仰的人来看这个庙也只能是看个稀奇罢了。大殿中央是一个高达十几米的娘娘坐像。我不知道这是根据一个什么传说来的，既然是娘娘庙却又让男僧来住持颇有些讲不通。庙前仍旧在施工，挖地基的、打水泥的，看样子规模仍旧不小，大约还要建前殿和两边的偏殿。穿过正在施工的建筑工地，来到陡峭的河岸上。脚下就是有名的绥芬河，这是一条流向远东的河流，它从万山丛里弯弯曲曲地穿出来，经过东宁县城，然后就在三岔口进入俄罗斯，穿过广大的俄罗斯土地向南进入日本海。它在葱茏苍翠的山间闪闪发亮，万古不变地流淌着。好像有这样一句诗，尔曹身与名俱灭，不废江河万古流。是的，不管人世如何变迁，它就是这样不动声色地从容向东而去。

培信嫂子要越过这条绥芬河沿河边走很长一段路才能爬到山上来，我似乎看见一个矮小的、上了年纪的女人在山下的小路上风尘仆仆地向这里奔走。她多年以前就开始吃斋，而且也同培信分床而居。她的吃斋是很坚决的，连鸡蛋都不吃。很多人都是仅仅能够坚持就不错了，她却是一步一步向前进。当她要住到庙里时家里人都反对。她有两个儿子、一个女儿，而且孙子外孙都很大了。儿媳是她从小看着长大的孩子，少有的贤惠，从来没有跟她红过脸，更别说吵架，全家人对她都很孝顺。应该说是和和美美的一大家人，不知怎么她坚决要住到庙里，谁说也无用。当永军从俄罗斯回来一看妈妈没在家就跑到庙里来找，找到了就哭。可是她就是死心塌地地住了下来。在县城里他们家一共有三套楼房，她在这里住，家里的一套房子闲置起来，还要儿媳给她照看、打扫。我和老韩晚上就住在她自己的那套房子里。她在这里的住所我们也去看了看，四五个人住一间屋子，一铺炕上每人只摆得开一个行李卷儿，不过三尺之地。这应了那句话，人生一世，食不过一日三餐，睡不过三尺之地。她在这里的工作是卖佛事的信物。也就是香和一些纪念品。当然完全是尽义务。她的孙子要一串佛珠儿，她就从衣兜里掏出五元钱放进钱柜里。

海军对我说，开头我是怎么也想不通的，现在看看她在这里住的已经惯了，而且身体特别好，在家里时失眠、头痛、身体也不好，现在头也不痛了，身体也没病了，我们也就觉得她愿住这里就住这里吧，只要她活得好就行。

吃饭的时候我对她说，嫂子，佛在心中，不在于形式，你还是应该回家住。

她说，对对，佛在心中，佛在心中，看看吧，等过些日子那边不忙了我就回来。

海军惊奇地说，呀，叔你还懂得这个？

其实我只不过似是而非的听说过那么几句话而已，但我相信她连我这样的水平也不到。可是，她就是那么坚决信仰着。

完全是看在培信嫂子的面子上，老韩捐了五十元钱。她这是平生第一次捐给庙里钱。在别处，哪怕是一分也未必肯。培信嫂子在那边很地道地念了一声：阿弥陀佛。

海军小声说，俺妈就愿意我们往庙里捐钱，只要谁捐了她就高兴，我把家里的缝纫机都捐给庙里了，是新的呢，永军不捐，她就说永军小抠儿。

庙里还有很多妇女自动到这里来给建筑工人做饭，她们自己从家里带来粮食和蔬菜。培信嫂子是一个很本分的一般家庭妇女，她的节省是有名的，几十年省吃俭用地过着日子。哪想到在她的晚年富裕起来时忽然又信了佛。

在这座庙刚开始筹建时，我就听说为筹建这座寺庙，有一位一百多岁的老和尚从哈尔滨到了东宁。今天既然到了这里，我就想见一见他。我还从来没有见过一百岁以上的人。这位老和尚今年已经是一百零三岁。培信嫂子指给我他居住的房间，我以一种非常崇敬的心情走了进去。这是一个仅仅有六七个平方米的很简单的房间，有一个老人躺在炕上睡着了，我轻轻地走近他。他很瘦，皮肤黝黑。身上盖一件黄里红面的袈裟，很安静地睡着，连一点儿鼾声都没有。我看着这位百岁以上的老人，神志有点儿恍惚。就在这时，那个一直坐在大殿里的中年和尚走了进来，我心里有点儿不安，以为他会责备我。但他并没有生气，而是很和气地说，师父现在大部分时间是在睡觉，你要想见他，可以等一会儿再进来。我对他表示感谢，又默默地看了一会儿就退了出来。

直到今天，那一百零三岁的老人的睡相仍清晰地在我眼前。他是那样安详，没有一点儿声音，简直如同一个婴儿。他炕上的被褥，覆盖在身上的袈裟，都非常干净。屋里又是那样简单。一个百年的生命就在那里极其纯洁地存在着。他什么也没有，他在此地什么也没有，不仅仅是说他没有任何欲念，没有财产，而是说他也没有亲人，没有故乡。他只作为大自然中的一个生命而存在，他只存在于天地之间。他枕着东流的绥芬河而眠。他的圣洁也正在于他的什么也没有。

我见到的另一位高龄老人是在老韩的家乡西阿陀村。那是一个九十岁左右的老人。我见到他时他正在抡着镢头开地，就是从风化了的山岩上往下刨，他把刨下的沙石摊开在沟底，堆成可种庄稼的土地。老韩他们那个村子就是建在石头山坡上，原来的村庄被大水库淹没之后，他们就像大水中的蚂蚁麋集在一块石头上。他们的土地就是这样一点一点地开出来的。我看到他光着的脊背已经失去了活力，干枯而肮脏，就像一截被风雨剥蚀去皮的老树干布满了岁月的沧桑。但它在不屈不挠地转动着，借着这艰难的扭转而带动镢头，去撞击山崖，每一下努力仅仅能刨下鸡蛋那么大的一点儿。当时我正从一个土崖上往下走，我被他震动了，不由得停下脚步，看他那机械地动着的后背。这是一种多么惊人的执着啊！他的眼睛已经死亡，什么也看不见了，他爬着，摸着把刨下的风化石块砌到地堰上。他简直就是中国农民的化身，是一个不死的精灵！

今天这个静卧而眠的老人是和那个刨地的老人完全不同的。这一个是什么欲念都没有，什么财产都没有，也没有儿女后代，甚至都没有故乡；那一个却是什么都有，有一切世俗的欲念，有老婆有儿女有孙子，也有一点儿财产，在他的出生地生活到老，一步也没离开过。但他们有一点是共同的，那就是执着。这一个僧人是执着一种佛的信念，那一个农民执着的是一个农民的信念。据老韩说那个九十多岁的老人若论起来是她的大爷，名字叫清法。至今仍然活着，差不多也有一百岁了。

东宁是那样的一个小县城，它静静地待在远天远地的山丛中。它是那样偏僻，只有一条穿过名叫南天门峡谷的大道，那是它和世界联系的唯一的通道。当春天来临时会有紫色的达子香花在山谷的石壁上开放。我们坐一辆桑塔纳小车盘旋而上，离别了儿子们的故乡，我和老韩度过了青春的地方。

# 十 八 站

　　天气凉了，我想起十八站那些在冷风中瑟瑟着的竹子一样的柳树。那已经是多年以前，当我在大兴安岭的大道上奔跑着的时候，外面飘着细雨，我忽然发现了大道两旁掠过一丛丛的竹子一样的树。大兴安岭是不可能有竹子的，停下车的时候，我才发现那是一丛丛的柳树。在这高寒地带，柳树只能长成那个样子，没有下垂的柳条儿，没有茂密的叶子，柳枝少而向上，叶子稀疏而带黄色。特别是那些枝干呈一种嫩黄色，如同透明似的，真是金枝玉叶。多少年之后，大兴安岭上那些凄风苦雨中的柳树一直在我心中摇曳着。

　　路旁一块水泥碑上写着五个猩红的大字——十八站遗址。

　　在最新的黑龙江省地图上可以看到，十二站、十八站、二十二站、二十四站、二十七站等地名，由南向北，一直排到中国的最北端漠河。这就是公元 1888 年李金镛的黄金之路留下的遗迹。共有二十七站，大多数已经被历史的风尘所湮没，这几个站是仅存下来的。从十八站到终点二十七站大约仅有一百八十公里，就是这一百八十公里他们走了九天。每天只能走大约二十公里。一百多年前，身穿马褂脑后拖着一根辫子的候补道员李金镛，带着三个随从，披荆斩棘跋涉在茫茫的林海里，红日西沉，人困马乏，他从头上摘下顶插一根雉毛的圆顶帽子，抹一把脖子上的黏汗，滚鞍下马，说一声，今天就到这里吧。一名随从用刀把

66

一棵大松树的皮削掉一块，在白色的树干上刻下三个字——十八站。李金镛到这片寒冷而荒凉的黑龙江边来是为光绪皇帝采金子的。他就是漠河金矿的创始人。他在远离京城的黑龙江边驻扎下来，招募劳工，聘请技术人员，筹划资金，天天奔忙在这片荒凉的山林里。两年之后，这个出生在江南无锡温柔乡里的官员，在这寒冷的山林里终日操劳，积劳成疾。1890 年的 10 月 17 日，在阴冷的窨子里的李金镛看着外面大雪纷纷而降，想起家乡无锡依然柳绿花红，他对部下说，所恨者边矿渐有成效，天不假年，不得见三年报最耳，诸君好自为之。说完溘然而逝。时年仅五十四岁。

我是乘一辆丰田越野车进入大兴安岭腹地的，汽车以每小时一百公里的速度在一条无人迹的大道上飞驰，我要到一个名叫韩家园子的金矿去。在横渡呼玛河的时候，天已经黑下来，在一片昏黑中树木和草丛都黑沉沉的，只有河床上一些河卵石发出微微的白光。西边的天空横着一条黑色的流云，在这黑色的云带下面有一片橘红色，那就是太阳落下去的地方。河水哗哗地响着。水很大，泛着青光。河水流得那般凝重，似是一种油质。大野沉沉，四无人声，我产生了一种远离人世的感觉。呼玛河是中国最北方的一条相当大的河流，它给我的印象非常神秘。

金子这种东西距离我太远，除了知道可以做首饰，别的用途我还说不上来。但是采金船对生态的破坏可是惊心动魄。生机蓬勃的草地、树木，在它走过之后只剩下大片大片的卵石滩，它把所有的泥土、腐殖质全部用水冲走，这些寸草不生的土地一万年后也不会再恢复原来的植被。这些砾石滩在阳光下闪烁着耀眼的白光。采金船巨大的钢铁挖斗把草皮、灌木丛，甚至连同小树、沙石一同挖了起来，吞进它的胃里，捣碎之后，用强大的水流冲走，剩下的只有极少的一点点可怜的黄澄澄的粉末留在了木籫箕上，我感到人类在干一件得不偿失的蠢事。

早晨起来，寒气侵人，这虽然是 9 月，但在这北纬五十二度的地区已经如同深秋了。真正是"金色的阳光"，只有这高纬度的阳光才能如此艳丽。伸头向窗外一看，我深深地感动了，一丛牵牛花正向我的窗台爬上来。在如此寒冷的地方，它开得竟是如此的鲜艳！我似乎看见她给冻得瑟瑟发抖，我恨不能给她披上我的衣服，让她暖和一下。

在离开的那个上午，我独自坐在一个山坡上。这是一段废弃的铁道，从修起来那天就没有跑过火车。不知道是什么时候，国家想要把铁路修到这真正边远的地区来，结果修起来却最终因没有什么可运输的就废弃了。两条远方而来的铁轨寂寞地躺在山坡上，已经锈迹斑斑。更叫人感觉到这块土地的荒远。大兴安岭就是这样，你目光所及，看不到一座山峰，它是茫茫苍苍的无边无际的漫岗，话说广阔雄浑。面对着这一片远古的荒原，我一时心静如水。太阳明亮地照着，空气洁净得一尘不染。在路基上生长着稀疏的蒿草，它们枝枝直立着。就在这一瞬间，我忽然产生了一种奇怪的感觉，觉得我和它们，也如这些小小的蒿草是同样的生命，我们之间进行着一种无言的交谈。大野寂静无声，天地间充满着千百种虫鸣，它们的生命就到终结时期，但是它们在齐声歌颂着这短暂的生命。我心里也充满着对生命的感激之情，我感受着这明亮的太阳的光辉，感受着这蔚蓝的天空和白色的云朵，呼吸着这洁净的空气，我深切地感受着生命的存在。我一动不动地坐着，人世间的一切都远离了我，甚至我的妻子和儿子都是遥远的了。我只是和身边这些树、草、阳光、空气共存。

已经过去快十年了，十八站的那一瞬间永驻于我的生命中，在我五十多年的生命中仅仅发生过三四次那种物我两忘的瞬间。

# 沉重的文化

## 沈从文故居

　　我看着窗外这秋天的树，怀想着那遥远的凤凰城。这北方的树已经开始凋落，那遥远的凤凰城里依然青翠茏葱，那狭窄的小街依旧在炽热的阳光里喘息。街面上铺的每一块石板都暑气蒸人。我们认为凤凰城有名是因为这个小小的县城里很久以前出生了已故的大文学家沈从文，还出了个如今仍健在的大画家黄永玉，而凤凰城的人们最引以为骄傲的，是他们这里曾经出了个熊希龄。这位光绪进士是个很奇怪的人物，他当过清朝的翰林院庶吉士、盐运使，参加过维新运动，当过袁世凯的国务总理、财政总长，当过国民党政府的赈务委员会委员。他直到今天都是这个偏远小城里的第一号历史人物。这里是湘西大山里的一个边城，能出这么一个大人物当然令他们感到自豪，而我们感到敬畏的是如此远离中原的小城，居然出了一个沈从文又出了一个黄永玉。文化渗透了这里的每一寸土地，蓄满了每一间陈旧的房屋。

　　这是一条狭窄的小巷，在这座古城里其实是没有大街的，所谓的大街也都很狭窄。那个沈从文就是出生在这样一座陈旧的房屋里。在湿漉漉的青砖地上，有一个头戴瓜皮小帽，拖着辫子的少年在踱步。他的书

**69**

桌，他的书橱，还有他坐的木凳，历经了七十多个春秋还在向今天的我们诉说着那尘封的往事。

沈从文故居虽是经过修理，但房屋依旧，家具还是当年的家具。我不能不想到远在东北的那个呼兰城里的萧红故居，他们是同代人。我知道现在萧红故居里大约仅有一根木头炕沿还是当年萧红曾摸过的，其他一切都是与那位女士毫无关系的新建筑。两个故居都是在县城里，而从当时的家境来看都是不大不小的地主。但一个保存得如此完整，一个却是面目全非了。

# 棺 材 铺

我站在松花江岸上，瑟瑟江水已经深含秋意，冷风萧飒，木叶纷纷。我回忆那条遥远的流淌在湘西山丛里的沱江。沱江的水流得很迟缓，江中长满了水草，它们像长长的绿色绸带在流水里漂荡。沱江穿过古老的凤凰城向东流去，满载着沉重的文化积淀。我们沿江边的一条小巷走着，百年旧屋门前的老人，目光里有一种荒古的宁静。炎热的阳光照在我头顶上，我恍如走进了前朝，不记今年。

我在一个棺材铺门前站下了。也只有我对这样一个地方注意，因为我曾经做过木匠活儿。我很有兴趣地看着三个木匠在做活儿。他们使我觉得不可思议，居然剖木头还用过去那种一上一下两个人拉的大锯。这种大锯在东北地区二十年前就已经绝迹，拉大锯属于三种最累的体力活儿之一，推车、摇橹、拉大锯，而且这样的方法解木板非常慢。在东北即使最偏僻的农村也没有用这种人力拉的大锯了。只要安装一个极简单的圆锯片就抵得上几十个人这样拉大锯。我百思不得其解他们为什么还要用这种最原始的方法。木工电刨他们当然更是不用，就那么在大热的天气里赤着膊嚓嚓地推着刨子。汗珠在瘦而黑的脊背上滚动。一口棺材已经做好，停放在一旁，另有一口刚成了一半。只有一个解释，那就是死人不喜欢用现代的工具做成的棺材，除此之外不能有别种解释，而且在县城里出现这种棺材铺子，在东北任何一个县城是不可想象的。

也许是这里特别敬重死者。在另一条街上我看到了一个老石匠在叮叮当当地凿石头，我走上前去一看，他是在制作墓碑。这是一个专门制作墓碑的作坊。有一些已经打凿完毕，整齐地排放在地上，有的还仅是一些石坯。这在别人看来没有什么稀奇的，他们认为县城吗，大约本来就是如此，对于我这个从另一个县城里来的人，觉得这是很奇怪的，县城里怎么会有这样的专业？在东北，或是没有墓碑，或是有也是就地取一块石头凿上几个字就算了，哪会如此郑重？

## 带补丁的围裙

回来有些日子了，凤凰城饭馆老板的一条围裙却老是在我眼前晃个不停。它是那么清晰地不断出现，叫我不得不在这里专门说一说它。据说那是凤凰城里米线最好吃的一家老字号饭馆，主人盛情地带我们去了。首先我看到的是凸凹不平的地面，好像既没有用砖铺也没有打水泥，或者是铺过砖又被年久的泥土给盖住了。抬头看，有一块已经破旧了的塑料布四角用细绳吊在半空中。一望而知，这是怕天棚上的灰落在碗里而设置的。天棚乌黑，有几个漏了的洞透着天光，许多的灰尘摇摇欲坠地悬着。我坐下后，发现身边有一个理发店里的那种专用椅子，已经破旧得不能用了。但是它被当作一个筐用，装了些破衣烂衫，还有一只红色的女用胶鞋放在里面，都是些没有用的东西，我实在不明白饭馆老板为什么不扔出去，而且堂而皇之地摆在饭厅里。我发现那条围裙了，它系在一个约五十岁的男人腰上。这个男人正忙着端饭，米线、馄饨，也有粥。它是深蓝色的，打了多个补丁，而且有一个补丁被撕得快掉下来，只有少半儿还连在围裙上，就那么滴里当啷吊着。我们一下进去了十多个人，这条围裙就在人群中不停地穿梭，而那个补丁就如同一只蝴蝶在翻飞。

这是我无论如何也不能理解的。我们都知道，现在化纤布匹的使

71

用，已经基本上使最穷困的人也不至于穿打补丁的衣服了，做一件涤卡布的布衫你几乎怎么也穿不破它。它比纯棉线的衣服要结实十几倍。那个跑堂的师傅为什么偏要围一条打了补丁的围裙呢？他无论如何也不至于买不起一条围裙的。不过，那米线的确是好吃，与众不同，不愧是老字号。但是，给我印象最深的还是那条打补丁的围裙。在我所在的这个东北县城里绝对找不到一条打补丁的围裙。并且，在我们这里端盘子的都是一些十八九岁的小姑娘，没有用五十岁的男人端盘子的。

## 古代兵营

我记不准那个古代兵营的具体地点了。它不在凤凰城，反正也是在湘西。它是唐代建的，在清代又修整过。保存得当真令人吃惊，几乎是完好无损。城墙上的箭堞都一点儿也没损坏，如需要仍然可御敌。特别是我刚在去年参加了一次考古活动，对比之下就更觉吃惊。因为在黑龙江你绝对找不到这样的一座如此完整的古城，别说仅仅是一座兵营，就是那大金国的首都金上京龙泉府，也只剩下几个土堆。还有那显赫一时的唐渤海国首都宁古塔，在宁安县的渤海镇也是仅有几个大殿的基础还完整一些。当年那可是气势恢宏金碧辉煌的皇家殿阁。它是当时亚洲的第二大城市，仅次于唐长安城。转眼间灰飞烟灭，唯余荒草萋萋。在湘西这座唐代古兵营上走着的时候，我想起了另一座旧兵营，那是在黑龙江省海林县旧街乡，若论级别，这是一座相当于县级的兵营，那可是一座将军府，相当于现在的大军区一级的军政机关所在地。但是，旧街遗址只有几道留下的土垄，几乎找一块砖头都困难。

我们在这座石头砌的城墙上走了一圈儿，想起了沈从文先生笔下那个每天早晨站在城墙上吹号的士兵。岁月如梭转眼百年，但他仍旧站在那里，迎着一轮每天照常升起的太阳，挺起胸昂起头，嘀嘀嗒嗒地吹响了军号，号的铜身映着朝霞闪现出一种绚丽的光辉。墙顶很整齐地铺着石板，走在上面如同走在马路上。这是一个长方形的城，有四个城门，南门没开，是砌死的，据说南门是火门，一开就要发生火灾，所以一直堵到今天。那么这城里的居民要向南面去，就只好从东门或西门绕过去，想一想他们这样绕了几辈子居然没一个人敢于把它打开，这也是一件奇事了。这座城里现在还居住着七八十户人家。据导游说，这些人家大多是当年的兵们的后代，他们就这么在这城里一代一代住了下来。

在黑龙江省你找不到一座保存如此完好的古城。这种巨大的差异，只能说一种文化现象了。

## 沉重的文化

凤凰城里渗透着浓厚的古文化，在那座城里走的时候，你会觉得自己身在一条浸染着古老墨汁的河里游动。一个小吃摊的招牌就是一幅上等的书法作品；一户普通人家的板门上雕刻的图案，就是一件精美的木雕。有一天晚上我看了这个县文化局举办的一个文艺晚会，舞蹈和歌曲都是他们自己创作的。这是为了欢迎上海一个友好县的客人举行的。所有观众，包括北京和上海来的客人，都为之震撼。他们舞蹈的造型，体现了这个小城里人们的高水平的审美素养。在这个小城里，你会处处感到自己的浅薄无知。我也想到了我所在的那个县城，那同样是一个偏远的小城，它地处中俄边界，和凤凰城一样，是一个真正的边城。在那个县城里你很难找到什么文化遗迹，那个县的文艺演出与这个凤凰城相比，只能说是一个天上一个地下。这弹丸之地出了个大作家沈从文，又出了个大画家黄永玉原是不奇怪的。

然而这丰厚的文化底蕴，也给这里的人们一种沉重的负担。他们这里过于看重传统与习惯，对于旧的东西那种依恋使他们沉湎于往昔的辉煌里。他们太习惯于旧生活，以至于难以接受任何改变。狭窄的街道上仍然矗立着几百年前的城门楼。摇摇欲坠的木头吊脚楼仍吊在那条临河的街上，丝毫没有被取消的迹象，似乎要千年万年地吊下去。他们太善于保存旧东西了。我们看到了一个小吃摊，白纸黑字写着"大使饭

73

店"，这是因为有一年加拿大一个驻华大使来看望黄永玉，黄永玉说，你吃高级饭店一定吃腻了，我领你去小吃摊吃饭吧。就是这家小吃摊。既然有如此的荣耀，他们当然是不愿改变了。我们看到的仍然是一个油腻乌黑的小吃摊。

而在我们那个东北的小县城里，没有什么古老的文化，也就没有什么舍不得扔掉的东西。在那里什么改变都是被允许的，而大部分人都在谋求着改变。那里没有什么老字号的饭馆，也绝对没有带补丁的旧围裙。那里的小饭馆也都收拾得窗明几净，也很时髦地用一次性卫生筷子，端盘子的小姑娘个个打扮得漂漂亮亮。最差的饭馆里也不会用一个五十岁的男人端盘子。

那里现在已经成为边境贸易的口岸，几乎人人都会讲几句俄语。特别是那些商店里的售货员，个个都能嘀里咕噜地和俄罗斯人对话。

现在我坐在哈尔滨的一座楼上写这篇文章，外面是进入深秋的阳光，明艳而凄清。哈尔滨作为黑龙江省的省会，历史也要比那个小小的凤凰城短得多，那里的任何一家旧民居都可以放到这里当作文物。那个东北边境上的小县城和那个西南山区的凤凰城都远离了我，在我的脑海里，一个身穿长衫的满腹经纶的老学究，一个赤膊光腚大字不识的野孩子，同时向我走来。

# 帕斯捷尔纳克故居

汽车在一道绿色的木板栅栏边停下，走出我们四个中国人。栅栏门边挂一铜牌——帕斯捷尔纳克故居。顺两排白桦树夹着的小路向里望去，五十米处有一座白色屋顶的俄罗斯式小楼。

帕斯捷尔纳克在国外是以《日瓦戈医生》而闻名。在当时的苏联，他首先是一位著名的诗人。他曾一度很吃得开，所以国家给了他这么一栋小楼。在当时也并非每个作家都有这般待遇的。后来不知怎么他渐渐不合时宜，失宠于当局，到《日瓦戈医生》出版后，他背运到了极点。诺贝尔奖金不但不敢去领，还不断地做检讨，甚至受到当局驱逐他出境的威胁。

我在通过后窗看那些高大的松树。这栋小楼几乎就是建在树林中的，后面是处于原始状态中的松树林，前面是年轻的、又高又细的白桦林。我一看到树林便来精神，同时我想到帕斯捷尔纳克最后的日子在这么多树的拥抱中度过，也算不得凄凉了。

这里是一个小村庄，距莫斯科大约有一个半小时的汽车路程。他在这小楼里写成《日瓦戈医生》，又在这小楼里死去。莫斯科高尔基文学院的学生们曾经专门跑到这里来向他示威，甚至扔石头砸坏他的门窗。实际上他一点儿也没惹这些年轻人。

最后的日子里他已经不能到二楼自己的卧室里去了，他就睡在下面的沙发上。他没有后代，他的夫人曾经是他最好的朋友的夫人。但他们一直很好，那位还经常到这里来喝酒闲聊。那种情形让我这个中国人很难想象，又有着莫大的吸引力。

他死的时候很多人都来给他送葬，其中还有另一位持不同政见者苏联核弹之父萨哈罗夫。莫斯科最著名的钢琴家为他的葬礼弹奏钢琴。巨大的、乌黑闪亮的钢琴还在。房子周围布满克格勃人员……

解说员是一位情绪激动的小伙子，骨架高大得像要顶着天棚，他奇丑无比的"地包天"的超长下巴大部分时间都是仰着的。每参观完一个房间他就为我们朗诵一首诗。他的声音低沉，充满激情，两只猿一样的长臂张开，伸出去，超长的下巴仰起来，仰起来，像要仰到云端里去。面对窗外面古老的、广大的俄罗斯原野，他的神情苍凉而庄严。我被感动了，我有生以来第一次被诗朗诵感动了，尽管我一句也听不懂。恍惚间，他不再是一个人，他变成了一个动物，一个与大自然融为一体的动物，奇丑无比，然而又是与大自然惊人地和谐，他是大自然的灵魂。

窗外铺展开秋雨打湿的俄罗斯广阔的田野，田野的边缘是一些森林。地下到处都是飘落的叶子。特别是松树间夹着几株小小的枫树，它们没经过霜，叶子是黄而非红的，这种淡黄色鲜艳极了，在松树赤色的树干间像蝴蝶一样轻盈地翻飞。


一片很大的园子长满了杂草，看样子是曾经种过什么。帕斯捷尔纳克生前在这里种蔬菜、草莓……我忽然明白他为什么不愿离开这里了，他依恋这片土地。塔斯社曾受权声明，如果他去领取诺贝尔奖而不再回国的话，那么他可以居住国外而不受干涉。他吓坏了，他屈服了，他写信向赫鲁晓夫乞求允许他留在这块俄罗斯土地上。

一边是诺贝尔奖金和自由，一边是监视和土地，他选择了后者，宁愿卑躬屈膝。被划定为持不同政见者，那么他肯定不是一个软弱的人，甚至可以说他相当坚强，然而要离开这片土地时，他软弱了，表现出他极端软弱的一面。

我看见一位白发苍苍的老人跪在这片湿漉漉的土地上，沉重地垂着头颅……

一大本留言簿放在桌上，按照惯例参观者可以留下名字，写下感想。我已经想好了一句话："一个人来了，又走了，如此而已。"我已经看到有一页是熟悉的汉字了，这是在我们之前一些中国作家的题词与留下的他们的名字。我一位伙伴在上面写道，中苏伟大友谊……我忽然转身离开，走出这个房间，不想在这里留下任何痕迹。四五年前，我曾急急忙忙地赶去参加一位朋友的追悼会，在单位的门前，我忽然转身骑上自行车跑了，就一刹那间我觉得这追悼会是为活人开的，与我的朋友已经毫无关系。恰恰是因为尊重他，我不去参加他的追悼会。恰恰是我很敬爱这位长眠于地下的俄罗斯诗人，我不能在他的故居留下任何痕迹。

其实，人世间所有的追悼会都是为活人开的，与被追悼的死者毫无关系。

参观普希金纪念馆和托尔斯泰故居我都没有这般苍凉感。顺便再说一句，他几乎没有书籍，有几本是外文书，是他用作翻译的原版本，已经被他翻得破烂不堪。当时他的诗已不大可能发表，他便翻译别人的诗。

他死于 1960 年。

# 仰望星空

七月的乡村到处是烂泥，但并不影响人们的兴致，年轻人穿着大水靴照样在泥水里嗒嗒地走得趾高气扬，孩子们在泥水里走得嘻嘻哈哈，老人走得从容不迫……泥泞象征着雨水丰沛，七月正是庄稼最需要水的时节。七月是一个繁盛的季节，野草和庄稼都在疯长，石缝里、街角上都能让人意想不到地长出生机盎然的植物。几乎这脚下的土地里忽然长出一个孩子也不会让人感到奇怪。今年大家种的豆角多了，吃又吃不完，卖又卖不了，有人送来两麻袋给弟弟家喂牛，结果牛也吃腻了，把那么鲜嫩的豆角无动于衷地踩在脚下。七月的乡村是富饶的乡村。

吃过晚饭后，妻子和她的姊妹们又从灶坑的灰里掏出烧熟的苞米，大家坐在没有灯光的院子里，嚓嚓地啃苞米，絮絮叨叨地说话，老刘家的狗下了七只狗崽子，老张家的儿媳妇生了个女孩子，化肥涨了五分钱……完全看不清脸，但她们凭着声音在互相问答。忽然妻子用胳膊碰了碰我，说，你看。四周一边昏暗，我理所当然地抬起头往上看。似乎是轰然一声爆炸，在一片寂静一片黑暗中眼前出现了一个广大繁华的世界——我看见了头上绚丽的星空。像是平生第一次，我发现天上的每一颗星星竟是如此的灿烂。它们有明的暗的、大的小的、远的近的，甚至有各种色彩，都在此时以各自的身份出现在各自的位置上。也就是这样以它们的数量和距离组成了一个深邃、广大又五彩缤纷的星空。我感觉这些星星像一个一个的驿站，我可以从一个走到另一个。此时此刻我在飞翔，沿着这一颗颗的星星，越飞越远，我第一次体会到了太空的遥远与无限。

我悄悄地走出院子，站在村头的野地里仰望这灿烂的星空。我想用一个词来形容它，只找到了一个还勉强可以：星汉灿烂。碧绿的田野在夜空下是灰色的，而远处的山峦则是一种黑色，这起伏的山峦与夜空相接处形成一条白亮的曲曲折折的线条，这是我以往从未发现的。大野寂静无声。很远的半山腰一汽车的灯光时隐时现，但听不到声响。那灯光似乎极力要撕破这广大无边的黑暗，但它挣扎了好长时间，仍旧消失了。我继续仰望这深邃的星空。一颗星一颗星把人的视线引领到了无边的辽远和无底的深邃，人类的视野只有在这样的深邃广大空间内才能得到尽情的舒展。无论是在广大的草原上，还是无人的沙漠上，甚至在浩瀚的大海上也达不到这样的广阔。面对星空，人类的视野达到了最大限度。

在更多的时候，人的思维是在视觉的引领下进行的，面对这样的广大无边，人的思维活动才能得以向无限延伸。我以为，只有在面对这样无边的空旷时才能产生如《周易》那样的奇书，我绝不相信有的人所说的《周易》在今天还有什么科学价值，也许那些长长短短的杠杠儿仅仅是一个智力游戏而已，但我相信《周易》标志着人类的思维曾达到的深度在今天也无人能够企及。有人说，一个民族没有几个仰望星空的人是一个没有出息的民族。像牛顿，像爱因斯坦，像达尔文，像弗洛伊德，还有中国古代的老子庄子，这都是一些仰望星空的人物。只有面对广袤的宇宙进行的思索，才能超越现实，排除身边的庸常，达到他们这样的高度。

而我们现代生活给挤得太满，已经让人失去了那深邃思索的空间。从每天起床开始，我们就被各种生活琐事所纠缠。正如有人所说的那样，快速的生活节奏像狗一样，把人追得连撒尿的工夫都没有了。一个古代的孩子闲得无聊去数天上的星星，一个现代孩子面对着电脑显示器紧张得呼吸都急促，连眨眼的时间都没有。他们的视野就是如此差别，一个面对的星空，一个面对的是显示器，一个广袤无边，一个在方寸之间。你不能想象一个现代孩子会有时间去幻想天边的东西。特别是城里的孩子，他们永远失去了观察星空的机会，即使在最深的深夜，灯光也把星空变成了灰蒙蒙一个平面，只有少数几颗最大的星星才能偶尔露一露脸。

现代科学技术正在把人类的活动范围向宇宙纵深推进，而人类的思维却正在从立体向平面化发展。丰富的生活能给人带来欢乐，却不能给人以探索。

# 怀念矿村

那年的十二月，风雪像白色的蜂群似的在圣索菲亚大教堂那红色的尖顶上飞旋。元旦的钟声刚刚敲响，俄罗斯流感便随同这风雪一起从远东越过边界，袭击了哈尔滨。这座中国最寒冷的大城市是与俄罗斯关系最密切的城市，俄罗斯流感便倍加猖獗。哈尔滨市民像镰刀下的庄稼，一片片地倒下。内中有一个，便是本人。我这个从来不感冒的人感慨万端地躺倒在床上，发着不太高的烧。我的身体有一种难以形容的舒服，心里也很坦然，我可有理由躺倒什么也不用干了。

一天到黑，不吃也不动，似睡似醒，似梦非梦，真真假假，许多过去的景象在眼前闪现着。最频繁的是妻子挂着一根水扁担站在山坡上傻乎乎地笑。那是一个离村子不远的荒凉的山坡，夕阳金色的光辉照得她脚下的枯草、土地还有她旁边的岩石和几株落叶松都如镀上了一层金一样，黄黄的，亮闪闪的。她朝东站，阳光从她的背后把她的头发照得发出火一样的光焰。由于冷，她像一只站在雪地里的鹅那样缩着脖子。但她在开心地笑着，那是一种动人的、无忧无虑的笑。人只有对着大自然才能发出那般从心底而来的笑，宁静而甜美。不对着任何人的笑，不给任何人看的笑，就那么独自傻笑。由于她的笑容，使高烧中的我的心情也极为宁静。我躺在床上，忘记了外面冬季的灰色的哈尔滨城。

她那是站在我们煤矿的西山坡上。她的脚下就是我家的菜窖，而那时我正在菜窖下面往一只水桶里装白菜萝卜。她在等着我装满了，喊一声，她就赶紧把水扁担伸下菜窖，把装满菜的水桶提上来。在我未装满之前，她就那么独自面对着一条荒凉的山沟，看看这山、这地、这树、这西沉的太阳，看看山背后那闪着白光的积雪。看着看着，她就傻乎乎地笑了。她像个孩子，一边笑还一边故意把牙齿碰得咯咯响，做出冻得不行的样子。她的鼻尖儿通红，喉咙里发出一种古怪的叫声。

昏昏沉沉，隐约听见街上有汽车开过，有卖菜的小贩尖着嗓子叫卖，我知道那是一个很胖的女人，她总是那么高出一般人地叫着，能一天叫到黑而不知疲倦。窗上结满冰花，我不知这是什么时候了。我不觉得寂寞，有那个多年前的站在山坡上的妻子陪着我。我颇有兴致地看着她那牙齿的闪光，看她夸张地缩着脖子，看那肃立的冬天的树，看那些风中不停抖动的枯草，看那金色的夕阳。时光就这样给打发了。我在发着高烧。

我从来没有像病中那样怀念那条山沟。现在煤已经采光，矿村已经衰败，那条山沟更加荒凉了。夏天，我回去了一趟。也是傍晚时分，我独自坐在田间的小路上。太阳西斜，以小河为界，从中间分开，一半明亮，一半昏暗，我处在西山的阴影里。我久久地望着对面正置于阳光中的山坡，那里正是一片金碧辉煌。松树林子在几乎是平射的光辉中美艳无比，树干金红色，如同一种金属制作的，它镶嵌进翠绿的树冠里。夕阳中的松树林表现出一种万古不变的宁静，它不骚动，不喧哗，以悠然自得的神态来面对将要落山的太阳。树林边有一头小牛犊和一辆古老的牛车。牛犊的皮毛像金子一样在闪闪发光，而牛车却因年岁太久而现出一种破败不堪的灰白。它已经历尽了风吹雨打、岁月沧桑，一副与世无争的神态。牛犊耐不住寂寞，百无聊赖便和这辆破车过不去，它用自己尚未长出犄角的秃头去顶它，而牛车却在昏昏沉沉地依旧打它的瞌睡，任凭牛犊把自己撞得摇摇晃晃也不想醒来。牛犊只好改变态度去讨好它，它伸出小小的舌头去舔牛车那苍老的皮肤，竭力表现出一种亲热。牛车仍然无动于衷。牛犊终于忍受不了这心里巨大的痛苦，大声叫喊起来。在这寂静的山谷里，它的声音是如此洪大，简直惊天动地，以至于把它自己都吓了一跳。它不敢再叫，惊慌不安地四周看看。它的母亲，那头年轻的母牛拉着犁杖从大豆垄里走出来。婆娑着的大豆叶子水似的分开。后面跟着一个赤膊的汉子，一声不响地扶着犁杖。牛和犁和人，组成了一个整体，在夕阳里如画的山坡上行进着。

空气凉爽，充满青草和庄稼发出的清香。路旁的野玫瑰已开过了，仅剩几朵星星点点的小红花散布在树丛上。千万只虫子在野玫瑰丛的掩蔽下齐声歌唱，赞颂它们短暂的生命。它们的生命将会随同这黄昏的时光一同走入永恒。田垄上的大豆是如此茂盛，一阵晚风轻轻地吹来，它们欢欣地舞蹈，掀起层层涟漪。

我把手掌放在干燥的路面上，让坚硬的沙砾传达土地对我心灵的抚慰。这手下的沙土，这晚风里的大豆，这对面的松树林，这牛和牛车，这夕阳的光辉，都在把我的心消融。我感受着这大自然的慈爱。我变成了一株微不足道的草，在博大的大自然里我是欢乐的。我甘愿如这草丛中的虫们一样转瞬即逝。

太阳渐渐收起了它的光线。对面山坡上那层金色消失了。我站起来，活动一下坐麻的双腿，在苍茫的暮色里顺着狭窄的田间小路向村里走去。沙砾们在我的脚下沙啦啦地响着。我的心由于感激而轻轻地哭泣。

二十年前，在这条山沟里，我和妻子把树伐倒，抡起镐头刨开了黑色的土地，把金色的玉米种子撒进去。我们于是就有饭吃了。她又和我赤着脚丫和泥做坯，在暗夜里到山上去偷木头，我们用自己的双手盖起了自己的房子。从此在这远离故乡的地方我们有了一个能避风雨的家。我们两个人是赤手空拳走进这条小山沟的，勇气勃勃地在这里住了下来，用两只手，我们有了吃的，有了穿的，有了住的，不但生存了下来，而且还有了两个儿子。当我们走出这条山沟的时候，已经是一个四口之家。

那个黄昏使我更加怀念那条山沟。那天当我走进村里时，太阳已经完全落下去了，但是天空的反光使村子里的一切都很清晰。堆着柴火的街道，街两边的篱笆，篱笆围着的房子，都看得清清楚楚。街上没有人，连一只狗也没有。这些房子都是我在这里的时候盖起来的，在我走后不仅没有盖新的，而且有一些老屋已经快要倒塌。这个小村已经不可挽回地衰落了。它被人们抛弃了。

哈尔滨的冬季，白天短得吓人，那个挂钟打了四下，外面的天已经黑下来。它是妻子一定要从煤矿带来的，她说这是她装煤车的钱买的，走到哪里就要带到哪里。我不开灯，就这么在黑暗里待着，反正我什么也干不了。那个女摊贩更加用力地叫喊：便宜啦！便宜啦！她的声音里听得出来已经有些着急。妻子去收拾新房子去了。她要把木头门窗换成铝合金门窗，要把水泥墙壁贴上瓷砖。现在她正在那里抢着八磅大锤砸墙皮，全要换新的就必须把旧水泥墙面全砸下来。我似乎听见了她砸得那整座楼都在咚咚地响。她又像当年在山沟里盖房子那样勇气勃勃了，但我已经不愿像当年那样和她"并肩战斗"了，我觉得那是为了生存，而现在她是在赶时髦。我不认为铝合金门窗比木头的能强到哪里去。我尤其讨厌那些化学涂料。她咄咄逼人地说我说了不算，她就要这么干。我心里很悲哀，我讨厌铝合金门窗，我讨厌化学涂料墙壁，我讨厌一尘不染的住所。

我发现女人的适应能力是惊人的，她刚来到城里不几年，就摇身一变成了一个不折不扣的城里人。从衣着到说话，甚至她的思想深处都发生了巨大的变化。我在自叹不如的时候，又处处觉得别扭。望着外面黑暗的天空，我怀念那个为了生存而勇气勃勃的妻子，怀念那个在山坡上冻得龇着牙笑的妻子。我总觉得她没有被我带进城里来。

那是一条浅浅的、极为丑陋的小山沟，两边是一些低矮的馒头状的山包。有时在火车上看到许多类似的小山沟从窗外一闪而过，我就想，生活在这里的人是多么悲哀呀，一生就如一只蚂蚁一样。但是我生活过的那条小山沟却使我一想起它来心都发颤。那是一个早春的上午，姨夫带领我第一次走进了那条卑微的小山沟。他在前头走着，虽然天气已经暖和了，他仍然戴一顶狗皮帽子，掀上去的帽耳朵像老鸹翅膀似的忽扇着。我穿一双胶皮鞋跟在他后头，脚下的土地刚刚开化，松软得像发糕一样。草木都没有发芽，山沟里一片苍黄。前头出现了五六栋黑色的小屋，它们卑微地、无可奈何地踞伏在山坡上。当时我一看心里凄凉极了，觉得让我在这里生活一辈子不如现在就去死了。但是当年轻的妻子来到了这里，后来又有了两个儿子加入了这个家庭，这条荒凉的小山沟就成了我生命中密切的一部分。每次当我从外地返回，汽车拐过那个山脚，一看到这条熟悉的山沟和那散乱在山沟里的房子，我就两腿都发软。

人真是一种娇惯坏了的动物，体温仅仅升高了这么两度，就什么也干不了，似乎连思维都不连贯了。只有那个站在冬天的山坡上的妻子不断地出现在我的眼前。我有一种想对着她放声大哭的欲望。我觉得我受委屈，只有她能理解。在这个世界上我已经找不到一个可以对着大哭一场的人了。这种愿望是如此的强烈，使我愈加怀念那个站在夕阳中的妻子。活到这把年纪，我才知道，一个人在世上能有一个可以对着放声痛哭的人，是一种最珍贵的事情。

我怀念矿村里那些满脸煤灰的女人们，只要我高兴，我可以肆无忌惮地抱她们，摸她们，推搡她们，她们总是像春天的树那样生气勃勃。每当我现在面对着办公室里这些一脸红头文件的女人，我就会想，要是我像当年那样伸手在她们身上摸一把，会是一种怎么样的情形？会天塌地陷吗？这大楼会倒塌吗？她们肯定会像被开水烫了的猫一样尖叫起来，事实是我也没有那样的勇气，我现在也变得一本正经，规规矩矩，文质彬彬。

那天晚上，当我在昏暗的街上走近我的旧屋时，我忽然听见了妻子的声音，她喊道，小死孩儿！猪跑山上去了，还不赶快去赶回来？我吃一惊，又似乎看见我那第二个儿子，也就是那个"小死孩儿"吱呀一声推开栅栏门，兔子似的向山上跑去。就在那一瞬间，我忽然明白了我那山沟里的妻子和儿子都没能被我带出来，他们仍然生活在那里。按照四维空间的理论，这倒是成立的。年轻的妻子和幼小的儿子依然生气勃勃地在那条山沟里，当然也有年轻时的我。

我怀念那街上有牛粪的矿村，怀念旧房那凸凹不平的土墙，怀念那被烟熏黑的灶台，我特别怀念赤脚站在泥土大地上的那种感觉。只有你真正两脚踩在土地上时，你才会心旷神怡，才会具有一种旺盛的生命力。

街上那个叫卖的女人不再喊了，妻子还没有回来。我在黑暗中望着灰白色的窗户，恍惚间，看见我那年轻的妻子带着两个儿子拖着一架爬犁在茫茫的雪地上走着。他们呼出白色的热气，爬犁在雪上吱吱地摩擦着。黑色的柞树和洁白的桦树都肃立在寒冷的空气里。黑狗越过了他们箭一样向树林里跑去。两个儿子在后面一齐大喊，咄！咄咄！

# 热爱土地

当风雪像白色的马群扫荡过这条山沟时，小小的矿村就瑟缩起来，街道上空无一人，荒凉得如同一个无人的世界。但对我来说，这却是一个如同母亲的怀抱一样温暖亲切的地方。在我远离了它的这许多年里，总像有一截肠子给挂在了某个树桩上，时时让我心疼。

四十年前，一群勇气勃勃的年轻人来到这个荒山沟里安营扎寨，从此这里就有了这样一个村庄。他们在这里一边深入到地层下面挖煤，一边到山坡上开荒种地。对这块土地的感情，我敢说我们这些人超过了所有农民对他们的土地的感情。他们的土地或是从祖先手里继承过来的，或是从别人手中买过来的，而我们是一寸一寸用手亲自刨出来的。只有生长树木和野草最茂盛的土地才是肥沃的土地，才是最能长庄稼的土地，当年我就专找那些野草茂密的土地开垦。自然这也是最难开垦的土地。树木和野草盘根结节，结实得如同轮胎上的胶皮。我开垦出的每一寸土地都要付出心思和汗水，甚至是鲜血。当我把一粒一粒琥珀样金黄的玉米种子撒进土地里后，青青的玉米从地里长了出来，到秋天就结成了硕大的玉米棒子。春种一粒粟，秋收万颗籽。当你收获的时候还是有一种神话样的感觉。我就是用这些玉米喂养大的我的两个儿子。他们长得虎虎有生气。

没经历过开荒种地过程，你很难体会到大自然是多么的宽厚仁慈。

当年我就是仅凭一把镐头，这种最原始的生产工具就能养活我们全家还有盈余。那时候我常常想，人类的科学技术发展了数千年，在我身上怎么会毫无作用呢？

我们全家都热爱那条偏远荒凉的小山沟，但我还是带领他们离开了。我没有对城市产生任何感情，但我还是生活在这里。每次回到那条遥远的山沟，每次都会有一种被割裂了的感觉。每次我都要爬上山去在我开垦播种过的土地里站上半天。在这块面积不大的毫无特别之处的土地上，我会看到年幼的两个儿子和年轻的妻子依然生气勃勃地存在于那里。

前年我和妻子又一次回到那条山沟里，当年一起下井的伙计丰德刚一定要带我去看看他的土地。当这里地下的煤给开采完的时候，他也老了，不能再去一个新的地方从事井下工作，就在这条山沟里开荒种地度过了这二十多年的岁月。那是一个山坳，背向西北面向东南，他把整个山坳全给开垦了起来，他种上了梨树、沙果树，还有一片草莓。当然种得最多的还是玉米和大豆。我们在地里坐下来，他说他死后就葬在这里，并且准确地指给我看，坟墓就在那种小落叶松跟前。他非常感慨地说，你看伙计，多好的地方！我顺着他手指的方向看出去，这里由于地势较高，视野开阔，远处的山岭尽现眼前，一片碧绿，如海浪一样展开去，层次分明。最远处的山峦在云天相接处呈现出一种青黛色。我想，这些年来，他独自一人在这里默默地开垦着，一定是看惯了这道风景，也无数次地想到了自己将会埋葬在这里。他深深地爱着这块土地。

我对此深有同感。当我每一镐头翻开这古老的土地时，看着那些密密麻麻的树或草的根须，我就会感觉到我是开天辟地以来第一个用镐头翻开这块土地的人。我每刨一镐头，都与那些黄土高原上的农民每刨一镐头有着巨大的差别。我刨开浓密的榛树丛，我刨开坚韧的苕条丛，而塔头草让你的镐头刨下去就无法拿得出来。这里的每一寸土地就是这样开垦起来的。我们这一群人都对这条山沟里的土地有着无法脱离得开的感情，我的伙伴们已经有很多死去了，他们就埋葬在这条山沟里。这里没有什么公墓,大家就按照各自的感情,确定自己的墓地。他们没有一个人想离开这条山沟,或是想回到老家去。一伙年轻人,千里迢迢从中原地区来到了这里,后来渐渐变老,又共同地选择了埋葬在这里。想想这是很有意思的一件事。我和他们同样有着一个愿望,我愿在最后还能行动的日子里回到这条山沟里,自己扛着把铁锹,在我开垦的土地上挖一个长方形的坑。我的墓坑不要任何砖石水泥建筑,我也不要棺木,我要简单地躺在里面,我的面颊贴在潮湿的泥土上,我要闻着亲切的泥土的腥味儿。然后,我的血肉将分解,渗入到我深爱着的泥土中。我从这里走出去,又重新回归到这里面来。那将是我最大的幸福。

# 渐行渐远哈尔滨

　　十二月的上海，桂花犹自飘香，月季花也鲜艳着，面对这满窗翠绿，我怀念那冰天雪地的哈尔滨，此时此刻，黄昏的风雪像金色的蜂群，在索菲亚大教堂的十字尖顶上缠绕飞舞……

　　列车在八月二日下午的六点十一分驶离站台，迎着一轮红色的夕阳开始西行，将沉落的太阳显得特别大，按科学的说法这时候的太阳所以看上去大，是因为它有了地面上的众多参照物，而中午的太阳看上去小是因为没有这些参照物，我相信这一说法，但面对着这轮其大无比的落日就是觉得它大，绝对比中午的太阳要大得多。此刻，它正与西边天际一条带状黑云相纠缠在一起，这条黑云，若是别人一定会把它说成一条龙，我实在讨厌龙的那副嘴脸，因此宁愿把它看成一条鳄鱼。这条鳄鱼不知为什么缠住这轮即将沉落的夕阳纠缠不休，而西行列车的高速度也正在延长着这幅壮丽图景的存在时间。

　　此一离去，哈尔滨将不再有我的家，而所谓的"家"，也不过是一位白发染黑了的妻子和一堆破烂家具而已。但这就是我的家，我不能没有的家，比任何别的东西都要重要得多的家。四十年前，那一个年轻的我离开故乡，正是怀着雄心壮志要来东北创立一个"家"，今天，我携带着这样一个"家"回故乡了。时值盛夏，松花江大平原上庄稼长势正旺，看那些玉米和大豆似乎听得见它们在呼喊着生长。本来我对哈尔

90

滨并没有亲切感，此时却觉得依恋起来。

当年我来时真正是赤手空拳，现在几乎什么都有了，真的，我觉得我什么都有了。所谓"什么都有了"的标准就是你觉得没有什么迫切想要的东西了。每当我走进大商店的时候面对着琳琅满目的商品，我常常都会有这种感觉，我需要什么？我什么都不需要！当你觉得什么都不需要的时候，其实是很可怕的。

当年我孤身一人，甚至连一个简单的行李卷儿都没有，我勇气勃勃，我只有一样东西，那就是希望。我就是怀着希望义无反顾地来到了这冰天雪地里，义无反顾地投入到了黑暗的煤井下。今天我什么都有了，就是缺少了一样东西——希望。回故乡我要干什么？有什么事情急需我去完成？我还有什么计划？哪怕是微小的。什么都没有。我现在什么都有了，就是没有了理想，没有了希望。

在车轮与铁轨的摩擦声里，儿子用电话大声对我说，你们这是哪里来的回哪里去呀！我怦然心动，我是泥土里来，还要回到泥土里去啊。一种悲凉涌上心头。列车速度加快了，风驰电掣。

我微笑起来，这样想未免是太把自己当回事了，帝王将相都要泥土里来回归到泥土里去的，我一介草民还有什么发感慨的资格？

哈尔滨，渐行渐远了。

带状的黑云依旧不依不饶地和那将要沉没的落日纠缠在一起。

没想到的是我在故乡待了三个月后继续南迁，来到了完全陌生的上海。

在山东老家的那段日子里，我时时会与幼年的自己相遇，好像那个少年的我并没有离开这块土地，只是被我遗弃在了这生养他的黄色的土地上。当年赤脚蹚过露水的田垄；远望朦胧的小珠山；有些干枯了的小河；常常是一株形状特别的野草都让我感慨万端。真的，在那块土地上徘徊，我总能嗅到四十年前的那种气味。原来，人对气味的记忆远比场景的记忆要深刻得多。

有位颇有点儿另类的名人对采访他的记者说，人生没有什么好谈的，只不过是一个逐渐被剥夺的过程。是的，到这般岁数，首先能感觉到的是体力不行了，认真看看，当年强健的肌肉什么时候已经被剥夺走了；满头乌发变白了，而且一根根被剥夺掉了永不再生长出来；牙齿松动了，脱落了；视力也大不如前，不戴眼镜看不清五号字体了；记忆力减退了，见到非常熟悉的人竟然记不起名字；最重要的是生命的激情都渐渐被剥夺了……的确，人生就是一个被剥夺的过程。

　　但是，从另一个角度上说，人生也是一个获得的过程，从你迈出第一步起，你就在不断地获得。因为司空见惯，不会有人觉得惊奇，但这第一步是一个多么巨大的获得啊，你从此获得了行动的自由！之后，你会获得一个玩具，获得一块手帕，获得一支钢笔，获得一笔奖金，最重要的，你获得了一个真正梦寐以求的女人！在精神上，我们也是在不断地获得。我们都曾经历过，为了获得老师一句夸奖曾经费尽心思，甚至夜不能寐，或者为了惧怕老师的一句斥责而忧心忡忡痛不欲生，而多年以后都会觉得那是多么的微不足道啊。管他批评还是表扬！我们每个人，不需要什么特殊的努力，只要你在长大，总会获得人格上的独立，获得他人对你的尊重。

　　哈尔滨渐行渐远，那条带状的黑云最终还是吞没了辉煌的落日，天色暗下来。四十年的东北生涯结束了。四十年，一个人一生最重要的全部时光，都在这块黑土地上度过了，回想起来，我一无遗憾，我应该感恩，这块土地给予了我太多。四十年前到东北只有十根手指头，原路返回时竟然带了一个二十吨的集装箱，虽然没有一点儿贵重的东西。当然，这只是有形的。我可以说，少年时我想要的，我都获得了，这块土地都给予我了。

　　我的一生就是一个获得的过程。有人会说，最终这一切都将失去，都将被死亡所剥夺。不错，当生命终结的时候是无所谓失去和获得了。当主体不在，这两个概念也就失去了意义。

# 深秋的松花江

　　深秋的松花江终于安静下来，它失去了汹涌的波涛也消失了江面上穿梭的渡船，展现在眼前的是一道平静如镜的江水。江岸也没有了熙熙攘攘的人群，偶尔有一两个老年人踽踽行走在空旷的江边大道上。落木千山天远大，澄江一道月分明。现在没有出现月亮，但在蔚蓝的天空下的确是澄江一道了，而且，江岸上的柳树正在落叶，这些落叶撒满地面，脚踩上去一片沙沙的声响。夏天这江边公园是树荫蔽空的，而今天空是清明透顶。松花江岸多柳树，这些柳树巨大古老。有一年我去扬州的瘦西湖公园，那公园的柳树瘦小得让人吃惊，全部是病病歪歪，当时我就想起了松花江岸上的这些柳树。恨不得对每一个人都介绍一下，请他们到松花江岸公园里去看柳树。即使是在这深秋里，这些柳树的落叶仍然是绿色的，它们不似在南方的柳树要等叶子老了黄了才飘落，这里的柳树叶子大都是冻死在枝头的。

　　深秋的松花江静静地偎在哈尔滨这座城市的一旁，夏天那些来来往往于太阳岛的大大小小的游船都泊在了岸上。它们像完全给人遗忘了似的了无生气地躺在沙滩上，只有等挨过了这个漫长的冬季，太阳岛上的柳树重新绿起来时，它们也才会重新获得生命。

　　我第一次见到松花江是在二十多年前的夏天，江边公园里正是红花绿树五彩缤纷，那时我也年轻，在那个标志性的起飞的天鹅下面花钱照了张相。那时我想留作到过松花江的纪念，没想到后来能生活到这江边的大都市里。也许明年我就要离开这座城市和这条大江了，在这里我度过了二十年的岁月，人生中二十年也是不短的一段时光。小时候会唱一支歌儿《我的家在东北松花江上》，没想到后来真的来到了松花江边。

一列火车隆隆地驶过松花江大铁桥，这座灰色大铁桥就让人不能不想到那段产生《我的家在东北松花江上》的岁月，这座铁桥就是日本人侵略中国在这里修建的。"我的家在东北松花江上，那里有森林煤矿，还有那漫山遍野的大豆高粱……"悲壮苍凉的旋律，每当我听到这支歌儿的时候就想到那炮火连天的生活是艰难的，但作为那时的一群青年也是幸福的，在他们的年轻的生活中能有一个崇高的理想支持着，他们为祖国、为正义而热血沸腾，而我们今天的年轻人他们生活舒适，但从来不能有一个正义、崇高的东西在前头引导着前行。他们只能唱一唱《老鼠爱大米》和《双截棍》这样莫名其妙的歌曲了。从这方面说，当代的年轻人其实是不幸的。

松花江，我到过它的源头，那就是长白山天池的那道白亮的瀑布。我想没有哪条大江大河能有这样鲜明而美丽的源头，那真像是从天而降的天河。我也到过它汇入黑龙江的三江口，那里的地名叫同江，也就是它消失的地方。那里江面开阔，浩浩荡荡，具有一种大海一样的气势。

这二十年的岁月，我认识了这条江，无数次地渡过这条江，我熟悉了松花江。在这深秋时节，我在向松花江告别，情景比我想的还要凄凉。没有一个年轻人的身影，没有一声孩子的欢叫。夏天那些游人占不上的长椅上落上一层厚厚的落叶。一个半身不遂的老男人推着他瘫痪的老伴儿迟缓地在公园的大道上移动，我想，无论从生理或从精神上来说，这都是残存的生命。而在江边还有一些钓鱼的老人，我走上前去看了看他们的所得，仅仅是在一个玻璃罐头瓶里两条可怜的小鱼。我苦笑了一下，以这残存的生命何苦还在和这些生存艰难的生命过不去？

深秋的松花江静静地流淌着，逝者如斯夫。生命的诞生与死亡是正常的自然循环，只是人类把它弄得悲惨罢了。人什么时候能像大自然中其他生命一样坦然对待？

# 东　宁

　　翻越太平岭便进入东宁县界。汽车在名曰"南天门"的峡谷小心翼翼盘旋下行。紫色的达子香花如一群蝴蝶翻飞在冷峭的石崖上。东宁是一位满怀忧郁的少女，久久地徘徊在这背离中原的远天远地。

　　二十八年前的我，从黄海边那个有着一棵银杏树的老镇，满脸凄惶，风尘仆仆投入她的怀抱。在那漆黑的煤洞子里，开始了一段艰难的生命之旅。今天又站到绥芬河岸，我已经两鬓斑白。

　　这是一条流向远东的河流，一轮辉煌的落日排山倒海般顺河谷倾泻着它的光芒。河水闪烁着万点金光。河谷平原向东延伸，在那茫茫的远处，它将流经俄罗斯土地，直达北太平洋海岸。

　　我满怀敬意与畏惧注视着一条滩头鱼，它来自太平洋，不知穿越多少惊涛骇浪，不知经历多少艰难险阻，它一往无前溯流而上。春季本来是枯水季节，水流渐细，几乎不能容纳它的身躯，它划动鳍翼，摆动尾巴，肚皮在卵石上擦过，九死一生，终于又回到了它的出生地。在这出生的浅滩上，它播下了生命的种子，至此，它精疲力竭遍体鳞伤。它已无力再游回大海，也无法在这浅浅的河流中生存下去。它看着蓝天上飞逝的白云，回想着大海上那无际的波浪，平心静气地等待着死亡的降临。它的生命走到了尽头，但它产下的卵里正有新的生命在诞生。它们小得像蚊子的幼虫，但信心百倍地从卵泡里游离出来，又开始了生命的新一轮的旅程。成群结队顺绥芬河流而下，再进入北太平洋，再游历阿拉斯加海峡。它们成千上万，然而能够游回绥芬河并能溯流而上到达出生地者仅为千分之一。绝大部分都在途中夭折。

我像一条鱼，不知能否游回我的故乡。我惊异于滩头鱼是凭什么东西能不迷失方向重回故乡，又是什么驱使它们义无反顾奋勇向前。它们为什么不可以在大海里出生？像刀鱼或黄花鱼那样？它们为什么在河里出生却要游到大海里生长？为什么不可以在河里生也在河里长？就像鲤鱼那样？是什么东西吸引着它们千里万里地奔向远方的大洋？是否等我垂垂老矣，鳞甲不全时也会被一种神秘的力量召唤回故乡去死亡？

我怀念故乡，然而东宁让我更难忘。我曾经在黑暗的地层里开掘过那远古的森林。我听见那亿万年前的林涛在震颤，面对着那些被掩埋在地下的大树，我想象着那天翻地覆的景象。年复一年，我把这些远古的大树从深深的地层里掘出，让它们重见天日，却填进了自己的青春。今天，对着荒废了的矿井我只想哭泣。我多么想挖掘出那个年轻的自己。

东宁有山的雄伟，也有水的秀丽。绥芬河水流进了稻田，当新秧如针，绿色尚未覆盖，水光接天，燕子翻飞，一派江南风光。

三岔口并非京戏里的那个三岔口，但作为中俄交界要地，当年也曾有过许多凶险的故事。盗马贼的马蹄在闪烁着星光的暗夜里，嗒嗒地踏碎幽暗的河面，留下一串串水花。我来到这片土地里已经没有了传奇故事，我只能钻进茂密的灌木丛里一边捡蘑菇一边幻想着骑一匹白马飞过山峰，岩石在马蹄下火星四进。

实际上我更多的时间是在开荒。为了妻子、儿子和我本人，我抡起沉重的大镐把千年的荒原刨起，翻开那黑色的土壤。在这丰厚的处女地里我撒下琥珀似的玉米种子。我不知道该怎样感谢那些玉米，是它们把我两个儿子喂养大，使他们生龙活虎地生长起来。

我想起那些二战时期遗留下的废墟，是它们使得我和新婚的妻子有了一个安身立命之处。那是一座破败的二层小楼，墙壁上留有枪弹的痕迹。它奇迹般地在四周一片瓦砾中幸存了下来。每天每天，它孤独地彷徨在那面荒山坡上。像一个老人，破碎的门窗是他盲了的双眼，夕阳照出他长长的影子，他发出悲哀的叹息。冰冷的风从山谷扫荡而过，他佝偻起身子。然而，住进了我年轻健壮的妻子，他骤然生动起来。破屋顶上竖起的炊烟像旗帜般在旷野中耀武扬威。每当大雪降落封锁道路，我们就成了与世隔绝的人。

我感谢他，他使我几个春秋以避风雪，更应该感谢的是在他的庇护下我们的第一个儿子降生了。在那个春天将到未到四周蓬蒿萧萧的日子里，我把他的衣胞埋在了屋里，那日本人居住过的屋里。在后来小楼已荡然无存时，每当我经过那里，都要分开丛生的艾蒿，寻找到那小块土地，心里默默地祈祷一番。

儿子就在那片废墟中茁壮生长起来。当他戴着红兜兜，吃力然而奋勇地跨过一道道田垄向我奔来时，我突然感觉到我在这个世界上不再是单个儿的人。儿子就是我的生命的延续。

这座荒山里的小楼虽然躲过了二战的炮火的毁灭，它的末日还是最终来临了。有人要拆砖另作他用，他们把钢索套在小楼的墙壁上，在我们还居住在里面的情况下，用拖拉机把墙壁拉倒。我们全家只好逃了出来。

只有大自然是仁慈的。我和妻子在山上偷树，我和妻子和泥做坯，我们又盖起了自己的房子。第二个儿子就降生在我们自己的房子里。我把他的衣胞埋在了后院的沙果树下。幼小的沙果树是那般细弱，秋雨飘零不胜寒的样子，冷得紫红紫红的树枝在摇摆着。小园里的茄秧被霜打蔫了，豆角藤枯死在架上，唯有萝卜仍然有着耀眼的碧绿。

沙果树和儿子一起茁壮生长，当儿子长成一米八多的大汉时，我又回到那园子里，房屋依旧，沙果树大得遮蔽了整个园子。由于没有剪枝，它是那样气势磅礴。

那是一条浅浅的山谷，暮色降临的时候，在泉边打水，我会听到山沟里面传来牛羊的哞叫声，偶尔间杂着人的吆喝声，我感到，儿子的根被我埋在那里了。在后来的许多年里，每当我重返那条山谷时，总会觉得年轻的妻子和幼小的儿子还生活在这里，他们没有被我带出去。被我遗落在这遥远的山谷里了。如果按照现代的时空理论，他们也包括年轻时的我，的确是仍然存在于这里，并从未消失。

　　胡布图河上架起了一座铁桥，虽然它宽不过五米，长不过十米，却是一座非同寻常的桥，它标志着两个民族的沟通，两个国家的和解。更大一点儿说，这是人类文明进步的标志。国界，其实是人类历史发展中途的一种愚昧与野蛮的产物。总有一天，人类会取消这种东西。从此，东宁有了一个与世界交往的通道。高鼻深目，皮肤雪白的俄罗斯人在东宁大街上走动。东宁不再羞涩。每天每天，这是太阳最先照亮的地方。对于这块土地，我能做些什么呢？我只能在心里默默地祝福它。我这度过了青春的土地，我的儿子们的故乡，愿你永远美丽年轻，地久天长。

# 大 肚 川

　　三十年前的那个冬天，我腰里扎一根麻绳，手里执一柄镰刀，一副要上山打柴的样子，踩着积雪，穿过收割后的田野，爬上了乌蛇沟东山。山顶上风很大，刮得柞树叶子猎猎作响，柞树叶子是枯死而不脱落的，在整个漫长的冬季为北方的山岭增添了许多悲凉。这些柞树由于生存环境的恶劣，都长得低矮而虬曲。我在悬崖上拉住一棵这样的树向东方久久地看着。山脚下就是作为中苏边界的胡布图河，河对面是荒无人烟的异国土地。那是一片沐浴在夕阳中的山坡，安静的白桦林，间或积有白雪的枯草地。冰冻的河流时而于黑色的柳丛中闪出耀眼的金光。我看着那片安详的山坡激动得浑身发抖。

　　贼不打三年自招。人都有这种在心底埋藏不住永久秘密的天性。今天，谁也没问，我把它说了出来。我差点儿成了一个叛国者。之所以最终没有逃出去，就是大肚川给了我在这块土地上生活下去的希望，也可以说它给了我温暖，把我挽留了下来。从此，我就在它的怀抱里一过就是二十年。大肚川，我度过了青春的地方，养育了我的儿子们的地方，我永远忘不了的地方。

　　作为一名新的拓荒者，我来到了大肚川河边。河水依然是冰冷而又清澈，为生存我奔忙在大肚川河两岸，我扛着一把巨大的镐头，千百次地赤脚涉过大肚川河，河卵石总是硌痛我的脚心。三十年过去了，那尖锐的痛感仍然无比清晰地存在于我的心底。还有那不舍昼夜总是哗哗响着的波浪声，时时在我的耳边响起来。大肚川河是在一个名叫高丽营的朝鲜族村子汇入国境河——胡布图河的。胡布图河又在一个名叫三岔口的朝鲜乡汇入绥芬河。这条绥芬河流经广大的俄罗斯大地转向东南，最后注入日本海。

现在来看大肚川村实在是比河谷里其他村子大不了多少，但由于它是乡政府所在地，就成了整条河川十几个村子的首府，而当年我刚到大肚川时，它作为一个公社所在地，更是这片土地上的政治、文化、经济中心。我们那个小煤矿的矿长和支书要这里派，我们的布票要到这里领，孩子的户口到这里报，甚至买一把镰刀都要翻过山到这里的供销社买。我的妻子翻山越岭走十多里路到大肚川就是为了修一把镐头。当然，有人犯了事情也都是先抓到这里，之后再送交县城的，而且那时候这里三天两头开大会，春天的春播誓师大会，夏天的抗旱保苗战斗动员大会，秋天的抢收保收大会，冬天是兴修水利大会。那段时间是大肚川最兴旺时期。随着公社的垮台，农民各自种地，再也用不着到大肚川来开大会，大肚川也就衰落了。但它是乡政府所在地，也就仍然能保持着它的一份最后的尊严。

一个刚刚流落到此地的盲流，大肚川的一条狗在他的眼里也风度非凡。那时候我尊敬大肚川的每一个人，哪怕是一个挂着鼻涕的孩子。每次到大肚川对于我都是一个节日，一进大肚川的村口就会产生一种神圣感。大肚川的街道上铺着一种金红色的风化沙石，总是那么干净。当夕阳的金光从河谷里倾泻下来时，整个村子就被朦胧的光辉所笼罩。给人是如梦如幻的美妙。大肚川在我的印象里还有着一种神秘色彩，那些烟囱如旗杆般高高地竖在屋顶上的老房子，那些眼睛里闪烁着异国情调的黑耳朵俄罗斯狗，特别是矗立在村子中央的那棵巨大的老榆树，它如同一把巨伞撑在蓝天下。虔诚的人们在它的身上披挂了上千条的红布祈求幸福和平安。在冬天一片苍黄的河川上，远远看去如同一蓬大火在燃烧。大约是1978年吧，它达到了最兴盛时期，近百里内的人都到这里来朝圣。几乎每天都有数百人跪在它的周围向它祈祷。在那零下三十度的寒夜里都有人跪在树下一直到天明。在大肚川总让你觉得那些已逝的鬼魂和现在的居民相安无事地共同生活在一起。

大肚川河发源于老爷岭的东坡，它流经了太平川、闹枝沟，于山丛中蜿蜒而出，从一个叫作神洞的地方开始突然舒展开了腰身，形成了一个宽阔的平川。这条河川土地肥沃气候温和。据考古学家们说，早在战国时期就有人类在这片土地上生息繁衍。"团结文化遗存"是从战国到唐渤海国人类生活的村落。这里发掘出很多陶器。我在大肚川河的北山坡上耕地时，经常在翻开的土里发现生了锈的铁钉似的东西。当时我以为是一种玩具枪尖，多年后我在文物管理所里看到一样的东西时，才知道那就是当年人们打猎的箭头。清澈的大肚川河日夜不息地流淌着，流淌了数千年。那些创造了团结文化的人类早已不知哪里去了。只有这两岸的山岭依然在太阳下万古不变地沉默着。

三十年后，当我又站到大肚川河里的时候已经是一个头发斑白的渐入老境的男人了。激动的心情使我站在河水中央久久地不能动。偶然地回头一看，我看到了城墙似的乌蛇沟东山。当年我就是站在那个山脊上向着苏联贪婪地注视着的。我看到了那个年轻的我，咬着牙，抖动着身体，风吹动着他蓬松的黑发，像一只鹰似的欲扑下来……

我若扑下去，那就是完全不同的另一个我了。今天，过境去是举手之劳，河水哗哗地淌着，让我目眩，我终于长长地叹了口气，返身上岸。

# 在风雨中奔跑

　　挂职干部只要你不是想争权，那你就是最安闲的人。没有人会来找你"谈问题"，也不会有人来找你请示什么。你的日子就是在无聊中打发的。那天下午我又去拜访那条早已经废弃的大道，许多年前曾经无数次在那条大道上行走，后来由于某种原因它给废弃了。在那条大道上我似乎看到了年轻时的自己，感慨颇多。

　　当我在那条大道上徘徊时，忽然闻到了雨的腥气。大雨就要到了。向县城方向望过去，只见黑压压的一片乌云从北山顶上翻过来，已经遮住了半边天。在旷野里无处可逃，要返回县城，我只能迎着风雨奔跑。已经有多年没有这样奔跑过了，更何况是在我年轻时的大道上奔跑。风雨的气味儿，脚下沙沙的声响，都让我重新回到了当年。风雨已经先我到达县城，那些刚才还在太阳下闪闪发光的楼房已经完全淹没在一片白茫茫的雨幕中。风是暴雨的先头部队，从空而降的狂风把沙石卷起来，凶狠地抽打在我的脸上。尘土侵入到了我的肺管里，窒息的感觉使我双腿发软。我已经是"义无反顾"，只能顶着风向县城方向奔跑。呜呜的雨声铺天盖地而来，愈来愈近，这是千万条暴雨绞成的鞭子抽打着大地发出来的声音，洪大无边。同时，雷声也像一只怪兽在远处低沉地咆哮着。恐惧让我的心紧缩起来，我已经很多年没经历过这种感觉了。人到我这种年龄本该没有什么值得恐惧的事情了，但是面对大自然的这种威胁，我仍然像孩子似的恐惧得毛发直竖。乌云已经压到头上，像黑夜骤然降临，一霎时天昏地暗。我张皇四顾，想找一个求助的依靠，哪怕是一个完全陌生的人也能给我壮一壮胆，但是四周没有一个人影，绝望像一只铁爪扼紧了我的心脏。

最先到来的雨点大得可怕，打得我缺少毛发的头皮一阵痛楚，砸在地面上腾起一阵尘土。潮湿的泥土发出的气味充塞了我的鼻腔，这是一种久违了的田野的气味儿，忽然让我非常感动。一个在田野里长大的人，他终生都不会忘记这气味儿。气味儿其实是比图像更能在人的记忆中存留的。

暴雨终于全面到来，像千万条瀑布从破了的天上向下倾倒，水天连成一体。我完全给淹在一片大水中。我仍旧在下意识地奔跑，只有脚掌拍打着地下的雨水发出的啪嗒啪嗒的响声在提醒自己：我是在大雨中，不能停下。我已经从头到脚给淋透，奔跑对我失去了意义，但是我还是在跑，是一种恐怖在追逐着我奔跑。雷电不断地在头顶上炸响，它使本来已经麻木的头脑受到猛地一刺。有几次我的耳膜像给震得破裂。我在大雨中睁开眼，发现大雨中的世界一切都变了。庄稼和树木在闪电的一刹那间变得惨白，而且倒伏在地面上。整个世界都是陌生的。

我最早的一次经历风雨是童年时期，那次是我与弟弟两人。是六七岁时，我带他到田野里去找甜玉米秸吃。玉米秸里有甜的，像甘蔗，当然比甘蔗差得远。但那时候很少能吃到糖，所以秋天的甜玉米秸是唯一能吃到的甜味儿。我们遇上大雨了，弟弟还跑不动，我背起他跑，我当然也不是很有力气，我只比他大两岁。一个六岁的孩子背一个四岁的孩子在旷野里奔跑，那情形不是能想象出来的。我感到了恐惧，跑又跑不快，不跑又无处可躲藏。在长大之后，我也常遇到在旷野里的暴风雨，但是都没有感觉到如此的恐惧。这也许是因为现在我已经习惯了在屋里的生活，很少到田野里去了。

大雨下得更猛，可是我在经历了绝望之后，渐渐不再恐惧，奔跑的速度慢下来。听着耳边不绝的风雨声，回忆起年轻时的田野生活，心里充满了一种酸甜。我曾经是一个农民，终年在田野里生活，那些风雨已经成为旧日的梦。它们在这样的暴雨里一齐涌现出来。

　　不知不觉，我已经走进了县城，大街上到处水流如注。我旁若无人地踩着水走，水淋淋的衣服贴在身上，我心静如水，经历了暴风雨之后的平静。我感觉到了这是大自然给予我的一次拥抱。我感激得想趴在地下放声大哭，像是我又受到了母亲的一次抚爱。许多年来，我已经远离了这种抚爱，在城市里，在那些钢筋水泥的建筑里麻木地过着时光。只有这暴风雨给了我一种真切地活在大地上的感觉。许多年了，我又一次感受到了生命的真切。只有在这样的大自然的风雨中才能感受到。

# 不能忘却的记忆

　　十一月份的黑龙江省一片冰天雪地，地处黑龙江省最东部的东宁县进入十一月中旬却接连几天阴雨连绵，仿佛进入夏天的雨季。如此反常的气候使东宁人心里觉得很奇怪。十一月十七日，在东宁县城的西北方向忽然雷电交加，这就不单使人感到奇怪，而且是让人震栗了。

　　就在那个奇异的冬天的早晨，我的朋友打电话说要带我去看作为历史遗址的劳工坟，我一听，立刻跑下楼，爬上了吉普车。北方深冬的阴雨天备觉凄凉，吉普车碾压着雨后的沙石路面向老城子沟前进，放眼望去，山岭一片灰黄，没有一点儿生气。收割后的田野上散落着庄稼的败枝残叶，一任冷雨飘零。路两旁的杨树直直地站立着，光秃秃的枝丫在阴沉的天空下欲语还休的样子。

　　老城子沟是一个三百多户人家，说大不大说小不小的村子，有人口一千二百多。在冷清的街道上踱步，人家房后的园子总让我觉得像是我当年的后园。农民的后园，一到冬天那景致大都是一样的。最触动人心的莫过于那几棵沙果树了，稀疏的树枝在失去了果实之后，无可奈何地待在黑色的屋檐下，叶子全落光倒也罢了，偏偏有那么几片被虫子打了包的残叶却吊在枝头任凭风吹雨打也不脱落，以它们丑陋的形象来装扮这冬天的荒凉。暗红色的树枝被夜来的冷雨湿过，有了幽幽的光，如泪的脸。

劳工坟就在老城子沟的北山上，约有五里之遥。吉普车要挂上前驱动，四只轮子一齐努力才能爬上山去。有好几次在泥泞的路上横了过来。路上有两道很深的马车辙，吉普车是跨着走也走不得顺着走也不行。但司机信心百倍地和方向盘搏斗着，他甚至自豪地说，什么奔驰林肯，到这儿全他妈的要趴窝，比不上咱这破北京吉普。

一看到横陈在阴沉沉的天空下这些劳工的尸骨，我立刻明白为什么大冬天竟然下雨又雷电交加了。这些尸骸被揭掉土皮暴露在山坡上时，老天也震惊了。我想到了"天哭"这个词。

一台电影摄影机、两台录像机、数台摄像机一齐架起来，我分不清这些人来自哪里。他们说这是日本侵华最大的、保存最完整的劳工坟。

没有比这更"草草埋葬"的了，距地面仅挖下去十多公分。掘开十八个墓穴，分三行，上一行是两具尸骨，下两行是每行八具尸骨，下面这一行几乎全部腐烂了，有的仅剩几块大骨头。据介绍，这一片荒岗一坰多地全部都埋着劳工尸骨。因为有雾，看上去茫茫苍苍像没有边际。

别人在围着忙碌，我掉头走开，面对着这片生长着野草和灌木的荒野，泪水流下面颊。由于生活经历不同，除了像别人那样怀着深深的同情之外，我还有一种恐怖，因为我曾经也是一个劳工，只不过年代不同而已。这些坟包几乎和地面一样平了，仅能看出那些坟上生长的蒿草要比空地上茂盛一些。这是一片平缓的山坡，它们就这么一个个排列开去，行距一米半左右，间隔一米，似乎一直延伸到了天边。

他们都来自吉林省的榆树县，据资料记载，来时四千七百多人，回去时仅有七百人了。数千具尸骨都埋在这里了，永远回不了故乡。

我踩着湿漉漉的羊胡子草走，他们的尸骨肥沃了这片贫瘠的荒岗，使这些羊胡子草长得特别茂盛。即使冬天已经枯萎，仍然能够严严地覆盖住地面。脚下柔软的感觉使人想起那些活生生的肉体。羊胡子草和灌木丛的根须是不折不扣地扎在了他们的身体里，在吸取着他们的血肉生长。羊胡子草是东北一种很奇特的野草，秋天来临时它细长的叶子都枯死了，但即使在最寒冷的冬天，在冰雪的覆盖下，它的草心儿仍然有那么一点儿碧绿，到来年春天，这点儿绿就开始向外漫染，最终整株复活。它是东北唯一的冬天不死的野草。

灌木丛稀稀落落地散布在荒岗上，它们都淋得湿漉漉的，满怀忧郁地站立在雾气中。雨停了，雾却总不散，像棉絮一样缠绕着黑色的灌木丛，似乎永远没有散去的时候了。摄影机录像机都在等待着大雾散去。然而没有一丝儿风，谁能驱散它们？

抗日战争时期，老城子沟有一个日本军需仓库，据七十一岁的李有财讲，这些仓库里存的大部分是大米和白面，还有少数的红小豆，还有两个是油库，汽油保存在那几个半地下室的仓库里。他当年赶一辆两轮小马车给日本人倒运粮食，因为只是近距离搬运，小马车灵活。十八岁的李有财和那些来自吉林省榆树县的劳工每天都接触。这些劳工负责装车、卸车、倒库。为了防止粮食霉烂，必须不停地倒来倒去。他们吃不饱，劳动繁重，常常倒下就再也爬不起来了。有一个劳工因为偷吃了一点儿豆饼，被剥光衣服罚站在一块豆饼上示众，旁边有一只大狼狗看着他，只要他一动，它扑上去就咬。冬天没有棉衣服穿，很多人都冻死在工棚子里。招工时全是三十五岁以下的年轻人，并且六个月一轮换，然而仅六个月这些年轻人都熬不下来，一个个劳累饥饿，加上寒冷，很快就死去了。

掘开的十八具尸骨上没有一点儿衣物覆盖，已经全部腐烂。只有两具上残存着三个白色的蚌壳小纽扣。这很明显是单衣的纽扣。埋葬得如此之浅，可以确定是因为冬天挖不下去。

有一具尸体上留着三个硬币，不是铜质，是铝质，其中一枚已经烂掉三分之一。还有一具保存着一枚顶针，这大约是一位勤快人，他临死前还缝补过他的破衣服。另一具尸骨上有一段极窄的皮带。这些就是十八具尸体上仅存的遗物。

十八具尸骨中有四具没有脚，毫无疑问是生前给切去了。我蹲下来仔细地察看胫骨切断的断茬，这使我心头一阵发颤。断茬的面很光滑平整，凡是干过木工的人都知道，这样的断面只有用锯子才能形成。这是活生生用锯一下一下给锯掉的。

人类所能做到的残酷已经无以复加，而这正是日本的武士道精神。他们的剖腹自杀是世界上任何一个民族的自杀方式都没有的血腥，对自己的身体尚且如此，对他人的身体就更不在话下了。

大雾依旧弥漫着山冈，时已近中午，不能再指望太阳出来，他们开动了机器。其实这又有什么用处？面对着这一具具年轻的尸骨，你会觉得什么赔偿啦，道歉啦，忏悔啦，全都是一些轻飘飘的毫无分量的字眼儿。即使播放出来让全世界的人都看到，又有什么用？当时的日本司令冈村宁次都无罪释放，难道还要他的孙子来承担罪责？

这是希特勒都不能与之相比的罪行。他们杀害的不是战俘而是为他们干活儿的劳工，是一些为他们流血流汗搬运粮食的顺民啊！

仅仅一个军需粮库就惨死了数千民工，关东军那庞大的铁路工程、公路工程、桥梁工程、军事工程，死亡的中国劳工，数字是绝难统计清楚的。

人类的智慧为人类生存提供了可靠的保障，同时也消解了大自然赋予同类动物之间那种不能自相残杀的防卫机制。这使得人类可以残杀同类而不受那种动物防卫机制的约束，而智慧又没有给我们每个人提供一颗善良的心，这才是最危险的。我们如果不能清醒地认识到这一点，我们将永不能免除灾难。

气候是如此的反常。白茫茫的雾把人的视野限制在了这片杂乱无章的荒岗上。我想看一看我们所处的位置，却只能看到这些黑色的灌木丛、蒿草、红柳，它们都在雾中默默地立着。

这些尸骨都很壮大，完好的牙齿表示着青春年华。他们并没有上脚镣，身体还是相对自由的，横竖一死，如果反抗，或逃跑，还是有可能的，然而他们被那一线生机给欺骗了。身边一个同伙倒下去之后，他们心存侥幸，觉得自己也许可以支持到回家。最终还是一个个倒下去了。不知在那最后的时刻他们悔恨不悔恨。

已经过去近五十年，这些冤魂们就像这雾一样缠绕在这片荒山上，他们永远也回不了家乡了。这里成了他们的家园。只有在那月圆的夜晚，他们坐在一起说起家乡的老房子和年老的爹娘。大部分时光，他们都在忍受着这异乡的凄风苦雨，默默地看着春来春去，默默地看着花开花落。

　　人们已经把他们给遗忘了，只有李有财还时常赶着他的两头牛来光顾一下。牛吱吱地啃着羊胡子草。草的根须在他们的胸膛里、心脏里、脑袋里、骨头里、欢欣鼓舞地生长。

# 要塞居住十六年

做梦也想不到我当年居住的那条荒山沟越来越有名了，昨天中央电视台的《焦点访谈》又介绍了那个叫作"东宁要塞"的地方。从 1968 年到 1984 年，我在那个要塞的中央地带整整居住了十六年，对那个地方我可以说是最有发言权的人了。当年我上山打柴，伐坑木，挖草药，开荒种地，捡橡子，爬遍了那一带的每一条山沟每一座山头儿，对地形的熟悉程度就是当年驻扎在要塞里的日本兵也望尘莫及。而且说来好笑，大家所看到的要塞主工程那个山洞，就在我挖煤的头上，几乎是在一条垂直线上，日本鬼子迫使劳工在山腰挖山洞，我们在山脚下挖煤，只不过其中间隔了几十年。

三十年前，我刚到那条山沟就感到十分震惊，战壕纵横交错，遍布每一个山坡，虽然已经长满了野草，沟里的树也长得碗口粗了，但仍然可以看得出所有的交通壕和散兵坑。有时脚下还会踢出一个铁锈斑斑的罐头盒子。我把这个罐头盒子拿在手上端详着，想象日本兵当年围坐在一堆篝火边吃罐头的情景。在山沟里行走常常会被一个突然出现在蒿草丛里的庞然大物吓一跳，那是被炸翻的钢筋水泥工事，这一带，每一个沟口都有这样的钢筋水泥工事把守。炸断的钢筋像人的断肢，狰狞地裸露着。我刚从山东到此地，给我的感觉是日本人防御这块地区比山东家乡一带用了十倍的力气。在我的家乡，日本人遗留下的战争遗迹只有一道土围子。这差别就是钢筋水泥工程和土围子的差别。

战争的痕迹随处可触摸。我们挖煤用的那种十字镐就是当年日本人遗留下来的。虽然已经过去了四十多年，但国产的镐头无论从钢的质量还是工艺方面绝对无法相比。以至都用秃了还在用，从不用国产的。我有一个铜矿灯也是日本人遗留下的，就是他们打山洞时用过的，一直用到丝口磨平了才罢休。那时候我们都还不知道这是一个被称为"东方马其诺"的军事要塞。

现在某个地方挖出了战争时的炸弹都成为大新闻，武警部队会如临大敌立刻对周边地区进行封锁戒严。每次我看到电视上出现这样的场面就忍不住好笑，其实，那东西是不会轻易就爆炸的。那时候村民院子里经常躺着这样的大家伙，你猜不出干什么用吧？当铁砧用！在上面敲打东西。还有今天我也难以相信的事情，有一伙朝鲜人专门锯这种炸弹。他们也不用什么防护措施，用一把钢锯，两个人坐在炸弹的两边，一边拉着锯一边悠闲地谈天，只需要不停地往锯口里洒水，防止过热。他们把锯开的炸弹皮当废铁卖给废品收购站，把倒出来的炸药卖给我们煤矿采煤用。我用过，黄色的，比硝铵炸药好像劲儿大一些，但是爆炸后烟太呛人。

我在山上刨地经常会刨出弹片，只有这能证明当年这一带曾经进行过激战。现在，我的书柜里还放着一个爆炸后的弹头，铜质，有刻度，还有昭和的字样。令我不解的是这种一次性的东西他们为什么也要做得这般精致？有什么用？可见做东西精致是他们民族的一种癖好。难怪今天他们的汽车和相机还是世界一流的。

1974年我有了一个老婆，但是却无处安身，于是我们就在一座废墟里找了一间破败不堪的屋子以避风雨。我们把它叫作大楼。据说那一片碎砖烂瓦曾经是要塞的医院。四无人迹，荒草萋萋。我们的大儿子就出生在那里。今年我和妻子又专门去那里看了看。连废墟也没有了，只有一片蒿草。我在埋着儿子衣胞的地方徘徊了一阵子。

1995年我又回东宁县挂职。有一天文管所的人叫我去看一看，说是在老城子沟挖出了劳工坟。这就是昨天中央电视台的《焦点访谈》里所说的老城子沟万人坑。有一点节目主持人说错了，那不是修筑要塞工事的劳工万人坑，那是一个军需粮库搬运工的劳工坟。

战争已经过去了，一切都归于平静。回首要塞居住过的那十六年，也是那样的平淡无奇。真不能相信我会在那样的一个地方生活那么多年。

# 秋天的树林

伯爵赤脚走在秋天的树林里。他的脚下，亲爱的俄罗斯大地变得冰冷了。伯爵的脚步沉重而迟缓，落叶亲吻着他衰老多皱的脚面。

秋风穿过树林，一些枫树叶子飘落下来，像一群黄色的蝴蝶在树间翻飞。在俄罗斯永远没有像中国那样"霜叶红于二月花"的景致，因而也无法让人产生"繁霜尽是心头血，洒向千峰秋叶丹"的想象。这里的落叶永远是黄色的，大西洋暖流北移，使得整个欧洲大陆的秋天总阴冷多雨，霜只有在晴朗夜里才能形成，树叶都是未经霜就飘落的。中国的秋天干燥晴朗，因而多霜。伯爵很想到中国去看一看那里的秋天树林是个什么样子，可是一直未能成行。

落叶在他的脚下发出沙沙的声响，在一片寂静的树林里听起来惊心动魄。蓦地，伯爵想起那只棕熊了，那一次它就是这样沙啦沙啦迟缓地在树林子里走过来的。它古老，巨大，旁若无人地蹚着满地落叶，沙啦沙啦向前走。伯爵朝它的肩胛那里开了一枪。它被打中了心脏，没怎么挣扎就倒下了。它口里冒着血沫，抬起头看了看提着枪走过来的伯爵。它的眼睛里没有一丝怨恨，仿佛对伯爵说，我老了，早就期待着这一天了。

此时行走在树林里的伯爵忽然觉得自己就是那只古老的棕熊，巨大，孤独，毛发蓬乱。

八十年后，我访问了伯爵在莫斯科的故居。在他的客厅里我看见了那只棕熊的皮，它铺在地板上，巨大的头颅也制成了标本，它看上去就像是卧在地板上似的。客厅里光线很暗，我突然觉得托尔斯泰伯爵就是一只棕熊，古老，巨大，无与伦比。陈旧的大衣橱，橡木座椅笨重而乌黑，特别是一股霉味儿，都让我有一种洞穴的感觉。那只老熊，也就是老托尔斯泰，就那么阴郁地坐在那把笨重的橡木椅子上。

　　老托尔斯泰在树林里走着，他喜欢树林，喜欢赤脚走在俄罗斯大地的泥土上。他过不惯城市生活，这一切都与那只棕熊一样。他也像那只棕熊一样喜欢孤独。在莫斯科，他出现在哪里都有鲜花和赞美，那种场面总使他惶恐不安，他逃回来了，这块他出生的土地使他依恋，他想死后也埋葬在这里。他决定不要墓也不要十字架，但愿安静地长眠在这片树林里。这里距莫斯科太远，又偏僻，因而使得那位崇拜他的中国人不能到这里来打搅他。他很聪明，正像那些年老的兽类一样聪明。他差不多避开了人世间的喧嚣。在这里，他与树为伴，与草为伴。

　　他像那只老熊一样，也感觉到了死亡的迫近。他知道越感到泥土亲近就越临近了死亡。其实死亡的阴影他是远在四十年前就看见过一次。那是 1869 年 9 月，他刚四十一岁。他在旅行途中经过阿尔扎马斯，他夜宿在一个小客栈里。半夜，他突然梦到一种黑乎乎的东西向他逼迫，他怕极了，想喊又喊不出来。从那天起，他一直很忧愁，他觉得自己要死了，梦见死神了。他就那样惶惶不安地过了好几年。但后来一切都很顺利，什么也没有发生。他于是明白过来，那不过是死神的一个暗示。其实每个人都得死，你不可能对那个巨大的事件一点儿也没有预感。他又心情好起来，他后来给友人的信中，把这一事件称作"阿尔扎马斯的恐怖"。

　　我在读到这封信时，赶紧查资料计算伯爵当时的年龄。因为当时我已做噩梦感觉到恐怖许多年了。年轻时我从不做噩梦，总是梦见自己英勇地和一些蛇、狼、坏人搏斗，总是自己胜利。后来有一天我忽然夜里感觉到了一种不可名状的恐怖，它没有声息，也没有形体，但铺天盖地

**115**

向我逼过来，是那样不可抗拒。从此，我就在夜里常常感觉到恐怖。在读到老托尔斯泰的信又计算出他的年龄之后，我又开始回忆自己第一次感到恐怖的年龄，我这人很马虎，根本不记得那个日子，但我觉得大约也就是四十岁。于是我知道了当一个人有机体在停止生长之后，那么死亡实际上也就开始了。这是不可避免的。正像你爬山爬到了顶峰之后，往前便是下坡了。没有永远处于顶峰的事物。对这死神的开始工作，你的灵魂便不可能不有所觉察。

托尔斯泰故居的解说员是一位老太太。我访问俄罗斯（当时还是苏联）的时候，宾馆的服务员、火车上的列车员都是老太太，真不知道年轻人都干什么去了。正是这些老太太给我留下了深刻的印象。其时中国已经改革开放，这类服务员都是年轻的姑娘。两相比较，我感觉到了这些老太太们的服务是一种关怀，有一种母爱在里面。中国的年轻女孩子们彬彬有礼却总能让你感觉到她们那可爱的笑容里面有着金钱的影子，而俄罗斯老太太的皱纹里充满着一种人与人之间的亲切与慈祥。

中国任何地方的解说员你都可以感觉到她们是在工作，她们的解说明快，易懂，声音标准，但你想到的是她们的工资很高，而托尔斯泰故居里的解说员让你觉得她们是这里的主人，你来听她讲述亲人的故事她们很高兴，很感激。

解说员指给我看一些鞋匠专用的钳子、锤子、鞋楦和鞋砧。她告诉我托尔斯泰生前很爱做靴子，指着一排大大小小高高矮矮的靴子说，这些都是老托尔斯泰亲手做的，家里人穿不了他就送人。以今天的眼光来看，他老人家的手艺实在并不怎么样，但他偏爱做。做了就东一双西一双硬送给他的朋友们。现在陈列的其中一双就是送给涅克拉索夫的。诗人收到后便放了起来，说，这是伯爵的又一作品。这双靴子是最好的一双。但今天送给任何人也无法穿了上街。它实在太丑陋了。托尔斯泰的小说无与伦比，直到今天。然而托尔斯泰的靴子却是最差的鞋匠也比他做得好。

索菲亚当然已非当年那个弹钢琴的美丽的索菲亚了，也不再是那个年轻能干，又能为他抄写稿子又能管理庄园的主妇了，她变成了一个爱唠叨脾气暴躁的老太婆。他不理解为什么女人会越上年纪脾气越大。他这才知道为什么童话中总有老妖婆的形象而非是老头子。他一再退让，然而总也无法平息索菲亚的怒气。

索菲亚当然有她的理由，首先伯爵对人再也没有过去的那种热情了，他变得越来越古怪，他到处忙着给农民的孩子办学校，自己却又不会管理，只好关闭。他忽然又要吃素持斋，他忽然痛骂自己的《战争与和平》是老爷式的游戏，一钱不值。他放弃1881年前所写的作品的版权，把《复活》的稿费资助给异教徒，而他们的儿孙正等着钱用。最让人不能接受的是他时常没来由地忧虑重重，还想自杀，弄得全家人提心吊胆。

老了，伯爵老了，索菲亚老了。他们不再相爱而变得互相折磨。到哪里去呢？他已无力再组建一个家庭，他已八十多岁了。他唯有走出屋来，在这秋天的树林里徘徊。这些枫树、白桦树、橡树，也都衰老不堪，有些已经枯死，当年它们都是一些生气勃勃的年轻的树啊。他感觉到自己不再需要家人，而他们也不再需要他了。他觉得已经心如枯井，无法激起半点儿爱的波澜。他忽然悟到，这种孤独也正是一个老年人所需要的，让一个人在死亡之前最好的办法便是让他的感情先死亡。如果他仍有当年的热情，他将如何承受永别的痛苦？这种孤独，这种冷漠，也正是上帝赐给人类的必不可少的礼物啊。

他又想起那头老熊，熊在死亡时也总是远离它的亲属独自走向荒林的。伯爵赤着脚，踩着俄罗斯母亲的泥土，蹚着落叶，一步一步向前走去。他须发蓬乱，穿着深色的长袍，从后面望去，渐渐化作一只老熊。

# 母亲和妻子

## ——献给母亲节

一个男人下地回来，又累又饿，进门就揭锅盖……一看大饼子都烧糊了，糊得乌黑。他对母亲吼道："我就没见——"他的母亲慌忙叫着他的乳名说"狗剩儿，这是你媳妇做的饭呀。"这个男人咬了口大饼子说出下半句："我就没见这么好吃的大饼子！"

俗话说："娶了媳妇忘了娘"。天下大部分的男人都是这样吧？看似笑话儿，但这个农民他其实说的是实话，本来糊得不能吃的大饼子一听到是心爱的妻子烧糊的忽然觉得可以吃了。一般来说，一个男人当他有了生命中的第二个女性时，他生命中的第一个女性就要退居次要的位置了。这是不能否认的自然属性。我当年只身流浪到三千里外的东北来，只想念一个人，那就是我的母亲。我落脚的地方距苏联只有一河之隔，而且那河浅得没不到膝盖，我曾经数次站在河边看着河水发呆，想一步跨过去，越境到苏联。就是因为我舍不得母亲，止住了脚步。如果在今天，再遇到那种情况，我怕是首先要想到的不是母亲而是妻子，也就是老伴儿了。

三十年前我最早发现自己这种变化时，我曾经不安地对一位朋友说起过，我说，我怎么觉得我不如原来那么亲我娘了？这位朋友义正词严地把我教训了一顿，大意是说，母亲是给你生命的人，老婆算什么？她给予你什么？是一个外人，是可以替代的女人。道理我懂，可是实际上还是不能扭过弯儿来。

母亲对一个人的恩情是无法形容的。本人有两个儿子，我就已经算得上是一个货真价实的父亲了，但我觉得父亲是和母亲无法相比的。如果我的儿子和我有矛盾我觉得没什么，如果他们对自己的母亲有什么不对的地方是不可饶恕的。不要说十月怀胎的艰辛，一朝分娩时的痛苦，单就哺育他们这种后天的行为也是永远无法报答的。当年哺育他们的时候玉米饼子刚能吃饱，别说是鱼肉之类的，煮的菜里油花都很少。就在这样自身营养缺乏的情况下，她还要从自己身体里榨出大部分营养给他们吃奶，这份恩情是什么可以代替的？父亲能与之相比？何况，那时候她还要一边劈柴喂猪开荒种地装煤车干着繁重的体力劳动。我的母亲说在我吃奶的时候，因为正是春天缺粮的季节，她还要吃一半树叶充饥。每念及此，我就感到自己对母亲是罪孽深重。从那样瘦弱的身体里吸取乳汁，这是一种残忍。

前几天，中央台又播放了《泰坦尼克号》，在沉船之际，救生艇不够用，船员们先让妇女和儿童上，最后实在不够了，就只允许妇女和儿童登艇而把大多数男人抛下了。抛下了就意味着死亡。但大家毫无异议。这个决定，人文道德上来说是一种人类的文明，而从自然伦理上来说这也是一种合理的行为。据说一个男人的精子就足够全世界的女人怀孕的，而一个女人终其一生最多也不过能生育二十个后代。那么，从这个角度上来说只有女人是不可或缺的，而男人不是。所以，女人要比男人宝贵得多。如果真有上帝的话，那么在那种危急关头，上帝也会赞成这个决定的。

在这母亲节之际，我呼吁全世界的女同胞们都来做母亲。

什么是妻子？妻子就是他人的母亲。你的妻子就是你的儿女的母亲。你的儿子是你的生命在这个世界上的延续，你的妻子就是使你的生命在这个世界上能得以延续的女人，从这个意义上讲，她就不再是一个普通意义上的女人，不能仅仅是你的生活伴侣、性伴侣了。妻子于是获得了一种神性。我农村的邻居，老伴生病死了不多久，老头儿也不行了，很快就死去。

多年前看过一幅鄂伦春族画家画的桦树皮画。讲的故事是人类起源。那上面的女人身体丰硕，而男人则在她的臂弯里小得像个婴儿。据说当初男人就是从女人身上生出来的一个附件而已。那么这个妻子也同时是母亲。我想这人类起源的故事是鄂伦春人的一种对妻子的感觉。多年相伴相依的生活会使男人对妻子产生一种像对母亲那样的依赖。特别那些妻子比自己大几岁的男人，他们一生都像依赖母亲一样依赖妻子。认真观察，你会发现这些男人在妻子面前的动作说话都像个孩子，哪怕已经白发苍苍。饿啦，累啦，馋啦，总喊堂，甚至起夜都要唤醒妻子给他开灯，稍有点儿病痛就会不停地哼哼。

所以契诃夫有一篇小说里的男主人公总称呼他的妻子叫小母亲。《白鹿原》中那位大儒朱先生在临终时对老伴儿说："我想叫你一声妈——"朱先生扬起头诚恳地说："我心里孤清得受不了，就盼有个妈！"说罢竟然紧紧盯着朱白氏的眼睛叫了一声"妈——"

读《白鹿原》时这个细节让我感动不已，我相信这不是陈忠实先生看到过的也不是他听到过的，而是他感受到的。

以上所说的都是精神层面上的，而事实上，每个男性在生理上都有着在妻子身体上寻求母亲的行为。只是这里不便明说罢了。

# 县　　城

　　这个小小的县城名字叫东宁。黄昏时分，我手里提一个只装了牙具袋的几乎是空的手提箱走在东宁的大街上。忘掉身边喧嚣的人声和车声，只有金色的阳光照着我的身体。我回到了三十多年前那个同样是初春的日子。那是我第一次走进这个县城，心怀恐惧。我怕突然走到我面前的人向我要边境居民证。那时候我还不是这座县城的居民，随时都有被抓捕的可能。当年的中国每个人都给钉在了自己的位置上，随意流动就被视为违法，而我所在的位置非常贫穷，为了逃避贫穷，我千里迢迢跑到这个边远的小县城里来了。尽管带我来的姨夫告诉我这里已经没有危险了，但我仍旧神色紧张，一路上给我的惊险令我心有余悸。

　　许多年后，我总算有了户口，也就是有了在这块土地上的居留权，走进县城已经不再心惊胆战。但每一次进城仍然是怀着一种朝圣的心理，每一座房屋、每一棵路边的树都笼罩着一种神圣的光环，每一个县城的居民都是高贵的。走在大街上哪怕遇到那个肮脏的哑巴乞丐都让我心存敬畏。县城里的人除了有权决定抓不抓我，让不让我在此居留外，还有着一些好处在诱惑着我，比如他们发布票决定我能不能过年穿上一件新衣服，他们发粮票决定我能不能在饭店里吃上一顿面条。就是我五岁的儿子也知道县城的魅力，他总是盼着我带他进城，只有在县城里他才能吃到让他垂涎三尺的大油条。每一个农村孩子进一趟县城都是一个盛大的节日，首先他们可以坐汽车，进城还能看到许多奇奇怪怪的事情，足以让他们在伙伴们面前讲上好几天。对农民来说，县城除了是一个权力和经济中心外，还是一个文化中心。最初看一场电影都要进县城，我记得看日本影片《追捕》时根本就看不懂，几乎所有的观众看第一遍都没看明白是个什么故事。那时候中国的观众对电影的现代语言完全陌生，欣赏习惯还停留在《地道战》上。

县城永远是农民的圣地，这里总是决定着他们的命运，即使在今天。

东宁县城，青山绿水，确是美丽的，绥芬河静静地在它的身边流过，这条不大的河流绕过小城之后就直奔俄罗斯而去，它将穿过那片广袤的异国土地注入日本海。环绕着小城的是一些形状很一般的山，虽然海拔也较高，却绝没有南方山峰的那种陡峭。这就是典型的北方的山。绥芬河于万山丛中穿出，带下了大量的腐殖土，形成了这块肥沃的小平原。每当春天，县城以东的稻田水光接天，燕子在刚插上秧的水面上翻飞，颇有江南风光。小城地处边陲，只有一条盘山公路是与外界的通道，在中苏关系紧张的日子里，外地人很难进入到这块土地，这里成了一块封闭的小天地。她如一个未曾涉世的少女，在这远天远地过着寂寞的时光。直到河那边的苏联变成了俄罗斯，两国交往频繁起来，这里成了一个开放口岸，东宁就繁华起来，有钱的生意人和怀揣利刃的不法之徒同时涌进了这座边境小城。作为一名挂职干部，我也卷土重来，住进了县政府大楼。到这时，我才能以另一种目光重新审视这座边境小城。我走在大街上不再诚惶诚恐。在挂职的那些日子里，我每天吃过中午饭就到绥芬河里游泳，那段河水被一个拦水坝一拦，水面宽阔浩荡，我游过去再游回来，这就是我一天的功课。那三年是我有生以来最安闲的日子。我的体重也达到了最高纪录。

今天我又一次要离它而去，一种悲凉罩上了心头。在我的大半生里，这小小的县城就是我的圣地，我每次走进它都不能不心情激动。阳光依旧，我已垂垂老矣。汽车开进了万鹿沟，这就是东宁的出口了，春天还远，但沟里的柳树已经呈现一种红色，它们正准备着春天的萌发。

第 二 辑

# 故　乡

在黄岛码头下船，一眼望见长途汽车站牌上"王台"两个红漆大字，我的心不由得一阵颤抖。在别处，这是两个普通的字，但在此处非同寻常，代表离别三十多年的故乡到了。天下着细雨，水淋淋的那两个字红得触目惊心。

早晨，在招待所醒来，蝉声震耳，这是久违了的天籁，提醒我回到故乡了。在东北是没有蝉的，即使在碧绿的盛夏也听不到一声蝉鸣。窗外一棵玉兰树长得茁壮茂盛，已经过了花季的玉兰树居然还有一朵开放在绿叶间。这朵迟开的玉兰花让我感动至深，你是单为等我这远方的游子而迟迟开放的吧？

走在三十年前我们那一群曾经称王称霸的大街上，熙熙攘攘，全部是陌生的面孔，偶尔在众多的人中寻到一个少年时的伙伴，也是面目全非，脸上皱纹纵横，头发或如秋天的树叶一样落光，或由乌黑变得花白，让人惊讶于岁月的手段，竟能把一个个青春少年摧残成这副样子。始终在一起的伙计们也许不会觉察到这变化如此之惨烈，在我这离别了三十多年的人看来惊心动魄。意外的一个惊喜是我在一个伙计的儿子身上看到了当年的我那个伙计。当时我毫不犹豫地走到一个年轻人的面前对他说，你是某某的儿子，他笑了，这一笑更使得我那个年轻的伙计重现在了眼前。我一阵冲动，几乎要冲上去拥抱他。后来我发现他说话的声音、走路的姿态都一如我记忆中的那个伙计。

在故乡有两个人让我难得一笑。一个是岳凤鸣，生龙活虎的他已经半身不遂，只能坐在一把椅子上熬日子了。当年他就是我崇拜的对象，赫赫有名的打架高手，也是篮球场上无人敢挡的猛将。他很为自己鼻歪嘴斜的样子难为情，显得很忧郁。我安慰他说，咱们都老了啊，我都五十四了。

他在椅子上歪了下脑袋，说，不老，我还觉得正是好年纪呢。

我大笑道，咱们正年轻呀。两个人于是脸上一片光明起来。

还有一个是崔兆顺。四十年前打石头，不小心炸药响了，没炸死他是一个奇迹，但老来却耳朵失聪，打雷也听不到了。我说，你比岳凤鸣强多了。他递给我半截铅笔让我写在纸上。他一看，理直气壮地说，他哪能跟我比？我除了听不见，哪都好，前天我去看他，对他说，你都这副熊样子了，还要耳朵干什么？不如给我算了。

我们俩一齐哈哈大笑。

# 西阿陀

## 结草衔环

    阿陀的地块很小，有些小得跟写字台一般大。这是真的，我给儿子做一个写字台，长一米六，宽八十五厘米，有的地块绝对没有我做的这个写字台大。土层又很薄，你一镢刨下去，嘣的一声，刨到花岗岩地壳了。阿陀人就在这样的土地上世世代代耕种着，生活着。但是，让我百思不得其解的是在如此贫瘠的土地上，阿陀的茅草和树怎么会长得如此的茂盛？去年夏天，我想越过一道沟到对面去，那些长得比我高的茅草丛硬是把我给阻挡住了。心有不甘，现在是早春，趁树没发芽，草还枯萎着，我决定再尝试一番。结果是费了九牛二虎之力，几经奋斗，还是给纠缠在一起的茅草和荆条、葛藤阻挡得寸步难行。手和脸还给刮得鲜血淋漓。坐在崖头喘息着，感到受到了非常严重的挫折，我一个大男人竟然给草阻挡住了，战胜了。我想起了那个"结草衔环"的故事。

    大约是春秋战国时代吧，有一位将军饶恕了一位本该处死的部下，这位部下的老父亲是一位老农民，感恩不尽，总想报答。你想，一位老农民，怎样能报答一位将军？这个老农民到死都深深地遗憾着。后来这位将军战败了，被仇敌追杀，眼看就给追上了，忽然仇敌的战马跑不动了，频频跌跟头。原来是那个老农民的灵魂报恩来了，只见他不断地在仇敌的马前把一些茅草打成结，就是这些草把仇敌的战马给拦住，救了将军一命。

小时候读这个故事的时候心里抱着疑惑，草能把战马给拦住？现在相信了。阿陀的草就能把战马给挡住。阿陀这块土地真有些神奇。对不起，这是"结草"的故事，"衔环"的故事给忘了。

## 你把俺吓了一大跳

一对野鸡蓦地从脚下飞起来，咯咯大叫着：你把俺吓了一大跳！你把俺吓了一大跳！我一屁股坐在地下，说：你们也把俺吓了一大跳，咱们谁该给谁道歉？看着它们炮弹似的飞到水那边去了，公野鸡那华丽的绿脑袋和屁股后头的两根长长的翎羽看得一清二楚。戏台上将军头戴的雉翎和清朝大员帽子后头拖的翎子都是野鸡的尾巴做的。把野鸡屁股上的毛戴到头上还以此为荣耀，人类真不可思议。此野鸡非彼"野鸡"，人家就像年轻人在此幽会，理所应当，天经地义，正大光明，而我在这里是闯入的不速之客，分明是我打扰了人家，归根结底还是应该我道歉。此野鸡非彼"野鸡"，公野鸡比雌野鸡要美丽得多。雌野鸡灰土土的实在没什么可说的。

阿陀山上的鸟儿真不少，我叫不上名字来。水面上的鸟儿也很多，我只认识水鸭子，小珠山水库里的野鸭子一群一群的。黄昏时分我坐在水库中央的长堤上，柳树已经鼓苞了，柳条柔软得像绸缎，在春风里飘拂。经过了一个冬天的沉淀，水清澈得要命，整个大水库像海那样是一种碧蓝的颜色。我觉得这里比那有名的"苏堤春晓"还要优美得多。一只我不认识的水鸟儿在我身边游荡着，好像比野鸭还要大一点儿，它随着碧波起伏，悠然自得。我向它扬了扬手，跟它打招呼，它却顽皮得哧溜一声钻进水里去了，我看着水面，等了那么长时间不见它出来，等啊等啊，简直有一年那么长，我担忧起来，别是淹死在水里了吧？终于，它在很远的地方浮了出来，向我抖抖翅膀，溅起一片白色的水花。像对我炫耀：怎么样？俺这水性！我向它喊：你可把俺吓了一大跳！

## 少 年 风

对别人来说，这只是春风，比较强劲罢了。但是我要叫它少年风，因为它吹到我的脸上时，我闻到了一股熟悉的记忆久远的味道，在风中闻到了我少年时闻到的味道。我有一种回到少年时的感觉。它非常纯净，跟在这几十年在都市里闻到的风的味道绝对不一样，都市里也有风吹过，但总会有汽油的灰尘的味道。这种强劲的风带有这种清纯的田野上的，甜丝丝的味道，只有在我记忆深处存在，就是少年时闻到过的味道。

阿陀的春风是从西南方的山垭口吹过来的，它像浩浩荡荡的洪水一样，一路上奔过千沟万壑，淹没了一切，所到之处无论是土里的虫子还是草树麦苗，立刻苏醒过来，生机盎然。我站在村口的崖头上，仰起脸，让它抚慰着我这经历了六十多个春秋的苍老的脸庞。花白而稀疏的头发在风中奋力挣扎着，渐渐地，一股久违了的少年似的激情在我心中开始萌动，一滴热泪潸然而下。

## 笛声悠扬

夏天的夜晚，布满繁星的阿陀村子上空，总会飘荡着悠扬的笛声，阿陀的大人小孩儿都知道，这是林宽在吹笛子。在一个昏暗的夜晚，我跟在林宽的后面听他吹笛子，他在街上就那么自顾自地一路走着一路吹，我在后面几米处跟着，他看不见我，我也不招呼他。蝉声歇了，偶尔有几声蛙鸣在给他伴奏。他吹得很投入，但我仔细地听了听，他几乎没有完整地吹奏过一首曲子，说句不好听的，他是在信口乱吹；说句好听的，叫即兴演奏。在村委会大门前的空场上，他坐了下来，我也凑过去坐在他身边，对他说，林宽，你吹得不错呀。他嘿嘿一笑，说，瞎鸡巴吹罢了。这是我第一次跟他交谈，在夜幕的掩护下，他不知道我是谁，如果是白天，他一定会很尊敬地称呼我小姑夫。我有心理障碍，让一个七十四岁的人称呼长辈，我会不舒服。昏暗中谁也看不清谁，互相对着一个黑色的影子说话，这样很好。四无人声，周围的山峰黑黢黢，像一群巨人环绕着我们，下面大水库里闪烁着远处灯火的微光。

我请他继续吹。这次他吹了几首我熟悉的曲子，《社员都是向阳花》《一座座青山紧相连》，还有《毛主席来到了咱们农庄》。这些旋律让我回到了那逝去的时光。他的门牙掉了，吹的时候发出了一种嘶嘶声，他满怀歉意地说，门牙掉了，漏风，不行了。的确，林宽是老了，白天我看见他已经满头白发。一个人能把他的一种爱好保持五六十年，这种执着就让人尊敬。

西阿陀的男男女女老老少少都说好人林宽，我还要说，高人林宽。如果世上真有什么济公活佛的话，那么林宽就是济公活佛了。"鞋儿破，帽儿破，身上的袈裟破……"这是电视剧《济公》的主题歌儿，林宽也是。不单单是"鞋儿破"，他一个夏天都是赤裸着双脚根本就不穿鞋；不单是"帽儿破"，冬天一过，林宽总是光着头不戴帽子；不单单是"身上的袈裟破……"天气一暖和，林宽的破"袈裟"也脱掉，总是光着脊梁任凭太阳暴晒，上下只穿一件短裤。还有，济公活佛从来不洗脸，林宽也是从来不洗脸，并且，他这一双手也很少洗过。洗澡更不用说，从来没有过的事情。济公当然没有老婆，林宽也一样做到了，不近女色，打光棍到今天，七十四岁了。

济公活佛慈悲为怀，林宽更是毫不逊色，林宽养了好几只羊，但他从来不是杀了它们吃，而和这些羊同居一室为友，和睦相处；林宽养的鸡更进一步，从来就把一个个的脑袋直接伸进林宽的饭碗里和林宽共同就餐。济公活佛唱道："哪里有不平哪里有我……"这点林宽不行，因为法力有限，他不能像济公活佛那样呼风唤雨，铲除豪强，但他可以说："哪里有活儿哪里有我。"他最爱帮人干活儿，有多大力气出多大力气，从不会要滑头。谁家盖房子，谁家有事地里庄稼收不过来，谁家要搬家，林宽立刻就会出现在你面前。助人为乐林宽不是学谁，他从来就是这样。老伴儿说她还是个孩子时，到井上担水，只要遇上，林宽总是要帮她把水打上来。山村里的孩子只要比水桶高就开始担水，但是能担得动两桶水，把打满水的水桶从井底提上来却很困难。于是就常常看到，林宽在井台上，屁股后头就跟着一帮孩子，这个叫一声大侄子，那个叫一声大侄子，林宽就高高兴兴地挨个给大家都把水桶从井里打上来，然后才能打自己的。

夜已深，林宽还在不知疲倦地吹奏着笛子，我悄悄地起身回家，就在我昏昏沉沉要睡着的时候，笛声在昏暗中仍旧传来。我想，林宽就是阿陀这块土地上生的精灵，他身上有着这土地的淳朴，也有着这块土地顽强的生命力，他从来不知道讲卫生，可也从来就不生病打针。到今天已经七十四岁，二百斤的担子挑上就走，二十岁的小伙子也比不上。林宽一贫如洗，无儿无女，但少了林宽的阿陀将是不完整的阿陀。

## 土地开拓者

一蓬红茅草在崖头上像一支火炬似的在风中抖动着，我看着下面这块约有半亩大的土地，十年前的一幕重现眼前。那天我也是这样毫无目的地在山里乱转，忽然出现在眼前的一幕情景把我惊呆了，我看到一位老人在转动着一柄巨大的镢头在刨我脚下的山崖。他光着的身子，像半截枯死的树桩，皮肤也像树皮那般苍老又粗糙，已经没有一点儿弹性，他只是那么转动着，抡着大镢，像个机器人那样机械地一下一下撞击着石崖。那镢头没有锋刃，足有一指厚，每刨一下只能掉落下很小一捧风化了的沙石，但老人就那么无意识、无感觉一样，不断地转动着，镢头不屈不挠地向石崖上撞击。我在心灵的深处受到了一种震动，一声不敢响，一动不敢动地站在崖头上看着他。时间好像都停止了，我不再听得见他刨岩石的声音，也忘记了头顶上那轮火一样燃烧着的太阳。终于，他停了下来，蹲下身去，他摸摸索索地用手把刨下的沙石摊开来，铺平，把大一点儿的石块垒到地堰上。我这才发现，他的双眼已经瞎了。

在我小心翼翼地离开这个瞎了眼睛仍在开拓土地的老人，翻过一道沟，遇到一个种地的妇女，我问那边刨地的老头儿多大岁数了？她直起腰想了想说，大约快九十岁了吧？九十岁了还在刨地，我认为这一定是位孤寡老人，又问，他家里什么人都没有了吧？她说，嗨，人家儿子是这个村的书记呢！我心中一声响亮，他那半截枯树桩一样的脊背、那机械地抡镢头的动作就永久地印在我的脑海中。

现在，这位老人已经不在人世了，他开拓出的这块地里麦苗葱绿，生机盎然。阿陀的许多土地就是阿陀人这样生生不息地一代一代开拓出来的。这些一块块充满了生机的土地就是他们的纪念碑。不要小看土地，你看当年雄伟的北京元大都城墙，几百年的风雨沧桑，留下来的只有一道高高的土垄；你看当年金碧辉煌的金故都白城，如今只有一个个土丘。土地是卑微的，土地是永存的。

## 石　碾

阿陀村口有一座石碾，多年不用，碾樟烂掉，碾盘和碾砣已经淹没在蒿草中。这次来一看，呀，已经清理出来了，还装上了新的碾樟，可以使用了。玉君说，是我做了副新碾樟，修理好，让大家用一用。玉君已经多年不在西阿陀生活了，而且他该知道现在人们用石碾的机会很少，他为什么要费力修理好呢？我想了想，他除了想给乡亲们做好事外，还可能是一种怀旧的心理。他少年时代一定是用过这石碾，或是亲眼看到过母亲用这石碾碾过米面，现在看到它被遗弃在荒草中不忍心。不管如何，现在是一准儿可以推着它来碾米了。

其实我第一次来西阿陀，就发现了被遗弃在荒草中的巨大的碾盘和碾砣。它曾引起我许多幻想。我十岁左右就到过旧阿陀村，那时的阿陀村在山下小珠山水库的中央。五十年前，父亲参加修建小珠山水库的工

134

程，就住在阿陀村，母亲让我来给他送衣服。在我的记忆中好像村里不止一座石碾，当水库修建起来蓄水之后，那个旧阿陀村就给淹没了。阿陀人搬移到了这个山坡上。毫无疑问，那些笨重的石碾就给遗弃在了水库底下。我不知道眼前这座石碾是从旧阿陀村搬移上来的，还是后来又重新打凿的。

按照新的时空理论，过去消失了的人和一切事物，并不曾真正的消失，它们都永远存在于过去的时空中。那么，旧阿陀村的一切至今也都应该仍旧在原来的位置上，在大水库深深的水底，旧阿陀人依然在那里生活着；炊烟依然从家家屋顶上升起；狗依然在那些旧街道上溜达；猫依然蹲踞在那些破败的草屋顶上；村头的石碾依然在咕噜噜地转动。

那年我带十岁的小儿子在大水库里游泳上来，坐在水边休息，忽然小儿子说，爸爸，我听见水中央有咕噜噜的响声。我悚然一惊，似乎看见深邃的水底下有一头蒙着眼的黑驴正在拉着石碾碾米，旁边一个梳着高高的发髻的小脚妇女在罗面。那是正午，山野四无人声，只有中天白炽的太阳照耀着。我站起身拉着小儿子赶紧离开水边回家。

玉君重新把碾修理好，但是村里再也没有马也没有驴了，再用它碾米只能是人推。


# 老 姑 爷


旧阿陀村曾和我有过一面之识，新阿陀村和我毫无瓜葛。只因三十五年前这个村子里一女孩子千里迢迢跑到东北和我生活在一起之后，这个小小的山村就与我血肉相连，我觉得这里的每一棵草、每一棵树，甚至每一块石头都无比亲切。作为新姑爷我第一次来到阿陀村的时候却不受欢迎，走在街上，我曾亲耳听见有人在我的背后说，太矮了！我冷冷一笑。我知道这是故意让我听到，说这话的人有一种很不友好的情绪在里面。我想，我把他们村里最漂亮的姑娘给娶走了，他们心怀不平呢。我警告所有娶了农村姑娘的新姑爷们，你们千万别以为第一次到丈人村里会受到欢迎，也许人家村里还有许多小伙子正在打光棍呢，你却把人家的指标给抢走了。

三十四年后，走在阿陀街道上的已经是六十多岁的老姑爷了。太阳照耀依旧，当年那头乌发却已经变得花白，而且已经所剩无几，脸上更是布满了人生的沧桑。但他不再受到嫉妒，而是宽容和礼遇。因为他们所见到的自己村的姑娘已经变成了白发奶奶，当年的不平情结也就冰化雪消。

我在西阿陀的日子里，不知疲倦地奔走在这千沟万壑间，毫无目的，毫无目标。每一道水沟、每一条小路、每一道田垄都能让我流连忘返。我似乎在每一座土崖下面、每一块地里都能依稀看见妻子年轻的身影；每一条小道上、每一个土坎前、每一个拐弯角儿都能遇见妻子驴似的拉着套绳拼命往前奔跑。当年是生产队，她理所当然地走遍了这块土地上的犄角旮旯。生产队的运输工具只有那种独轮小车，队长把这些女孩子们像拴牲口一样，每辆小车上都拴上一个。那时候年轻，她们只知道"外面的世界很精彩"，却不知道"外面的世界很无奈"，套绳拴住了这些女孩子们的肩膀却不能拴住她们不安分的心。只要有一点儿风吹草动，她们就能义无反顾地扔掉套绳，弃家逃跑。

其中的一个，懵头懵脑地跑到了冰天雪地的中国最东北，和一个同样懵头懵脑跑到那里下煤矿的小子，糊里糊涂地过到了一起，并且一过就是近四十年。直到头发都白了，他们越来越发觉得丢失了什么，又急如星火地跑回到故乡。

我的村庄已经被折腾得面目全非，西阿陀的山山沟沟却风景依然。跟她一起来到了这个卑微的小山沟里，"权把他乡当故乡"，似乎能找到许多久已消失了的东西，看着这里的每一块石头都似曾相识，只想跟它说话。


## 老　　屋


西阿陀村里这样的土屋已经不多，这些土屋都建于20世纪的50年代，不用砖也不用土坯，就那么把黄土用棍子夹起来打成墙壁，屋盖苫上草顶就成。在乡村，住老屋是没本事的人，西阿陀人几乎都把老屋改造成了新的砖瓦大房子。在农村，人们最计较的是住房，住的是新房就标志着你们家兴旺，否则就相反。只有妻子家的土屋还在，我建议她也把自己的老屋改建，但是她却要保留老屋，在前面另起新房。有一天，我在老屋的后墙上偶然发现了两段毛主席语录，我立刻转变态度，支持妻子的决定。这座老屋应该是文物了，它记录着那个非常时代。

黄昏时分，夕阳照耀着土墙，这平日里看上去极为单调的土墙忽然金碧辉煌起来，那些被风雨斜侵得坑坑洼洼的墙面像久经风霜的老人的脸，也充满了引人注目的内容。风雨就是这样地在这上面刻画着年轮，一层一层十分清晰。土中的石子都给清清楚楚地一粒一粒突露出来。

我和妻子住进了她童年时居住的土屋里。我觉得这土墙壁里已经浸透了年轻妻子的呼吸，我看看陈旧的不平的地面，想象着她的脚在上面踏过；抚摸着烟熏黑的门板，她的手也一定在这上面抚摸过；躺在土炕上，似乎仍旧有着她那青春火热的体温。

夜里，被一种声响惊醒，坐起来，拉开灯，原来是山风从土屋脊上千军万马似的呼啸而过，这种声音只有在山野才能听到，它洪大又细致，悲壮又激昂。当气流翻过山峰沿陡峭的山坡俯冲而下时，像大海的滚滚波涛铺天盖地轰鸣着，而气流同时又在那亿万马尾松尖利的松针间发出尖锐的哨音，两种声响交汇在一起，整个小小的山村都在震动。我看了看身边的妻子，她竟然睡得像一块石头，她的表情如同婴儿般甜蜜而安详。我忽然明白，一个人能白发苍苍之时还躺在童年的老屋里睡觉，实在是一种天大的幸福。

# 弃屋与僧人

　　下着细雨，气温骤降，我在黑暗的村子里行走，梧桐树的落叶在脚下沙沙响，一阵风刮过，树上又哗啦啦地飘落下几片，撞在地上发出很大的响声。这样秋风秋雨的夜晚最易伤感，在最柔软的内心深处怀念一下故人是一种凄凉的甜蜜，但我遍想了自己的亲人或朋友，没有一个能融合此情此景。这时，那个素不相识的僧人跳进我的脑海里。远望没有一丝灯光的西山，这样凄风苦雨的夜晚，他孤身一人在那石屋里该是多么凄凉啊，人说孤佛青灯，他连一个相伴的孤佛偶像都没有。

　　多年以前，我在困龙山里行走发现了那座弃屋。当时盛夏，我分开浓密的树丛走近那座石屋时忽然蝉声震耳，石屋四周长着高大的槐树、梧桐树、柳树等，树上千万只蝉一齐鸣叫，简直是铺天盖地，我从来没有遭遇过这么轰鸣的蝉鸣，但寂静得让人窒息。树下聚集着一些大得吓人的癞蛤蟆。这是一个石砌的院落，院门上挂着一把锈迹斑斑的老式铁锁，门板经长年风吹雨打，下半部已经朽烂。我像狗那样趴下向里窥望，院子里荒草萋萋，石板铺的甬道上也长着蒿草，屋墙是石砌的，那种抗腐朽的山草屋顶也变得乌黑，门窗只有一个个的空洞。院里一片荒凉，却有一丛通红的月季花在寂寞地开放着。我看得累了，缩回身子。身下的石阶洁净得一尘不染，人的脚掌磨出的凹陷清晰可见。在当年，以打柴或挖药草为生的一家人一辈又一辈居住在这石屋里，娶妻生子，繁衍子孙，这个院落里也曾生机勃勃欢声笑语。后来，外面的世界变得越来越精彩，年轻一代耐不住这深山的荒凉，弃之而去，这石屋就孤寂地年复一年地待了下来。当我复又趴下向里窥探时，恍惚间，一红衣女孩儿咯咯笑着走来，我慌忙缩回头，急急地下山。半路上又似乎听见吃吃的笑声，回头一看，耀眼的阳光在树叶上闪闪跳跃，空无一人，唯有蝉声震耳。

　　去年夏天，我回到故乡，又去看那座废弃的石屋。由于雨水特别好，山里的草木长得更加汹涌。正走着，草丛中一个黑色的怪物吓了我一跳，近前一看，竟然是一辆奔驰轿车。车顶上有白色的鸟粪，车轮已经淹没在很高的蒿草里。果然，弃屋的门打开了。我大起胆子，轻轻走近，屏住呼吸从半掩的板门向里看，只一个光头和尚坐在院子中间打坐。强烈的阳光照在他的头上，他一动不动。看上去他最多不过五十岁。天气炎热，我看了一会儿，流下汗来，打坐的和尚却凝然不动。我悄悄退下出来，不敢惊动他。下山来向人打听，大家只知道他是半年前住到石屋里的，大约一个月能下山一趟，很少与人交往。我满腹疑问，又上山一趟，很想与他交谈一下，他是哪里人？他为什么住到这里？他以前是干什么的？但又一想，他既然住到这深山里肯定是厌恶了与人交往，不愿任何人打扰，我也就望而却步了。

　　我的妻子就是阿陀人，说起来我是阿陀的老姑爷了，昨天又来到这个偏僻的山村小住。被和尚所吸引，我又走进了困龙山，这次我想从后山坡接近那石屋。不想和尚正在后山坡上割草。那茅草整齐得像一堵墙壁，下半部经了霜变得一片火红，而上半部的缨穗一片雪白，风吹动，在秋天的阳光下闪闪发亮。挽起绛色僧袍的和尚敏捷地挥动着镰刀，只听见嚓嚓响着。他在一心一意地预备过冬的烧柴。我看着那情景完全失去了接近他的勇气，又悄悄地下了山。

　　我常常会在一件小事上犹豫不决，顾虑重重，今天我本来是准备了自己出的一本书，想以赠书为借口去见这位僧人的，但又想，人家说不定只读佛经，对这种俗世书籍不屑一顾。就这样犹豫到下午仍然没有上山。天阴起来，下了雨，我就找到了一个借口，不用上山了。现在，秋风秋雨愁煞人，在这样寂寥的暗夜里，那僧人自然就又重现在我的眼前。

雨仍旧在下着，无声无息。站在我的位置，东边是灯火璀璨的青岛新区，西边就是黑沉沉的困龙山。毫无疑问，那片昏黑山林里的僧人曾经富有过，曾经灯红酒绿过，曾经男欢女爱甜蜜缠绵过。当他毅然地弃绝了那个繁华的世界，来到了这个偏远昏暗的深山里居住下来，谁能知是发生了一个什么缘由？同一个凄冷的雨夜，我与他却是两个世界，"此岸"的我永远难以理解"彼岸"的他。雨下得大了，沙沙的，冷气透心，我返身向回走，在那里有一间温暖的屋子，等着我的有一个相伴四十年的女人。

# 雨中列车

黎明时分醒来，列车在雨中行进。一缕云横在山坡上凝然不动，闪亮的雨滴流星一样在车窗上划过。满山翠绿。天地静穆。

与妻同行，回故地。看她酣睡中的容颜，已见衰老。三十年前，十八岁的她，千里迢迢从山东老家奔赴东北，坐的就是这趟列车，走的就是这条路线。山野依旧，人已老。马桥河、红房子、太岭、代马沟、细鳞河、绥阳，这一个个的小站就立在铁路旁，米黄色的俄式小房子。它们是路标，一处处人生的路标。走过来了。现在是初夏，万木葱茏，特别让人心动的是这北方的绿色，这在南方是绝对不能相比的绿色。绿遍山野。

这是一条我三十年前进入山野的路线，也是十六年后我走出山野的路线，其间我也曾多次在这条路线上走过。这是我所居住的地区唯一通向外界的路。凄风苦雨，我终于走出来了。但我的一些东西却永久地留在了这里。我觉得像有一根肠子给挂在这山沟里的树桩上了，它让我走出去却又不能忘掉。

一间草屋立在林间的空地上，屋顶被雨打湿，乌黑的。一只塑料盆放在屋檐下，已经积满了水，篱笆歪歪斜斜围住院子，怕是连狗也挡不住。主人还没醒来，这样的天气里即使醒了也要翻过身再睡上一会儿，地里不能下，林子里也是水淋淋的。还是睡觉吧，睡觉是唯一能做的事情。我们居住的山沟是一条比这还要小的山沟。在奔驰的列车上看这样的居住在山沟里的人家，总觉得他的终其一生蛰伏在这里的可怜，岂不知他们也有他们的生趣和快乐。

雨还在下着，不大，也不小。列车经过一座桥，是石桥，桥下是一条湍急的小河。因为下雨而变得有些浑浊。当年每次从这条路线上出来都充满着惊喜，外面的世界一切都是新奇的。回去的路上都是急不可待，渐近家乡一切都亲切，一草一木，甚至每一块山上的石头都是亲人。妻子和孩子早就站在大道边等了。年轻的她，高大的身材，领着两个孩子，夕阳照在他们身上。

这次回去是最后一次，我们已经决定在退休之后就回山东老家，此一去可能不再回来。但是这里却是终生不能忘记的。我的青春埋葬在了这荒凉边远的山沟里了。她离开故乡是一个十八岁的姑娘，回去的是一个半老妇女；我出来时是一个满头乌发的小伙子，回去的是一个头发花白的退休老人。与妻子重走年轻时的路，感慨万千。

列车在雨中行进。一个水塘边几只白鹅啄食鲜嫩的青草。

# 窗外的小院

又下雪了，雪覆盖了窗外的小院，静悄悄的，早晨第一缕阳光穿过稀疏的树枝照在了雪地上，一层淡淡的金红色便充溢了这个寥无人迹的小院。这已经是第二个冬天园内无人了。去年，一行留在雪地上的脚印几乎贯穿了整个冬天，窗外的小院是很早以前的俄罗斯领事馆，中苏关系紧张的时候他们便不在这里居住了，后来由黑龙江省文联接手搬了进来。文联是一个冷清的机关，这也就保证了这个小院的几十年的清静。俄罗斯人在他们的小院里种满了树，有杨树、松树、云杉、水曲柳、山丁子，最多的是榆树。现在是冬天，树叶已经全部落光。天空阴暗，黑色的树枝在灰色的天空下无言地横着。鸟儿们都远远地飞往南方去了，只有一只啄木鸟还留在这冬天的树上。它围着一根枯干的树干上上下下转来转去地忙碌着，一边敲敲打打，一边仔细地察看。它在找虫子。我站在窗前看着它，我无所事事。我深为它的忙碌所感动，我为自己的无所事事感到奇怪。只有人类才如此的奇怪：在这样的冬天里我能坐在温暖的屋里什么也不用干就能取暖，就有饭吃，不用到处寻觅。于是我打开电脑，敲打出上面这些字。这也是我敲出来的虫子，可是真的有人需要这样的虫子？

窗外的小院是寂静的，是一幅我天天要面对的风景。现在已经是秋天了，紧靠楼墙的那棵大杨树叶子显得苍老起来，虽然还没有黄也没有脱落，还是绿色的，但这绿已经是正在失去生命的绿了。最先黄起来的是那几棵野核桃树，它们每年都能结很多核桃，但是果仁太小，没有人去捡了吃。还有那棵死半边的水曲柳，有的叶子也呈现出了黄色。院子里年龄最老的榆树，树龄都在一两百年。去年有一棵枯了半边，今年春天它没有发芽，真的死去了。

空地上的莠草已经完全枯死，那些艾蒿变成灰白，有的已经倒伏。窗外的小院正在凋零。最惨淡的是那个老头儿种的吊瓜，春天他搭起了两个架子，瓜秧爬得满满的，现在大多数的叶子死了，才看得见是结了两个黑色的吊瓜。这种瓜是必须吊起来长的，小时候我记得村里家家的土墙上都爬着这种吊瓜。煮熟了吃面的最好。我真弄不明白他从哪里讨得这种吊瓜的种子。刚化冻时，他曾经忙着收拾地，先是把一些烂草和树叶子用一个铁耙子搂起来，又点上火烧掉。然后把地刨起来，又用一些棍子和木板搭起两个架子。整个夏天倒是长得很茂盛，遮蔽了两大片地。现在却只见这么两个瓜，不知道他是不是失望。

我的音箱里反复地唱着莎拉·布莱曼的《七月里的冬天》，我不知道是什么意思，但那种苍凉与无可奈何却令人心颤得几乎要死去活来。音乐永远是无法用语言表达的。金黄的菊花开在这样一个寂静的秋天的黄昏，屋里光线有些暗下来，它却愈加开得热烈。我在寂静中感受着生命，感受着时光的流逝。人只有在寂静中才能感觉到生命的意味。

这个小院已经荒芜了三年了，因为要还给俄罗斯，省文联就搬了出去。一栋米黄色的欧式二层小楼掩映在树丛间。有时我会恍惚间觉得有几个白皮肤蓝眼睛的俄罗斯孩子和女人出现在这个小院里。甚至还能听得见她们清脆的叫声。

冬天又将无可回避地降临这个小院了，在整个漫长的冬天里这个小院就更加凄凉，下了雪后，几乎是一个冬天那行唯一的脚印都会存在。它被人们彻底给忘记。我会长时间地站在窗前看着雪落在乌黑的树枝上又被风吹落。那只啄木鸟不知为什么还留在这里，我看见它在那棵枯死的老榆树上叨了个洞每天忙着出出进进。寒风只吹得那丑陋的枯树摇动，我在有暖气的屋里打了个冷战，难道它就不怕冷？

菊花在屋里静静地开着，《七月里的冬天》忧伤的旋律在回荡。冬天即将到来。在漫长的冬天里，我和小院里的所有树木和花草都盼着春天的回归。春天这院里会开满一院子的桃花，红的，粉红的，火红的，真正是如火如荼啊。我想这一定是那些俄罗斯女人当年栽种的，只是她们于今已经不知哪里去了。我想起那首唐诗："去年今日此门中，人面桃花相映红。人面不知何处去，桃花依旧笑春风。"现在我只有坚韧地等待着。等待着那花开，等待着那树叶重新萌发。

不久我就要离开哈尔滨了，不知谁将会在这里来面对这个小院。也不知道它会不会还这样荒凉下去。

# 呼兰河，呼兰河

    呼兰河，漂泊在异乡的萧红魂牵梦萦的这条家乡河，仍旧在东北大平原上静静地流淌着。如果你从遥远的地方慕名而来，出现在你面前的是一条毫无特色的平原上的河流，浑浊而呆滞，没有沙滩，没有陡峭的河岸，没有两岸茂密的树林，甚至没有激流，没有浪花，弯来弯去死气沉沉地流着。你一定会大失所望，而呼兰的老人会告诉你，这不是萧红放河灯的那条河，呼兰河改道了，原来的河道不在这里。那么，那条梦幻般的呼兰河在哪里？

    十年前，采访结核病院，偶然发现呼兰河的旧河道就在墙外。我看到的是一条长满了蒲草的一湾死水，也就是死去了的呼兰河。

    据说当初建立时，这是东北地区最大的结核病院，但因地处偏僻，渐渐地就冷落了。不过从它占地的面积上看，确是一个规模宏大的病院。由于占地面积太大，很多地方都荒芜了，长满了野草，又因为对肺结核传染的惧怕，很少有人到这里来，于是，这里就成了野草的天堂，它们肆无忌惮地疯长，那些艾蒿高可没人。还有那些高大的榆树杨树，参天蔽日。这里距县城并不很远，但风吹草动，木叶萧萧，如置身于远离人间的荒野。据说呼兰河的女儿萧红，就死于肺结核，人们在她的家乡建立这么大的结核病院岂非是一个巧合？

    临近呼兰河旧河道的是一座废弃了的庄园，空无一人，断壁残垣，庭院里长着几株老榆树。我分开草丛，发现躺着断成几截的石碑。有一块是侧躺在地下的，我不得不像狗那样趴下，歪着脑袋，用心地研读碑文。这原来是一座将军府。因为他镇守呼兰时清剿土匪保一方平安，当地人为纪念他给他修建了这座将军府。那时候呼兰是这一带的首府，松花江对岸的哈尔滨属于这里所管辖。将军出身贫寒，幼年时为了吃饭甚至当过和尚。长大后当了清兵，还提升为军官。再后来投身辛亥革命，参加了武昌起义，作战勇敢升至师长。

出将军府二十米远，临河而建的是一座高高的青砖钓鱼台，以当时的情况，可以说这是一个颇具规模的建筑，历经六七十年的风吹雨打仍然完好。只是上面给后来人刻满了"某某到此一游"的字迹。登上钓鱼台，似乎看见白发苍苍的老将军端坐台上垂竿而钓。台下是日夜流淌着的呼兰河。但我有些疑问，真为钓鱼何必要筑如此高的钓鱼台？这名为钓鱼台，实际上只不过是让那戎马一生的老人在这里观望一下这条呼兰河而已。可以想见他晚年的寂寞、孤独。

中午，我独自一人躺在病院的长椅上睡了过去。不知是什么原因，这是我多年来睡得最长、睡得最香的一个午觉，我甚至还做了一个梦。醒来还是因为长椅旁一丛盛开的波斯菊给风吹得弯下腰拂在了脸上。波斯菊的枝干纤细得线一样，风吹动，几欲折断的样子。

我多次拜谒过萧红故居，但真正让我感慨的倒是呼兰河畔的这座结核病院。因为我知道萧红故居的建筑都是后建的，除了地址外几乎没有一样是原来的东西了。出了病院南小门，依墙散乱着一些小小的土堆，据说这是在病院里死去的结核病人，有的是没有亲属，有的亲人不愿往家拉，就地把他们埋在这里了。那天晚上恰好是七月十五中元节，我弄了点儿纸想去祭奠一下这些远在异乡的灵魂。烧完了纸，当灰飞烟灭时，忽见呼兰河旧河道上忽明忽灭有几盏灯火在漂移。我一下子想起萧红写的放河灯。"七月十五盂兰会，呼兰河上放河灯了。河灯有白菜灯、西瓜灯，还有莲花灯……死了的冤魂怨鬼，不得脱生，缠绵在地狱里边非常苦的，想脱生，又找不着路。这一天若是每个鬼托一个河灯就得以

147

脱生。大概从阴间到阳间的这一条路非常之黑，若没有灯是看不见路的。所以放河灯这件事是件善举……"美丽的萧红芳菲之年死在了香港，弥留之际身边没有一个亲人，甚至连一个朋友都没有，孤苦伶仃到了极点。她死后又葬在了那个万里之外的什么浅水湾，成了真格的她说的"冤魂怨鬼"。今天这个阴间的节日，可曾有人给她一盏河灯照亮她回故乡的路途？

# 马　桥　河

二十六年前的春天，马桥河推拥着草屑、泡沫和枯树叶浑浊地流着。我向一个坐在牛棚前弹吉他的青年打听乡亲岳凤鸣。太阳暖洋洋地照着，牛粪蒸发出一种不算难闻的气味。那青年收起他的吉他说："跟我来吧。"

刚化冻，马桥河的雪又大，街上泥泞不堪。他说："你放心，我不会像有些人那样把你领派出所去，咱不干那样的事。"

马桥河是绥缤线上的一个小站，从这里再往东就是边境地区了。马桥河的人都有边境居民证。在这里常常有向东去的人被阻。那时候和苏联关系紧张，没有边境居民证就要被当作特务先扣起来。其实绝大多数都是一些我这样从山东来闯关东的盲流。真正的特务倒不一定会被捉住。

小伙子告诉我，前天派出所就捉住了从内地跑来的一男一女两个青年，好像是大学生，那男的逃跑，又给追上了。直到今天我都感谢那位不知名的青年，我当时一望而知就是从山东来的盲流，他却没把我送到派出所里去，而是踩着满街烂泥亲自把我送到了岳凤鸣家。

从此，我就在马桥河住了我一生中极难忘的一个月。真有点儿像伍子胥过昭关，住又住不下，走又走不了。马桥河是一个公社，岳凤鸣正在那里当跃进大队的革命委员会主任。他父母当时还健在，我应该叫爷爷、嬷嬷，我就住在二老家里，睡在他们炕上。两位心肠极好的老人，现在都已经过世了。

我要到东宁县去我的姨家，求岳凤鸣为我弄一张到东宁的边境通行证。他很快就弄到了，但是在上火车的时候却出了问题，被派出所拘留，押到派出所搜身，岳凤鸣又把我给弄了出来。他咬牙切齿地说，等我哪天喝醉了捶他一顿。他说的是那个姓田的所长。还没到种地的时候，我不能帮人家下地干活儿，只能蹲屋里白吃饭，这对于我是一件非常痛苦的事情。度日如年。挨到了清明节，我写下了四句这样的诗：马桥河边过清明，云天低低雪蒙蒙。乡亲举杯话故园，正是柳绿桃花红。后来姨夫和表舅领着我步行从马桥河走到了绥阳，又从绥阳搭了一辆货车才到东宁，又大约步行了一百里。我在东宁度过了近二十年。马桥河是必经的一站，许多年来我不知道从它身边走过多少次，但总没能下车去看一看。第一次经过时我曾很激动，脸贴在窗玻璃上贪婪地看着那小小的站台。在那里我曾像罪犯一样给捉住，现在边境居民证早已经取消，人们可以自由来往。

岳凤鸣为人豪气冲天却心机太少，他当上官纯粹像程咬金当皇帝，是一个偶然的机遇，也像程咬金当皇帝一样，很快就给人搞下台了。我记得他穿一双高腰的大水靴子，像日本军官穿着马靴一样，在大街上威风凛凛地走着。他让两个村民自己敲锣打鼓游自己的街，据说一个是偷鸡摸狗的小偷儿，一个是打骂父母的人。一听到锣不响了，他就找过去骂道："你他妈的使劲敲！大声，说自己的事儿！"他让他们自己说自己的罪状。那两个人用力敲锣了，但说自己的罪状却很小声儿。他冲上前去踢了一脚："大声！大声喊！"

我这辈子遇到三个口才最好的人，一个是前文化部长王蒙，一个是作家邓刚，再一个就是乡亲岳凤鸣了。但他却在一次讲话上栽了跟头。他带领马桥河的文艺宣传队到林业局做慰问演出。经不住林业局领导们劝，他喝高了，摇摇晃晃上台去讲话，往台下一看，成千上万的人在他眼前全变成了一个个火柴头儿，他感到很奇怪，怎么人脑袋会变成火柴头儿呢？但话还是要讲的，他说："啊，咱们工农联盟是一家……"脑袋里一片空白，下面该说什么一句也想不起来了。他口才好，从来讲话不用稿儿，滔滔不绝，这次却怎么努力也没词儿了。他又重复："啊，工农联盟是一家……"脑袋里仍旧一片空白。下面的人给他造蒙了，鸦雀无声地等着下文，他却只能重复这一句："工农联盟是一家。"他还要再重复的时候，跟来的人只好把他给架下去了。从此，只要他一到林业局，街上的孩子就会喊："工农联盟是一家来啦！"这成了他一生的耻辱。

他很快不当革委会主任了，还挨了批斗，后来就回到了山东老家。在马桥河他住了十年，经历了他人生当中的最辉煌也经历了他人生中最艰难。

我永远也忘不了马桥河，我在那个小地方也被迫脱得一丝不挂给人检查过，这是我一生的耻辱。现在我一年也要数次经过那个小站，火车一停，我就想起岳凤鸣和那段生活。现在又是二十六年过去了，又是一个解冻的季节，马桥河仍然推拥着草屑和泡沫向下流淌，只是那里没有我也没岳凤鸣了。

# 遥远的江，黑色的江……

## 1

我来重复那个老掉牙的故事。

那一天太阳很亮。一个男人从庄稼地里赶回来，满头大汗，手里提着一把割谷子的镰刀。一进屋就看见了老婆刚刚生下的那个孩子。那是一个遍体乌黑、人面蛇身的怪物。它正盘在窗棂上。窗棂的木棱硌痛了它柔嫩的身体。它惊慌地看着这个闯进来的男人。男人忽然挥起镰刀向它砍去。母亲扑上去阻拦时，锋利的镰刀已经把那个人面蛇身的孩子的尾巴砍下半截。那孩子一道血光飞出了窗外。

这是一个中国式的仇父恋母的故事。

这孩子越过了千山万水，飞到了东北方的一条江里住下来。因为他姓李，人称秃尾巴老李。当他母亲死的时候，他从东北回到家乡来了，一路上狂风暴雨。这一天是五月十三日，他每年的这一天都要从那条遥远的江里飞回来给他的母亲上坟，总要带回一阵大雨。因此在我们的家乡那一带流传着这样的一句谚语，大旱三年忘不了五月十三日。也就是不管天多么旱，在五月十三日这天总要下一阵雨。

在北方的那条遥远的江从此就叫作黑龙江。这个秃尾巴老李就在这条江里为神。有一年，一条白龙来到这条江里和他争夺神位，一黑一白在这条江里杀得天昏地暗。秃尾巴老李就向江两岸他的乡亲们求助，他告诉他们，只要看见江里冒黑泡儿，那就是我打得饿了，你们就赶快往江里抛馒头，如果看见江里冒白泡儿，那就是白龙它饿了，你们就向江里抛石灰。乡亲们如他所言。白龙当然就给打败了。

这是一个古今中外唯一的黑色象征正义，而白色象征邪恶的神话。在人类的神话中黑色总是象征着邪恶的。

蝉声震耳。我的光屁股上挨了牛虻一针。我把它打死，从手掌上看着我的鲜红的血。那张老得没了牙齿的嘴里我听到了那条遥远的江的哗哗的流水声。这位老人一辈子没走出过村子，当然更没看到过那条遥远的、黑色的江。但他年复一年地述说着这个关于那条遥远的江的故事。我想象着在那遥远的天边，一条流淌着黑色大水的江。我的家乡在胶州湾的西海岸，属于古代的鲁国疆域，村子里有一座年代久远的寺庙，距黑龙江可真是千里迢迢。

当我长大之后，寻着我的乡亲秃尾巴老李那条闪烁着血光的路来到黑龙江时，我果然看到了一江的黑水。那是一个早晨，太阳还没有升起来。它就那么黑沉沉地流着，声色不动而气势磅礴。更叫我感到吃惊的是，我自以为是来到了遥远的天边，但从江边那些早起的老年人的口里竟然听到了我的亲切乡音。

2

即使对于黑龙江省的人，这也是一条遥远的江。除了居住在江边的人，极少有人到达这里的江岸。我第一次见到它，是在我来到这块以它的名字命名的寒冷的土地上的二十年之后。那是个冬天，它还躺在一片白茫茫的冰雪下面沉睡。我站在江岸上望着对面那个名叫布拉戈维申斯克的城市。那些白色的欧式建筑，那些静悄悄地几乎没有人影的街道，都让人觉得那是一个神秘的城市。一辆一辆巨型载重汽车装着小山一样的原木，从冰层上轰隆隆地开过来，即使钢铁的大桥在如此重的车开过也要颤抖。这是我第一次见识到了如此坚牢的冰层，这就是黑龙江。

这条中国第三大河一年当中大约有一半的时间就是这样一片寂静的冰雪。另一半时间就是浩浩荡荡的黑水。这种黑是因为它在黑色的土地上流淌，透彻着江底的黑，绝非是别的江河那种污染的黑，而是一种清澈的、深不可测的黑。

第一次感受到它的遥远是我从佳木斯到抚远县。早晨从这个中国最东北的城市继续向东北方向进发，那是一辆长途客车，在冰雪覆盖的大平原上无休无止地奔跑。一条笔直的大道好像是只为我们这一辆车修筑的。从太阳没出来上路，一直跑到晚上八点钟才到达抚远县城。这是一个中国最东北的县。这是中国第一块被太阳照亮的土地，常在电视上出现的东方第一哨就在这里。

当我爬到江边的山顶上一眼看见了它时，我才知道在这里才是真正的黑龙江。这是一条凝结在寒冷的空气里的大冰河，浩浩荡荡自西方而来。只在荒原上的大江才能具有这种豪放的气势。它汪洋恣肆、无拘无束地在大平原上翻滚着，千汊万河，茫茫苍苍，连绵不断地伸向天边。没有堤岸的江才是真正的江，它在广袤的大地上舒展着一身优美的曲线，它在广大的天空下纵情地舞蹈。普天之下全是它的领地。这里没有村镇城市，连一个人影都没有，它处在一种完全的原始形态中。一轮血红的落日从天边向它倾泻着浓重的金辉，凝然不动却气势万钧。这是一条远古时代的大江，时光在这里是不动的，从来没有在它身旁流动过。江风猎猎，我浑身发抖，不是因为冷，而是为我终于认识了它而激动不已。

这条发源于蒙古高原的大江流经的地域除了草原就是森林。在《瑷珲条约》前它是中国的内河。当它成了界河之后，俄罗斯人对它有另一个名字，他们叫它阿穆尔河。它在流过抚远之后，将穿越广大的远东地区进入鞑靼海峡，在它的入海口仍有一个中国名字的城镇——庙街。

我独自面对着这条荒原上的大江，望着对岸俄罗斯大地上在冰雪中的黑色树丛，万籁俱静，杳无人迹。身处无边的荒野，你会觉得自己渺小得如同一粒尘埃，渺小得无可名状。人世间的一切都在一刹那间变得微不足道了。什么荣耀权势，什么金钱富贵，什么烦恼忧愁，都如同隔世。就在消解了一切日常的生趣之后，忽然，一种尖厉的声音开始在我的体内鸣响。巨大的恐怖铺天盖地而来，我的灵魂都在颤抖。这是一种对大自然的畏惧。人可以热爱大自然，也应该热爱大自然，但是你无法爱一个没有人类的大自然。它给你的恐惧让你无法生存。人，说到底还是群居的动物。我转身下山，虽然我没有拔腿逃窜，但我迫切地盼望着前面出现一个人，不管他是男是女，是老人还是小孩子，我将向他求救。

## 3

春末夏初的黑龙江就如同一曲从天边而来的音乐，让你心动，让你陶醉。那是一个黄昏，碧蓝的天上仅在落日处有一片云，这片云轰然一声被落日引燃，倒映下一条火一样的光带横亘江面。半江瑟瑟半江红。

我一下车就直奔江边。如有约似的，一条小船两头尖尖地翘着，从下游驶上来，船的两边拖着两条黑色的水波。我坐在江岸上，看着这静静的一条大江，天色渐渐昏暗下来，江面明暗相间。那条小船在一棵柳树下靠岸了，苍茫的暮色中一男一女两个人的对话传过来，这是一种温柔而疲倦的谈话。我忽然大为感动。一种晚归的亲切与温暖漫染上我的心头，似乎那就是我从田里归来放下锄头与妻子在说话。大江静静地流着，一男一女的说话声水波一样在江面上扩散。当晚我宿在江边的县招待所楼上，大江就在我的下面无声地流淌着。我一夜枕江而眠。

第二天早起看日出。时间是凌晨两点半钟。在这个时间内中国大部分的地区还处在黑暗中，这里却已经天大亮。从地图上看中国的最东北有一个尖锐的角儿，我现在就在这个角儿尖上。天地间为一种柔和的晨光所充满，街道、房屋、江岸、沙滩，甚至江边的芦苇也都清清楚楚地显现在这新的一天里。江边空荡荡的，只有两个妇女在说话。她们轻轻地，仿佛还没有完全从睡意中醒过来。她们是贩鱼的小贩，在等船靠岸。从打鱼船上买了鱼再拿到街上去卖，每斤只能挣几毛钱。她们就这么天天两点钟就起来在这里等。

有微风，宽阔的江面上布满瓦状的波纹，江面宽广，气势浩荡。东方的天际有一些黑色的云，边缘处镶着发亮的金边。天空开始呈现出红色。我全神贯注地望着，失去了时光的流逝之感，只有眼前这愈来愈亮的天空。云层的后面在燃烧，但是由于这云层太厚，即使这冲天大火也不能把它烧透。只能使得那金边更加明亮，亮得耀眼。太阳是突然出来的，就在我眼睛一眨不眨的时候，它突然冒了出来。在俄罗斯那遥远的黑色地平线上，一块又红又亮的东西冒了出来，让你叫一声都来不及。它让整个世界都大吃了一惊。这新一天的太阳就这样诞生了。它在那黑色的林带上迅速生长，越长越大，终于把那片黑云烧透。云层被烧成了一条条的带状，如墨迹一样横在了太阳的脸上。

就在我注视着太阳出世的时候，一种我平生从来没有的感觉产生了。我感到江岸在移动，如同一条大船一样向着上游行进，平稳地行进。我就坐在这条大船上，看着江对岸的俄罗斯丛林向后退去。这种感觉持续了很长时间。

太阳完全升起来了，大江欢呼涌动，世界充满了喜悦。

## 4

我沿江堤走着，芦苇瑟瑟作响。一条小船刚刚靠岸，小贩们一拥而上。但因价钱没讲好，双方在僵持不下。一条条闪光的鱼被提了出来，有草鱼、鲤鱼、大白鱼、鲢鱼，还有样子可怕的鲇鱼。我从来没见到过如此大的鲇鱼，也许只有在黑龙江里才能有。它那巨大的嘴几乎能吞得下一个人的脑袋。这是一种凶恶的鱼，它在江里是以吞食别的鱼为生的。现在它无可奈何地躺在船板上，那张巨嘴仍然在一张一合地动着，一个妇女嘲弄地把一条白鱼塞进它的嘴里，但它这时并非是要吃什么，只是在艰难地呼吸了。一条美丽的红鲤鱼也在张开嘴呼吸，另一个妇女用秤盘子从江里舀了水往它的嘴里倒。她一脸严肃的神情，她是在诚心诚意地想延长它的生命。

又一条船也靠岸了，大声地打听价钱。打开船舱，也是一舱银光闪闪。这些硕大的鱼让我感到了这条大江平静的江面之下那汹涌着的生命。在中国，大约只有这条江里能生存如此多的鱼了。这是一条生机盎然的江、青春的江。

由于季节不对，我没能有幸拜谒那鱼中的英雄大马哈鱼。它们是黑龙江里的特产。在这条遥远而寒冷的江里出生，然后顺流而下，直到达北太平洋。它们在大洋里仍然奋勇前进，在汹涌的波涛里越过浩瀚的大洋到达北美洲的海岸。沿北美洲海岸北上，到达阿拉斯加湾，再穿过冷彻肌骨的北冰洋寒流，向西游到鄂霍次克海。它们就是这样一边在大海里面游着一边生长，当历时三年之后，就又进入阿穆尔河口，也就是黑龙江口。这时候它们已经从只有巴掌长手指粗的小鱼长成了遍体金光、粗壮结实的大鱼了，个个都有二尺多长，体重达到六七斤。进入黑龙江它们就开始逆流而上。

它们的体内有着一种生命的密码，时刻在召唤着它们返回故乡。它们能在波涛汹涌的大洋里游行千万里而不迷失方向，这让人类也惊叹不已。直到今天仍是一个不解之谜。

进入黑龙江就开始了另一种艰难的行程。除了要抵抗江水巨大的冲击力，还要战胜一路上无数以它们为食物的天敌。这包括人类和一些猛兽。穿过了黑龙江的干流之后，它们就向着自己出生的小河前进。故乡在召唤着它们。这些遍体金光的鱼们向着故乡，义无反顾，一往情深。每想到此就令我这个同样远离了故乡的人悲情满怀。

征途变得更加艰险，水流已经浅得使它们无处藏身，它们的背鳍都不得不暴露出水面。何况它们千军万马声势浩大，要想隐藏已经根本无从谈起。水禽、水獭、棕熊，都能轻而易举地向它们进攻。这些以大马哈鱼为食的凶禽猛兽都能准确地知道它们到来的季节，不约而同地从全世界各地赶到了这里来。人类的网更是防不胜防，无处躲藏。水流愈来愈浅，河卵石擦破了它们的肚腹，阳光灼伤了它们的背部，它们发出一种昂扬的声音，互相呼唤着，互相激励着，一往无前。在它们旅程中最艰难的当然是那些从空而降的一道道瀑布，它们首先要在那激流的下面养精蓄锐，然后再进行那关键的一跃。在刹那间它们将变成飞鸟，在空气中笔直地飞上高达两米的瀑布。一跃不成将再跃，绝没有半途而废者，生命中没有允许后退的密码。在那些天旱的年份里，水流太小，它们大批地摔死在岩石上，在一道瀑布的下面，它们把成千上万的尸体布满了河床。它们的悲壮英勇使人类都感到敬仰。

只要它们是在哪里降生的，它们就一定要回到哪里去产卵死亡。生命至死都忠于它们的故乡。千难万险回到故乡时都已经个个遍体鳞伤。在这亲爱的故乡，它们开始产卵，进行又一轮生命的旅程。那幼小无助的生命将再次进入大江，进入大洋。一路上千万同胞都死于非命。能越过大洋再次回到黑龙江的不过千分之一，而能回到故乡产卵以延续生命的不过万分之一。生命就是这样延续的。这就是大马哈鱼。

黑龙江，神秘的江，生命的江。在黑龙江里最让人崇敬的是鳇鱼。这唯有在黑龙江里才生长的庞然大物，遍体金色，如披锦缎，雍容华贵，体重常达千斤，是名副其实的鱼中之皇。它的鱼子是黑色，粒粒大如豌豆，是世界上最为名贵鱼子。被称为黑色的黄金。一条鱼的鱼子常常价值达数万美元。

5

站在这条大江的岸上，脚下踩的是埋藏了数代人类遗迹的城堡。我从土里捡起一块块的陶片，从这些陶片的粗糙与精细上可以看出它们制作年代的不同。我把这些陶片给考古专家们看，他们断定，最早的在四千多年以前，而最近的只有四五百年。不知是什么原因使得人类在这个城堡里能居住得这么久远，这是一种在世界上也罕见的现象。说起来也可怜，我们祖先们的生活，现在只能从几片微不足道的陶片上来推测。我们的祖先们留给后人的只有这样一些毫无价值的陶片。如果没有这些陶片，我们几乎都无法确知他们是否真的存在过。就是这些微不足道的数千年前的陶器残片，成了现代人和古人唯一的信息沟通。他们在这条大江边居住着，那些刻在陶片上的网状花纹表示着他们也曾捕鱼为生。在这条大江边曾居住过满族人祖先中的一支，叫作黑水靺鞨。

我捡起一块带有孔洞的陶片，我注视着这豆大的孔洞，远古的风从这个小孔里向我吹拂，于是这个小洞就变成了一个能透视岁月的镜头，透过这个小孔，我在里面看到了这块土地上那远逝的风物。一个赤身裸体的孩子提着瓦罐到江边打水，当他提着水去追逐一只蜻蜓的时候，脚下一滑，跌倒在地，水洒了，瓦罐破了。他哭着把这些碎片捧回了家。一个乳房干瘪的女人，用一块带尖角的石块儿在这些陶片上钻着，明亮的阳光下，黑色的粉末从她的手上撒落下来。陶片上渐渐出现了一个孔洞。她又在另外的陶片上钻出了同样一些孔洞。然后她用很细的麻绳穿过孔洞把这些陶片儿缝了起来，一个破碎的瓦罐复原了。

时光过了三千年，在那个胶州湾西岸的一个土院里，一个光屁股的男孩子站在同样明亮的阳光下，看着他的母亲用一把破剪刀的刀尖儿在被他打破的瓦罐上钻着，然后用麻绳儿把瓦罐缝合起来。那个光屁股的孩子就是我。瓦罐是那样的容易破碎，它们简直就是孩子们的大敌。孩子们对它总是战战兢兢，但又总是离不开它。在我的生活中，它们的家族是在我长大到二十多岁时才完全销声匿迹的，而我的岳母家里直到今天还在用一只瓦盆做饭。

折戟沉沙铁未销，自将磨洗认前朝。其实陶片远比铁器更久远，包含更多的内容，也更能告诉你前朝的一切。我把这些大大小小年代不同的陶片在江水里洗干净，用一块手帕包了起来。我信服那种说法，中国文字记载下来的历史其实是一部帝王们的家史而已，这些陶片才是人类活动的真正历史。我用一块手帕包容了黑龙江上人类数千年的历史。

今天，这些陶片就躺在我的玻璃书柜里，看着它们，我就想起那条遥远的江，和那些生活在江边的远古的人们。他们小心翼翼地使用过这些陶器，把它们使用成了碎片。那些活力汹涌的身体，那些如花的容颜都已经烟消云散，而这些丑陋的残片却地久天长地存在到了今天。这些陶片上也在显示着那些人类生活的艰难，阳光照耀着他们的时间那样的短暂，那些瞬间消失永不再现的生命让我感到心酸。

　　我的乡亲，那条被父亲砍掉了尾巴的小黑龙也应该老了，我离开故乡已二十多年，不知道他是否还在每年的五月十三日回老家去给他的母亲上坟，也不知我那遥远的故乡是不是每年的五月十三日还会准时下雨。唉，遥远的江，黑色的江，咱们同是天涯沦落人。

# 吉林风情

铁道边黑色的树丛上，一群麻雀在起起落落上下翻飞。那是1968年3月的一个早晨，离开山东故乡的我在吉林省的磐石县明城公社下了火车，踩着铁道的路基向前走。开始，我以为伴我一路走的是麻雀，细一看，吃一惊，这些麻雀和我熟悉的不一样，对于麻雀我们是老相识，我小时候养过许多只，有一点儿差异我就会发现。就是这些麻雀的不同使我第一次感受到，这不是家乡了。远离故乡的信息就是这些异样的麻雀首先传达给我的。从此，那一群群在黑色的矮树丛上起起落落的麻雀就不停地在我记忆的屏幕上翻飞。多年之后，我才知道，当地人不叫麻雀而叫苏雀，是一种和麻雀体形习性都极为相似的鸟类。

我赤手空拳站在我的同学李学满面前。他比我早三年来到了东北，他对我的出现有些茫然不知所措。这村子叫洞口二队。正值化冻季节，街上到处都是黏泥。我的鞋好几次都被黏掉过。这是一个大约有一百户人家的小村，全是草屋，坐落在一块山间的小平原上。很脏，整个村子没有一个厕所，我说的不是公共厕所。全村人都在街角儿和柴垛后面处理必要的事情。刚到时，我要解手，学满领我到外面，随手往街上一指。我以为厕所在街对面，找了一圈儿也没找到，忧心忡忡地回到屋里，避开外人悄悄对他说我没找到。他领我再次到外面，在一个柴垛前说，这儿就行。我心想，撒尿还可以，要是解大手儿可真不行。后来我

161

看到房东那十九岁的大姑娘就是在那地方坦然地方便。这个村子每家每户都没有院墙，连篱笆也没有，就那么一座座土墙草屋杵在泥地里。猪当然就更不行了，连猪圈也没有，全村的猪都放任自流地满大街溜达，互相拜访串门，只有到开饭的时候才各自回家。

为了招待我，学满带着我去买点儿面条吃。我跟在他后面艰难地跨越满街的泥水，我没有水靴子，村里的人都有一双水靴咔咔地走得很有气势。这是专为在街上走的。没有水靴寸步难行。在一个走街串巷的牛车上我们买到了面条儿，半干的，略带点儿红色，原来这是高粱米用机器压制的。这里不产小麦，据说每年在小麦抽穗开花时就会长一种病，常常颗粒无收。又没有水田，吃不到大米。学满告诉我，每年到过年时国家就会每个人发二斤面专门给包饺子。平时要吃点儿好的，改善一下生活，就是这种高粱米面条。学满的父亲是富农，他在家没出路就跑到东北来了，混了三年什么也没挣下，连个落脚的地方都没有，住在朋友家里，而这个朋友是和另一户人家合住一栋草房。他和朋友住的是西间，那户人家住的是东间，那是一大家人家，好几个孩子，大的就是那个十九岁的大姑娘，长得又高又大像一匹大洋马。五六口人住一间屋子。学满这边虽然人口少，但确实是两家人。我到了之后就住三家人了。我和学满睡北炕，朋友小两口睡南炕。这位朋友是刚刚结婚，小媳妇不漂亮但皮肤很白。天黑后，我心里想这怎么睡呀？学满说睡吧。对面炕上那小伙子也说睡吧。就在这时，我看见那小媳妇从炕上站起来，变戏法似的把横在上方的一根木棍挂的布筒打开，一块黑色的布幔就像幕布似的垂挂下来，把一个房间一分为二，成了两个世界。那时我年轻，也很傻，睡得像石头，一点儿也没听到对面炕上有什么异常的响动。到后来我结婚时才想到对面炕上那对刚结婚的小夫妻是多么的不容易。

早就听说，关东三大怪，窗户纸糊在外，养个小孩儿吊起来，公公穿错儿媳妇的鞋。窗户纸为什么要糊在外我不知道，养个小孩儿吊起来是指摇车，公公穿错儿媳妇的鞋，人们都说是因为东北的女人过去不缠脚，因为鞋一样大所以穿错。到学满那里一看，我才知道穿错的关键是他们的居住方式，两代人共居一室，夜里鞋都放在一起，起夜时穿错儿媳妇的鞋完全有可能。

我觉得不能在这儿居住下去，决定向黑龙江进发。

# 凝固与流动

## ——黑龙江风情之一

在黑龙江，我住的地方几乎尽是山东人，生活习惯也就与山东老家差不多。这里的村庄家家都有一个厕所，虽然简陋，但决不随处方便。农户也都有一个篱笆围成的院子，也很少有公公儿媳共居一室的习惯。然而这里与山东老家还是有很大的不同，不注重房子。只要你无论在电视电影还是什么画上看到一座草屋，四周围一圈儿棍子夹成的篱笆，这就是黑龙江农村。这种用树棍子夹成的篱笆叫作障子，障子必须每年春天都修补一次，它的作用绝非是阻挡人，而是阻挡猪狗鸡鸭的。棍子易烂，三五年就要更换，但就没有人会用砖石砌一座院墙。房屋也很简单，土坯做墙，草做顶，甚至一些家有数百亩地的大地主家都是如此。女作家萧红家是呼兰县有名的大地主，她原来住的房子就是土坯做墙草做屋顶。现在所看到的所谓"故居"都是后来建的。

我在宁安县的旧街村看了清朝一个将军府旧址，这是一个相当于现在省政府和大军区合一的衙门。竟然是一座土城。全城找不到一块砖石。如此重要的政府机关都不重视房屋建设，一般农户可想而知。在中原地区，一个农民的住房也要比这将军府建得认真一些。

黑龙江省在中国是最寒冷的地区，房屋的重要性要比任何其他地区都大，人们大部分时间都是在屋里度过的，整个冬季几乎一整天都待在屋里。为什么这里的房屋反而建得如此简陋？原因是这一带人口的流动性大。他们本就不想在这里长期居住，没有理由要建筑得认真。在黑龙江省的农村，你几乎找不到在同一个村庄居住过三代以上的人家。他们总在流动迁徙，不断地搬家，从这条山沟搬迁到那条山沟，从这个村庄搬迁到那个村庄，但总不把居住地当成"家"，总以为他们的家在祖籍，说起来就是山东老家如何，河北老家如何。特别是那些老年人，已经快死在东北了，还不忘老家某某州某某府。家乡的情结困扰了他们一辈子。这种心态和频繁地流动迁徙就注定了他们没必要建筑永久性的家园。在所有的山沟里都可以看到民居的遗迹，或是烧焦的木炭，或是几块烧黑的石头，但是绝对找不到一座百年以上的房屋。

相反的是中原地区的农民，只要有一点儿钱，首先就是要盖好房子，当年很穷的时候，他们盖不起新房，也要把门楼修得整齐光鲜。这不单是居住需要而且是他们的脸面。在这些古老的村庄里旅行，你如果问一个坐在街头的老人，他在这里居住了多少代，他们会扳着指头给你算，最后却说不清是哪代祖宗搬迁到这个村子里的。在我的家乡几乎没有人能知道他在这个村庄住过几代人，只能告诉你他听说祖宗是永乐扫北时从小云南搬到此地的。小云南有说是现在的云南省，有说是山西的某地。

黑龙江省没有方言，这就是流动的结果，人口的频繁流动使得语言的交流消除了地域造成的隔碍。凭口音你绝对无法判断他是牡丹江人还是佳木斯人。与此形成对照的是山东一个县就有一个县的方言，甚至一个县就有几种方言，这当然是因为他们祖祖辈辈凝固在一个地方生活而形成的。也许两个村庄只有一公里的距离，但隔一条小河，或是一个山头，但对同一物件称呼就不一样。

黑龙江地区的这种大流动的另一结果就是民风粗野。大家都是来自天南地北，好便好，不好挥拳就打，打完拔腿就走。山东几代人都生活在一起，自然就形成了一种谦让温和的风气。黑龙江的粗野另一方面是直率，山东的礼让另一方面是虚伪。

# 夜宿瀑布村

## ——黑龙江风情之二

驱车在一片坦荡如砥的平原上，眼前是一幅奇怪的画面，如此平展的大地，既非盐碱地又非沙漠却寸草不生。偶尔有几株艾蒿也细瘦如线。直到看见路边有人在用钢钎打石头，我才知道这是一片石头的大地，我们是在一块大得无边的石头上面跑车。人们打出来的石头上都满是孔洞，稍有常识的人都知道这就是玄武岩，原来这是一片火山熔岩形成的大地。当年那天崩地裂时是一种多么可怕的景象，隆隆的巨响过后，通红的岩浆如同洪水从峡奔涌而来，太阳被烟尘完全遮蔽，大地却被熔岩的光焰覆盖。炽热的岩浆滔滔地向前推进，所到之处森林草原都被吞蚀，烟焰亘天，一切生物都无法逃脱毁灭的命运。

数万年过去了，熔岩冷却下来化作了石头，大地却不能恢复它的生机。青天之下一片沉寂的荒野。风吹过，只有几株枯草在晃动。我们要去拜访镜泊湖，未到之前已经感觉到了它不同凡响的气魄。夜宿瀑布村，这是一个坐落在石板上的小村子，大多是朝鲜族人，这个村子有五六十户人家，他们家家都是旅店。村子紧靠着镜泊湖瀑布，南面就是世界第二大堰塞湖——镜泊湖。夜晚，站在村头向南望，一片青白的天幕下横着起起伏伏的山峦，光线太暗，已经看不清树木，只看见一些轮廓，让人产生那边是一个神仙国度的联想。

镜泊湖从地图上看是明显吃亏了，只有那么狭窄的一条，而实际上它的水量比那些中国有名的大湖并不少，比那八百里洞庭也不会少。它的最大水深七十三米，这比太湖鄱阳湖要深十几倍。数万年前，这本是一条山峡，火山喷发时大量的熔岩堵塞了牡丹江的河道，就形成了这个中国最大的堰塞湖。

镜泊湖果然水平如镜，湖水清澈，呈一种蔚蓝色。两岸青山对峙，湖光山影的确非同一般。马达嘟嘟地响着，把铁皮船向上游推进，水道曲折有致，峰回路转，看看到头了，却又在前面延伸出一片新天地。真正是"山重水复疑无路，柳暗花明又一村"。湖面并不宽阔，但它沿山谷蜿蜒曲折，长达二百多里。它的幽深是一般湖泊所望尘莫及的。

有这样一个传说，当年渤海国开国皇帝大祚荣被武则天的大将李楷固追杀到此，前有大水后有追兵，而且人困马乏粮草断绝，无力再战。危急中，有一老人告诉他，可以向镜泊湖主求救。大祚荣写一书信投入湖中，不一会儿就有大批红尾鱼涌到岸边。大祚荣的士兵吃了鱼后勇气大振，最终打败李楷固，建立了渤海国。

镜泊湖下游十几公里处就是渤海国都上京龙泉府。

# 总把新桃换旧符

鲁迅在《祝福》里开头说，在鲁镇，"毕竟旧历的年底最像年底"，而在我的家乡王台镇，从来只有旧历年才算作"年底"。在20世纪50年代初已经实行了公历纪年，但我不记得曾经把元旦当作节日过。

过年的第一道手续是"扫尘"，也就是打扫卫生，把积了一年的陈灰暴土打扫干净。这要把屋里所有的东西都搬到院子里，这是我最愿意干的活儿，平日里不让动的破柜烂筐在这时候可以尽情地翻。从那些散发着霉味儿的墙角旮旯，我每年都会有令人兴奋的新发现，一把缺了口的小刀，一枚生了锈的铜钱，都会让我惊喜不已。第二道手续是我最不愿意干的事儿，在除夕这天，父亲会吩咐我把去年的旧春联从门板上刮干净。为了贴得结实，每年都在门板上刷上大量的糨糊，虽然经过了一年的风吹雨打，红色的春联已经褪了色，但要刮干净绝非易事。我蘸上水，用一把钝了的旧刀，拼命地刮啊刮啊，天气又冷，冻得手通红，而父亲总是斥责我刮得不干净。我刮干净后，由他来郑重地把新春联贴上。春联带着一股墨臭味儿，但一贴到大门上，红彤彤的，映照得人脸都红了，大街上一片红，整个世界都焕然一新。我会觉得刮门板受冻受累都值得了。

在我的家乡不兴贴门神，只是在大门的两旁各插一根桃树枝，据说这就可以避邪。我不明白为什么桃树就可避邪。在贴春联的同时就把旧的桃树枝扔掉换上新的桃树枝，这就是古诗里说的"总把新桃换旧符"了。

五更，母亲小声把我们叫醒，我和姐姐、弟弟都悄悄地穿上新衣服，不可以大声说话，这是因为祖宗们已经回家来过年了，不敢吵着他们。我家堂屋正中挂着一大幅象征着祖宗的画，那画面是大门外几个放鞭炮的小孩子，穿过院子正屋里端坐着一男一女两位祖宗，他们无动于衷地看着我们。因为作这画的人不懂得透视法，画得远近一般大，小时候，我总觉得祖宗不是在深深的院子里，而是坐在莫名其妙的楼上。供桌上摆放着两块插了红枣的年糕、馇馇、香炉、烛台，还有两块木头做的祖宗牌位，他们是爷爷的父亲母亲。

中国人的祖先崇拜不知道是从什么时候开始的，不管他的祖宗值不值得崇拜，哪怕他祖宗生前是要饭的叫花子。祖宗一死了都会变成法力无边的神，一遇到危急时刻总是"求祖宗保佑"，哪怕祖宗生前是一个窝囊废。

在香烟缭绕中，蜡烛闪闪的红光里，神圣的气氛笼罩起来。爷爷神情庄严地在蒲团上跪下，给祖宗们磕头。他的这一跪，我立刻觉得在我的周围围满了陌生人，他们都是祖宗，我紧张得大气儿不敢出。多年后，只要我一闻到那种香火的气味就要感觉到一种神秘和紧张。

爷爷磕完头就进里屋坐下，然后是父亲照样跪下给爷爷磕头，我和姐姐弟弟排好队按顺序给爷爷、奶奶、父亲、母亲磕头。在磕头的时候嘴里还要说清楚这个是给爷爷磕的头，这个是给奶奶磕的头，这个是……很烦琐。磕完头之后进屋还要依次问好，爷爷好，奶奶好……好像睡了一觉大家就变得陌生了，不认识似的，我常常觉得很难为情，可这是最重要的一关，因为问过这一声好后，他们才给压岁钱。之后就是放鞭炮，吃饺子了。

二十年后，在东北过年就简单得多了，东北的农村家家都没有院墙，只是用树枝夹成的篱笆，没有大门，春联根本就无处贴，所以贴春联这一道手续也就没有了。因为大部分是移民，祖宗们都给留在了山东老家，所以拜祖宗这一关也省下了。到东北后我再也不用跪下给人磕头了。在东北过年虽然没有多少年味，但我觉得轻松。我已经成了父亲，也不要求儿子们磕头，我仍然按祖制要给压岁钱，不能无代价，就要他们鞠躬，问一声好。随着年龄的增长，这躬也鞠得越来越不像样子，只是点了一下头就了事，这是因为我给的那点儿压岁钱对他们越来越不重要了。

脱离了祖宗们的管束，又没有封闭的四合院，东北农村的民风比中原地区要开放得多。

东北的乡村过年，家家都在门前高高地树起一根旗杆，把一个红灯笼挑在上面。茫茫的雪野中，一片大红灯笼蓦地出现在冰冷的蓝玻璃样的晴空中显示出一种蓬勃的生气。每年，孩子们就在村子里跑，比谁家的灯笼最高最大。除夕日一般是无风的晴天，白皑皑的雪地反射着耀眼的阳光，我拿一把锯，大儿子扛着大斧头，我们父子三人上山去砍灯笼杆，灯笼杆要最高最直的树来做，脚下的雪咯吱咯吱响着。黑狗跟在我们后边，小儿子在雪地里找一个老鼠洞，把黑狗唤过去，黑狗嗅了嗅鼻子，不知是计，开始把脑袋伸进雪里，专心致志地刨那个老鼠洞，小儿子就悄悄地走开把它扔下。黑狗刨了一会儿忽然发觉上当了，跳起来在雪地上箭也似的追来，尽管小儿子跑得很快，还是给追上了。儿子和狗都呼呼地喘着，鼻孔喷出两股白气。在山林里，我们找最高最直的落叶松树，我用锯嚓嚓地伐倒，十岁的大儿子已经很有力气，抡起大斧把树枝砍光，我们就拖着下山了。看着用红绸子做的大红灯笼高高地升起来，两个儿子大叫着，嘿，咱们家的灯笼最高最大！灯笼是我们家每年的一大骄傲。

儿子们大了，我们进了城市，过年也就越来越没有趣味了。对于过年，我最怀念的是在东北茫茫雪野上那一片大红灯笼。

# 又见呼玛河

当暮色四合的时候，一条河流截断了去路。司机打开车门，走下去，向着对岸拍了三下巴掌。灰暗的对岸回应了几声，过了一会儿，有一个黑乎乎的船样的东西就缓缓地向这边移动。我站在河滩上，四周是一些低矮的树丛，它们在暮色里像一个个蹲在地上的巨大的怪兽，正在不怀好意地盯着我们。整整一个下午，只有我和司机在茫茫的大兴安岭里行驶，一直跑到了天黑，几乎没遇见过一个人、一辆车，一种孤独感始终笼罩在我的心头。我是要去采访一个叫韩家园子的金矿，矿长派这台越野吉普车来接我。我有一种走投无路的感觉，河流哗哗地流淌着，闪着幽暗的光，仿佛是一种油质，深不可测。

对岸的船终于靠到岸上，与其说是船还不如说是一个巨大的木排。汽车开上去，它又缓缓地动了，离开岸边。我非常奇怪，它没有任何动力设备，也就是没有驱动机器，也不用人力划船，却能在河上来往。都是陌生人，我也不便探问。到了河的中央我才发现原来有一条钢缆牵在船头，顺这条钢缆向空中看，隐约能看得见横跨在河两岸还有一条钢缆，而渡船就是牵在这条钢缆上，利用一个比门扇还要大的舵的作用，让湍急的河水冲着横渡的。昏暗中的那条河流和那种罕见的渡河方法都充满了神秘感。

后来我知道这就是呼玛河，大兴安岭最大的一条河流。十多年过去，那闪着幽暗的光的河流和那些蹲在河滩上的一丛丛怪兽样的树丛仍旧留在我的脑海中，那在四野茫茫中的哗哗的流水声也始终在我耳边响着。

十年之后，受呼中林业局之约，又一次进入大兴安岭。"不识庐山真面目，只缘身在此山中。"那是因为目光受山峰之阻无法看清楚。进入大兴安岭而毫无进山之感，是因为大兴安岭太博大了。在大兴安岭上驱车，视野开阔，你看不到一点儿暴露在天空下的岩石山峰，满眼都翻滚着绿色的波涛，真正的是林的海洋。在这里你才能真正体会到"林海"这个词的绝妙之处，除了大兴安岭，在中国，别处都当之有愧。在奔跑于大兴安岭的日子里，始终有一条河流在伴随着我们，忽左忽右，忽前忽后，忽隐忽现，忽明忽暗。远看河水是一种幽暗的黑色，但走向河边一看，清澈见底。在中国，如此长而能如此清澈的河流我还没见过第二条。一问，这就是呼玛河。我大受感动。终于我在光天化日之下认识了呼玛河。这是一条贯穿了整个大兴安岭的河流。大兴安岭的面积据说有两个江苏省大。呼玛河就是它的灵魂，而呼中区就是呼玛河的中段。我上次看到的呼玛河是在它的下游。但是我仍然没弄明白为什么河水罕见的清澈，而拉开距离看上去却会呈现出一种黑色。所以呼玛河对我仍旧有一种神秘感。

这是一条真正的河流，它没有人造的那种笔直的堤岸，而人造堤岸在老托尔斯泰那里不止一次地表示了极端的厌恶，他认为在自然界中那是一道丑陋的风景线。的确，你见过呼玛河之后，再看别的河流都是丑陋的。它充满了活力，在茂密的森林中来往穿行，回荡宛转，时而隐入林中不见，忽又在明艳的阳光下万点金光。它千回百转于群山之中，有时奔腾跳跃活泼得如一个孩子，有时千娇百媚地扭着腰肢，如一个风情万种的少女，通体都显现出一种自然之美。在一段狭窄的河谷上我看到横躺在河上的大松树，它已经腐朽得几乎成了泥土，而一些小的松树就从它的身体里生长出来，演示着生命的轮回。在一段宽阔的河段我看到被大水冲下来的一棵大柳树，它巨大而笔直的树干巨蟒样躺在河滩上。

172

只有大兴安岭才能有这么笔直而巨大的柳树。别处的柳树都是枝叶低垂而树干弯曲的。我走下河滩，捧起河水喝着，水甘洌而清凉，这时才知道来时在车里塞了那么多瓶装矿泉水是多么愚蠢。这里的气温低，河水中几乎没有什么微生物。我蹲在河边久久不愿离去，河水清澈得河底的卵石历历可数，一片沉入水底的树叶那纤细的叶脉都非常清晰。

　　傍晚，我们在城西的呼玛河边，西天晚霞映照得河水一片殷红，我问陪同的年轻人，这河可不可游泳？他说从来没有人在这条河里游过，太凉。我把手放在水流中，果然冷彻骨髓，一会儿就冻得受不了。这还是盛夏。年轻人说，常常有城里的失恋女孩子跳进这河里自杀，虽然这河不是太深，但无人敢救，只要下水就会立刻冻僵。如果说这是一条曾淹死过许多年轻生命的河流，但也可以说这是一条珍藏了纯洁爱情的河流。这就是呼玛河。

# 大兴安岭上的偃松

陪同我们爬山的大兴安岭人，颇为自豪地向我们介绍大兴安岭上这种世界稀有树种。据说这种偃松全世界只有三个国家有，而小白山上的这片偃松林是世界上最大的一片。其实也只不过有几十亩。在我看来这是一些跟普通的马尾松枝叶一样的松树，它的奇特之处是长得很矮，只有一米多高，而且长成了灌木丛，没有主干。松树长成灌木是绝无仅有的。它们生长在海拔八百米以上的寒带山上，到冬天的时候会匍匐在地面，被冰雪完全覆盖，绝对没有"大雪压青松，青松挺且直"的姿态。只有在春天到来时才挣扎着站立起来。这种松树的果实是三年一成熟的，第一年孕育，第二年开花，第三年才结籽。看上去确实很漂亮，一丛丛的，像孔雀开屏似的，碧绿的针叶中心包含着一点猩红的花苞。

但是让我惊异的是在这片中国最寒冷的地带，我发现了另一种更奇特的植物，它们像那种爬蔓的野草，贴在地面上，但叶子却极像那种刺柏松，摸上去扎手。我扯起一看，虽然茎细小得呈线状，但的的确确就是那种刺柏松。在别处刺柏松是高大的乔木，在这里却长成了草一样，而且是紧贴在地皮上的爬蔓的草。在这高海拔的寒带高山上，是严寒和营养稀缺使它们长得像草一样纤细；是冬季的大风，刮得它们不得不匍匐在地。但它们顽强地生存了下来。这是松树的变种。就是这种匍匐在地的草样的刺柏松，让我知道了其实所谓的偃松也是一种松树在严酷的生存条件下的变种。

看着这样的松树，我除了为它们生命的顽强感动之外，同时也感到心酸，严酷的生存环境把它们摧残成了这副样子，已经没有一点儿松树的风范了。其实人在严酷的生存环境下同样会被摧残得失去本来面目而成为人的变种。数千年的封建文化禁锢，严重地摧残了中国人的独立人格和自主精神。

当今的物欲横流，我们总说这是改革开放打开窗子飞进来的"苍蝇"，好像外面都是苍蝇。我一个伙伴和他的德国朋友闲聊时问，你们德国素称法律完善，对制造假药的都有什么法律？这个德国人很诧异，他说没听说过，药是给人治病的，怎么可以制造假药呢？

其实正是因为我们长期的物质匮乏，一旦有了机会才能涌出这样的苍蝇。以前的干净只是在强力的压制下，没有放出来而已。触目惊心的贪污腐败也是由于中国人过去没有钱，一旦有了攫取金钱的机会就不择手段了。这也是为什么贪官大部分出身贫寒的原因。长期以来，我们总说一穷二白好画最新美的图画，总强调严酷的环境有利于锻炼人的意志和提高人的品质，但是，短时间的饥饿和贫穷还许能行，长时间的饥饿折磨，长期的贫穷和严酷的环境都会使人失去人性还原成动物，也就成为人的"偃松"。

# 旷野老树

　　旷野中的老榆树，孤独地站立在收割后的玉米地里。干枯了的玉米秸已砍倒横弃在田垄上，唯有这棵老榆树还站立着。看着马车上那些玉米棒子在夕阳下闪耀的金色光芒渐渐远去，我就走下大道，向它走去。水稻收割完了，大豆收割完了，绥芬河谷平原一片了无生气的灰白，极目远望，在深秋的旷野里只有这棵老榆树是活着的生命了。树皮苍老得如同沟壑纵横的大地，谁也说不清它的年代，说不清它经历了多少风吹雨打和霜侵雪飘。我抚摸着粗糙的树皮，这是千年积累的生命，我感受到了它的顽强与坚硬，它的苍凉硌痛了我的心。我仰起头，让目光沿树干向上爬。它感受到了我的问询，开始向我诉说那些以往的岁月。

　　榆树是枝丫最繁多的树种，它的分枝数也数不清，也是树枝最虬曲的树种，几乎没有一根挺直的枝条。这繁多而虬曲的枝丫通过几根粗大的主枝向着四面八方舒展而去。蔚蓝色的天空是一块纯净的世界，黑色的树枝们如有力的指爪紧紧地抓住了这块蓝色的虚空，把它不由分说地扭结到了一起。于是这古老的躯体里就聚集了数千年的时空。这众多的枝丫又像那千百条河流，从广大的地域里经过丛林、山冈、平野和草原，千回百转，曲折跌宕流到了一起，把千百万条溪流汇集到它的脚下。在看不见的泥土里，同样繁多的根须扎在深邃而紧密的大地的心脏

176

里，树和大地的脉搏于是就一起搏动。树把天空和大地联结在一起。

我听着从高远的天空而来的絮语，在那个久远的年代，一棵小小的榆树在这里出生，纤细而柔弱，它成长的故事足以感动任何人。我仿佛看到那成群的野猪从这里路过，几乎把它践踏成泥；我看到那庞大的棕熊迈着沉重的步子到绥芬河里饮水，跨过它的身边时，只差一点儿就把它踩进泥里。它就这么在旷野里无声无息地生长着。一只松鼠飞快地爬到渐渐长大的这棵榆树上，但又很快爬下来，在上面它找不到任何可吃的东西。千年的风从它的树冠上刮过；千年的大雨在树的上面倾盆而下，也曾经洪水滔天；还有那霹雳闪电烧焦了一根粗大的树枝；更常见的是那血红的落日和七彩的虹；这一切都深深地留在它的记忆里。

我想起那遥远的胶州湾上的小镇，想起了刮着北风的黄昏，灰色的街道上走着推着独轮车的小伙子和卖糖葫芦的老头儿。我和伙伴们在墙根下靠挤压来取暖。大家笑着，把手插进袖子里，互相撞击着肩膀，偶尔拭一下流出的鼻涕。风把鸡毛和草屑驱赶到墙角下，它们在那里和沙土一起堆积。我也想起了那山根下的黑黑的小煤矿，我仍旧能闻到矿井下那潮湿的霉味儿。那个小小的矿村时常被大雪阻断交通，孤独地待在那条荒凉的小山沟里。我两个不满十岁的儿子带领着我家那只黑狗，在深雪里追踪一只狐狸的脚踪。

看不见的风长天而过，老榆树黑色的枝丫在蓝色的天空上游弋，我看不出它在动，却感觉到脚下的地在漂移。地的游走引起我一阵眩晕。蓝色的天空是一块巨大的玻璃，树的枝丫是玻璃上开裂的一条条裂缝，呈不规则路线向着更深更远处延伸，我听见了那噼啪破裂的声响。

东南方向是一道漫长的岭岗，在它那呈弧状的顶端是一条通向父母村庄的大道，大道两旁的杨树像稀疏的篱笆插在上面。我似乎看见夕阳中的母亲在向这儿张望，风扯动她单薄的衣裳。

我站在旷野里，如同这棵老榆树，同样地孤独。人世近在眼前却又远在天边。绥芬河在山脚下向东流淌，它将在几公里外进入俄罗斯大地，在流经那片荒凉的大地后就进入日本海。这是冬天，它的水流很小，过几天它还将封冻，变成一条白色的冰雪长带。大地已经死去，河流也将死去，它们只能等待着那远道而来的、给它们带来生命的春风。

我与树立在旷野中，四周一片寂静。

# 悲情草原

　　呼伦贝尔大草原是以两个湖的名字命名的，这两个湖一个叫呼伦湖一个叫贝尔湖。据说当年成吉思汗就是从这里出发去征服欧亚大陆的。今天的呼伦贝尔盟属内蒙古自治区一个地级市，海拉尔市是盟政府所在地，面积相当于山东和江苏两省之和，但人口却只有二百七十一万，相当于山东的两个县。先从人口密集的青岛乘飞机到哈尔滨，又爬上火车来到呼伦贝尔大草原，感觉上的差别就特别大。

　　草原是悲凉的。时值盛夏，当你从繁花茂草的中原大地来到这辽阔的草原上，那种悲凉就会从心底不可抑制地生出来。也许只有我这样生长在农村的人，以农民的眼光来看这大草原会有这种情绪。在这里你几乎看不到一棵像山东大地上那样的草，这里的草仅仅有巴掌高，大部分土地都裸露着。美丽的大草原，只有诗人才会那么看，他们到这里一望，蓝天碧草，辽阔无边，于是诗兴大发，而以一个农人的目光所看到的只是贫瘠，看到的是生命的艰辛，这里的每一根草都是在苦苦地挣扎着活命。我看到同样一种草，在山东一个海岛的石缝里长得比我还高，足有手指粗，而在草原上却仅有十多公分高，细得像根线。一种极度怜悯之情使我蹲下来，默默地看着它们。是气候、雨水，还是土质，让它们活得如此艰辛。也许，它们觉得自己生机盎然，因为它们没有见到过外面的世界。它们就这样生在这里长在这里，无怨无悔地死在这里。

草原是悲哀的。汽车在大道上跑，两边光秃秃的，只有在草原和戈壁滩上才有这样的大道。没有树，跑很远偶尔见到一棵也是长得又瘦又矮，如同一个营养不良的孩子。中原地区的大道永远被绿树遮蔽着。草原是生命地域的边缘，再向前走就是沙漠了。草原的植被是脆弱的，只要稍一破坏就一溃千里，万劫不复。我理解了北方民族为什么要一次次南下，是那水草肥美的中原大地在吸引着他们。中国的历史几乎就是一部南北战争史。据说，呼伦贝尔草原还是内蒙古最好的草原。也许古代的草原不是这个样子？要不怎么会有"风吹草低见牛羊"的诗句？

　　草原是悲哀的，我理解了草原上歌儿为什么都那么悲凉。

# 骑　　手

　　我从来没有骑马照过相，因为我不会骑马也不愿装模作样。但是这次大家都轮流骑上马照了相，我不照反倒过于认真了。我的样子倒还说得过去，昂着头，一副不在乎的神气，可细一看，缰绳却扯在画面外，另有人给牵着。宝群不用人牵，还骑上跑了一圈儿，平日大腹便便走路都困难，在马上却也有一番风采，把我们大家敬佩得不得了。牧主大约也技痒起来，把缰绳从牵马孩子手中要过，飞身上马，缰绳一抖，马飞奔而去。他还在镫上站立起来，身子大幅度地向一边倾斜，同时两只胳膊张开，做一个飞翔的样子。回来后大家一致给他喝彩，他谦虚地说，嗨，很久不骑了。

　　我们这场骑马照相表演在牧场营地边，那几个放牧的孩子走来看我们，这对他们是一个盛大的节日。这几个男孩儿在十四五岁年纪，脸晒得红黑，皮肤粗糙，好像好久也没洗过了。牧主说这是他雇来的蒙古孩子，如果他们没穿马靴跟街头那些流浪的汉族孩子没有差别。我指着旁边那一直在看我们骑马的孩子说，他一定骑得很好。他是专门跑了老远赶来看我们的，手里还牵着一匹枣红马。那马可不像我们骑的马这样安静了，它不停地动着，如果不是小主人牵住，它早就跑起来了。这孩子害羞，我一指向他，他骑上马就跑。他的上马、起跑都在一瞬间，完全没有别人那样的催马动作，只是身体略微向前一倾，那马就狂奔而去。

**181**

转眼间已经越过了谷地，他和马的背影迅速地小下去，我们好像这才醒过来，一齐向他望去。在对面的山坡上他忽然掉转马头，向西奔驰，这样他就给了我们一个侧面，这时我们才见识到了他惊人的速度。这是真正蒙古骑手的英姿，人几乎是贴在马背上，与马合为一个整体，马尾扬起来与背上的骑手成一条直线，长长的套马杆长枪一样指向前方。当时天已经黄昏，他在山的阴影里奔驰，如一道黑色闪电横贯草原，倏忽消失了。

我心里暗暗感谢这个蒙古孩子，他是在特意表演给我们看。虽然只有一瞬间，但闪电一样的骑手形象永远留在我们心里。所有在电影电视中看到的骑手都黯然失色。

# 马　群

　　夜宿草原。几栋坐落在高地上专为旅游用的小房子孤零零地面对着一片茫茫大草原。夜里倒也没觉得什么特别，早晨起来一看，海拉尔河谷地全为雾所淹没，几公里外的诺尔湖也只能看见白茫茫一片雾。露出的高地就像一个个岛屿在水面上漂浮着。大雾继续向我们所在的高地蔓延。就在我们要上车的时候，它们已经侵入到脚下。不知谁叫了一声，呀，马群！果然从浓雾中走出一群马，近在咫尺，好像它们是突然从天而降。昨天傍晚，我们曾经远远地看到对面的岗地上有一群不知是牛还是马在吃草，宝群当年就是在这片草原上上山下乡的知青，他确定地说那是马群。据他说，在草原上看牲畜，只要看到那群体是呈三角形，就是马群，牛群呈长方形。马群永远是和草原联系在一起的，到草原上看不到马群是最大的遗憾，但是距离太远，谁也没勇气跑过去拜访它们。哪知睡了一夜它们竟然拜访我们了。现在证明宝群还是说对了。大家要上车追着和它们照相，可是车一停它们就走入迷雾中。由于雾大，我们能看到的只有几匹，大部分都隐在雾里，只能看到一个脑袋，一条尾巴，一个屁股或一条腿在雾中时隐时现，愈加让人觉得有一个庞大的群体在雾中，神龙见首不见尾。就在我睡着的时候，它们悄悄地走近我，对于醒在我身边的东西，我会产生一种敬畏，甚至是恐惧。

　　它们对汽车并不害怕，有一匹黄色的马走到我的面前来，大约这就是所谓的黄骠马？它非常镇定地看着我们，马群也停止了游动，但与我们的距离总在黄骠马之外。宝群说，这是匹儿马，就是这个马群的首领。在动物的群体里，遇到敌害时，首领总是勇敢地站前头最危险的地方。也许古代的人类也是如此？反正现代人的首领总是躲在最安全的位置上。这匹黄骠马并不很高大，但它有一种从容镇定的气度。它只给我们很短的时间观察它，很快就不慌不忙地走进雾中。它走开之后，整个马群也就消失了，就如突然出现在我们面前一样。我们开车追了一会儿，终于也不知去向。

现代社会人类已经和马疏远了，农民不用马种地拉车，军人也不再骑马进攻。它们在绝大多数的空间都给机器所代替，就是牧民也都骑摩托车放牧。在草原上看到一个人骑马跑过已经是少见的风景。在人类历史上马曾经有过它们辉煌的一页，几乎是人类一步不离的伙伴。今天的马已经陷入一种悲惨的境地。我问牧主他养马干什么，他说很少一部分卖给部队，有的是杀了冒充牛肉卖到市场，还有的是专门抽血用了，很多血清就是马血制成。

# 牧　　主

　　草原的诗意是诗人们赋予的，真正生活在草原上的人们更多的是悲凉。

　　牧主应该是一个很标准的男子汉，五官端正，但不知怎么生了一个红鼻头儿，使他的英姿大为减色。在他爬上我们的面包车时，我还以为他是一个蹭车坐的人，哪里知道他是一个有一百匹马、八千只羊的牧主。他开玩笑说，要是再来一次土改，他就是要被打倒的牧主。他邀请我们到他的牧场上参观。他的牧场有一万多亩。我问他边界在什么地方？他向车外一指说，从东边那个山头到西边这个山头，北边到……所谓的山头只是一个小土包而已。这就是草原，土地的边界只有一个很模糊的标记。他说他这是以每亩一年一毛钱的价钱租来的。他一年要交旗政府一千多块钱。这叫草场管理费。

　　他的名字叫解岭志，现年四十四岁，汉族。他和我们同车来的时候，一路上很少说话，极拘谨的一个人，哪知在他的牧场喝了酒之后立刻变了个人，不仅话多，而且开始没完没了地唱。一直唱到喝完酒，他的歌儿还没唱完。在回去的路上还是不停地唱，唱了一路。开始唱得还行，甚至把自己的经历编到里面唱：若问草原上最勤劳的小伙子是谁？就是那个解岭志啊……到后来就不成调儿了。他的歌总有一种悲凉的调子，真正来自草原的歌都是这样。他是从放牧羊群一步步发展起来的，在这四十多年的人生里他可以说是充满了坎坷，曾经在放牧时突然得了重病，孤零零一个人，叫天天不应，叫地地不灵，渴得要死却连口水也没有人给他。他昏死过几次，可是又自己活了过来。他还曾遭遇过一场大火。家产全部烧光，人也差点儿给烧死。但是他说，我遭遇过这么多灾难，但在我觉得都没什么，一个人最大的灾难是什么？放牧。当你一个人放牧时，那种孤独难受的滋味儿是你们无法想象的。我明白了草原上的歌儿为什么都是苍凉的了。天苍苍，野茫茫，当你永远面对着这万古不变的风景时，它就会变成监狱的四壁一样单调。举目远望只有一片旷野，没有一个人影儿，可怕的孤寂就会如潮水一样将你淹没。成年累月只熬着这日出日落，生命成了一种负担。人归根结底还是群居的动物，当你把一只羊从羊群里隔离出来它会一连许多天都不吃草，何况人有思想有语言，需要交流，需要关怀。监狱里的犯人在监狱里如果再犯了错最可怕的惩罚就是把他关小号儿，一间只有他一个人的牢房。只有心理变态的人才愿意在孤独的环境里生活。这不是流行歌手们唱的那种孤独，那是矫情。面对荒漠的孤独那才是真正的孤独。牧羊人守着羊群看起来是他在看守羊群，实际上是羊在看守他，死死地把他给看住了，没有半点儿自由，而羊是在自己的群体里，它们实际上是自由的。在外人眼里放牧充满了诗意，放牧人心里却满是痛苦。为了生活，成年累月守着孤寂，他们把痛苦放开嗓子唱出，痛苦像河水一样流遍草原。《牧歌》里这样唱道："放牧着羊群也放牧着岁月，马背上消失了青春……"牧人的一生就是这样的。

今天的牧主不再放牧，连草原也不居住，他雇了些蒙古孩子在这里给他放牧，他在城里有家，只是定期到这里看一看。对过去放牧的日子他一直念念不忘，唱起歌儿就想起那段不堪回首的岁月，歌声里充满苍凉。

# 呼和诺尔

　　从海拉尔前往呼伦湖，途经一个叫呼和诺尔的地方。这里有一片明晃晃的湖水，水在干旱的草原上是很珍贵的，所以这里也建了个旅游点。《敖包相会》那支歌儿我听了何止百遍？但到这里才见到了真正的敖包，一堆石头。特别的是上面插了一丛柳条。这让我很失望，我想象中的敖包要诗意得多。

　　"敖包"原来就是界桩的意思。草原辽阔无边，为了大体上有个边界，牧主们就在地上放一堆石头做标志。石头在草原也不多见，有一堆石头就很醒目了。渐渐地，人们又赋予了这堆石头一种神性，常常来祈祷，围着敖包转，一些仪式也就随之而产生。在一马平川上找一个隐蔽的约会地点是极难的，于是情人们就选定在哪个敖包见面，骑上马奔跑几十里来见心上人。《敖包相会》的歌儿就出来了。在这样一堆石头前见面既无美景又无遮挡，实在没有什么诗意，但草原就是这样一览无余，你有什么办法？

　　我在呼和诺尔见到的美丽风光不是草原倒是一条河，这条河叫海拉尔河，它的下游将汇入额尔古纳河，也就是黑龙江的上游。它在这片草原上弯来弯去，根本看不出水流的方向，哪儿是上游哪儿是下游。我们站在高地上看着，个个一脸疑惑。它就如同随意丢弃在大地上的一条绸带，无法说清到底有几道弯，只觉得它是想怎么弯就怎么弯。只有在草

187

原上的河流才能如此自由自在无拘无束地流淌。它如一任性的少女肆意地扭来扭去，极尽了肢体的优美。这一带草原略有起伏，大块草地如同大地的肌肉布在河的两岸。海拉尔河就在这大地的臂弯里撒着娇。我们经不住她的诱惑，在草地上走了很长的路，累得气喘吁吁，才走到她身边。果然，她清澈见底。水在无声地流淌，一派从容镇定，河岸上长着茂密的柳丛。这是我们在草原上见到的唯一的树丛。

# 翻看自己

　　人往往认为自己的过去是保留在自己的记忆里，其实，一个人的过去更大程度上是保留在了他人的记忆里。当你遇到故人的时候，你就会不自觉地翻看过去的自己。

　　我骑自行车到煤矿去，半路上遇见了松山，他同样骑一辆自行车要去附近屯子赶集。他说今天是他的生日，他要去买些鱼肉之类的东西，两个女婿都要来给他祝寿呢。这家伙比我小两岁，居然要做起寿来了。已经十六七年没见面了，又没什么急事，就把自行车支在路边闲扯起来。虽然已经是冬天，但没有一丝风，很暖和，太阳和煦地照着道旁那些落光了叶子的杨树。

　　他说，伙计，你没忘记吧？那时候你说过要是你当上团长就天天跟我握手，你现在差不多是团长的级别吧？我不好意思地点了点头，虽然我手下没有一兵一卒但团长在我眼里似乎也不是个了不得的大官儿。同时我下意识地看着他的手，不过始终没勇气，哪怕是开玩笑地抓起他的手来握一握。我真记不起我是什么时候在什么情况下说过这句话的。他说，那天我和他在路上走，迎面开来一辆吉普车，下来两个解放军打听路，他就领着他们走了一段，回来时他兴奋地对我说，那个解放军是团长呢，还跟我握了手。我当时就开玩笑说，以后我当了团长天天跟你握手。想不到他竟把这句玩笑话给记住了，三十年后又重提起。如果我现

189

在真的当了团长，天天和他握手是什么意思？我这是许了人什么愿啊。

他又说了一件我没记忆的事儿，他说，你还记得吧？有一次咱俩在井下推车累了，你说，如果我是头牛，现在就是拿鞭子抽我，我也不走了，可我不是头牛，还得推车。

我说，这话我肯定说过。因为我一向认为，人在干繁重的体力劳动时，所承受的负载按比例来说是远远要超过牛马的。牛马在鞭子的抽打下拉车，人在自己的意志驱赶下拉车，在很多时候意志是比鞭子更要厉害的。

他又问，你现在还天天唱歌儿吗？那时候你每天晚上都唱啊唱啊地不停。我笑起来，说，是吗？其实我是在装傻了，我记得清清楚楚，但我不能说，那是在唱给你妹妹听呢。他有个妹妹是我们这里最漂亮的姑娘，那时候我每天从井下上来，迫不及待地洗完脸就跑到他家里去，一直坐到睡觉时间。他家只有两间狭窄得只能掉开屁股的小土屋，他和妹妹妈妈一家三口就挤在一个小土炕上睡觉，他妹妹只有十六七岁，穿一件红棉袄，很像《红灯记》里的铁梅。我坐在她身旁近得能听得见她轻微的呼吸，但什么也不能说，她的哥哥妈妈就在一边，我就唱歌儿，不停地唱歌儿，像个傻子。当时允许唱的歌儿不多，爱情之类的根本就没有，我唱的是《翻身农奴把歌唱》《汾河流水哗啦啦》《北京的金山上》等。就这么几支歌儿，反复地唱。

你现在还爱唱歌儿吗？他又问。我老实地告诉他，现在不唱了。唱给谁听？

告别松山，来到矿村，三十年后又站在那两间土屋前，它已经给废弃了，屋顶塌下来，一个墙角也倒掉，但仍然那么顽强地站着。这里曾有我的呼吸，更有她的呼吸，每一块破烂的瓦片、每一块风化了的土坯都浸透着她的气息。透过墙上的破洞，我恍惚看到土炕上依然有一个年轻人和一个十六七岁姑娘紧挨而坐，什么也不说，就那么默默的。

# 载不动，许多爱……

　　在电话里我对儿子说，今年过年就不要回来了，车票这么紧，你媳妇就更不要为了礼节硬拉她回来，她又不是我们亲生的……这后一句"她又不是我们亲生的"我特意强调了两遍，岂不知当时"她"就在电话旁边，听得一清二楚。这件事虽不大，但让我这个做长辈的大为尴尬。别人的父母都是在过年强调要儿女一定要回家，我却不要他们回来，儿子觉得我不可理喻。我认真地检视了自己，让我吃一惊的是，这并不是一时的昏话，而是自己的心里的话。我从什么时候起，变成这样子了？前些年，每当年底，会盼着儿子们回家，一想到很快就要见到他们了心里就有一种甜蜜的感觉，甚至会激动起来，现在，这种感觉没有了。妻子说这是不在一起时间长，撤离开了。其实，我知道，这是我人老了。人老并不仅仅是肌体的衰老退化，感情也在衰老退化。说句可怕的话，爱，正在我的心中死灭。

　　爱是随着人肌体的衰老一起在衰败的。这是一个渐变的过程，大约是十几年前吧？有一天我忽然对一位同事说，我觉得近来我连娘都不亲了。这位同事正色道，连亲娘都不亲的人还算人吗？我大狼狈，无地自容。但我当时真的发觉自己再也不像年轻时候对娘那么亲了。当年独自离家来东北，常为想念母亲而流泪，而我说这话的时候，母亲与我就同在黑龙江，我半年不见也不会想念。很小的时候我很爱我的爷爷，有一次做梦爷爷死了，我钻到地下，在地里面爬啊爬啊，哭叫着找爷爷，觉得没有爷爷我也活不下去了，醒来后号啕大哭，心里仍旧疼痛难忍。但是在我长大后与爷爷的感情逐渐疏远了，在东北接到爷爷去世的消息，竟然没流一滴眼泪。我就是这样，先是对爷爷的爱最先消失，后是对母亲的爱也逐渐淡远。近来，对儿子的爱也正在消失。爱，是一种能量，是生命的一种能量，生命力越是旺盛的时候，爱就越是充沛，孩子心中的爱充沛得正如一株鲜嫩的植物，真是一掐都能出水。年轻人的爱像火，一碰就能光火四射，随着年龄的增长，这火力就逐渐衰弱。以至人活到古稀之年，爱的火花在心中差不多完全熄灭。也许有人要说，歌德八十岁了还能写诗，还能爱得死去活来，我说，那是歌德，不是你也不是我。

人一旦老了，连爱都不能了，造物是多么的残酷啊。恰恰相反，这正是造物的仁慈。它让一个生命在接近死亡的时候先消失了那种牵肠挂肚的爱，免去了许多生离死别的痛苦。有人说，爱是人类生命中的太阳，是永恒的，这话没错，但这是对人类整个生命系统而言，而对我们每个个体，它就是要伴随着你的生命逐渐衰老，最后至死亡的。也正因为如此，你才能在晚年以泰然自若的态度来面对着即将永别的这个世界和亲人，如同面对即将逝去的清风明月一样。人就是像一匹负重的马，年轻时，众多的爱如小山一样压在你的背上，随着马的逐渐体力减退，这众多的爱就使得它力不从心，这时候，造物就逐渐把它背上的负载给它一点一点卸下来，好让它轻松赶路。

念书的时候，对那些黏糊女孩子的男同学非常看不起，因为大家都有洪水样的激情，能抑制住自己的才是好样的。现在，看到自己的同龄人见了女孩子仍旧能两眼发直，心中就充满了羡慕，这家伙真行啊，这把年纪了还有如此激情！的确，这证明了他的生命力仍旧还强盛，还有如此大的能量。

临近过年了，自然就会想起那首歌儿《常回家看看》，如果这单是对年轻人说的，当然合理，如果年老的这样要求，就是一种矫情。既然已经老了，你就必须默默地忍受你的那份孤独。就像你必须忍受你的病痛你的死亡一样，你不能要求年轻人来分担你的孤独。一个人老了的时候，他的呼吸里都不可避免地充满了死亡的气息，你的环境是一个不利于蓬勃的生命的环境，你要求年轻人待在你的身边是一种残忍。一株玉米，它曾经竭尽全力地供养一个玉米棒子的生长，当它长得硕大无比，颗粒饱满时，它的使命就完成了，这棵植株就会瞬间枯萎下去。人的生命也是如此，年轻一代成长起来，你就不应该还有别的要求。一个年老的人，老是要对年轻人诉说自己的孤独、自己的病痛，那是又回到孩子时代的撒娇了。

当你的生命不能负载更多的爱的时候，爱，就会悄然而逝。这正是造物主的伟大，它让这个世界充满了欢乐，充满了光明。太阳照常升起，不会因为一个生命的消失而暗淡。

# 秋 之 思

## 立　秋

一声响亮，我抬头，秋天的阳光已抵达对面楼房的墙上。我于是知道又一年的秋天到了。只有秋天的阳光才能如此明澈，只有秋天的阳光才能如此响亮。

在那遥远的童年，母亲咬断一根线头儿，自言自语说，今天是立秋了。我于是便在炎热中有一丝凉意从脚心升起。我沿田间小路奔向小河边，看到昨天还是一片浑浊的河水一夜之间突然清澈见底了。整个夏天我都在里面折腾，这是一道喧嚣的浊流。它清澈了，安静了。阳光直射水底，泥地上有小蟹们留下的爪痕，有蜗牛爬过的线路，有溺死的蝴蝶。沉入水底的杨树叶子安静地躺着，一副与世无争的神态，小鱼儿的鳃在翕动，它太弱小，这里几乎找不到可吃的东西。

直到今天我也弄不明白为什么一到立秋，小河和水湾会忽然清澈起来。每当看到秋天的杨树叶子飘落下来，我便感到一种无法排解的忧伤。故乡的杨树叶子比东北的要大得多，也要厚重得多，在晴空之下它们是一种金黄，当它脱离枝头穿过树枝降落时，你会听到一种碰撞声。最后，它们砰然一声撞到地面。我拿一根削尖的细枝条，把它们从地下一片一片扎起来，穿成长长的一串。它们有一种凄凉的香气。叶面光滑美丽，叶柄柔韧细长，它们往往是在有霜的早晨降落。我会冻得手疼难忍。若是有一阵风吹过来，它们一齐跳起，随风向前滚动，像无数小轮子。它们原来也是不甘心躺在地下啊。从枝头飘落也是一件无可奈何的事情。

立秋这一季节，即便在北方的原野也仍然是一片葱绿。然而细心观察，你会发现秋的气息已渗透了每株庄稼、每一棵草，甚至每一片树叶。农人对节气最关心，他们说"七不生，八不长"，意思是在七月野草已不再出生。到八月，草虽然仍旧碧绿，但却不再长大。他们松了一口气，挂起锄头，无须再和野草搏斗了。

人们总是说秋天是收获的季节，果实在一天天成长，高粱红了，大豆鼓圆荚，玉米棒子越来越大而坚硬，到叶子枯死收获那一天，他们的喜悦已淡下去，而许多时候，果实结的并不如他们想象的那般大。任何希望当它变为现实的时候那喜悦仅能是转瞬间的，随之而来的就会是悲凉。恰恰是庄稼人在秋天会感到更多的悲凉。

## 我在何处

在这样的季节里，我对着秋天的阳光独坐。时光的河流正从我身边汹涌而去。我感觉到自己正被这河流浮起。阳台上那株扶桑鲜艳的红花正在衰败，由于气温渐低，它枯萎的速度比夏天减缓多了，但是那几朵将开未开的却也迟迟不开了，我甚至怀疑它们还能否来得及开放。

电视播音员在向我们报告一个最新消息，美国科学家已成功地制造出一种治疗妇女购物癖的药，这种特效药治疗功效在百分之九十八以上。那是一个中午，我大吃一惊，这一消息彻底摧毁了我作为一个人的自信心。

美国向来容易产生一些古怪的思想出一些古怪的人，我认为没有比这更古怪的了。即使他们仅能治好一例，那么也足以证明，在去商店买

195

东西这样纯思维的纯理性的行为都并非是思维的结果，而是一种物质的影响。思维都不是人本身的了，那么我们人本身还剩下什么东西？

在过去，我非常蔑视那些想戒烟而戒不了的人，认为他们没有意志。

我问一位刚吸烟的年轻朋友，你如果吸上瘾，能戒了吗？他一笑，说，我怎么会让它上瘾？即使上瘾我也能戒掉，除非我不想戒。几年之后，他摇摇头说，不行，戒不了。

吸烟事虽小，却也是一个复杂的过程，首先你必须去买，烟摊儿在那里，你要往那儿走，这时候你分明知道前面是种会损害你健康的东西，你为什么还要趋向那里？飞蛾扑火是它们有趋光性，并不知道那是危险，难道你不知道吗？即使你向那儿走的时候，你的思想不去支配两腿往那个方向移动，它们总不会自动把你拖去吧？即使烟已经在嘴里了，你不去划火柴它不会自己燃烧起来。这一连串对你本身都是构成危害的动作，但你一一去做了。

有人正在研究"爱情"这一被认为人类最神圣最伟大的情感，这个永恒的主题。他们已经得出结论，所谓"爱情"是一种生物碱的作用。

早在一百多年以前，叔本华从另一个角度告诉我们，所谓的爱情只不过是上帝在创造男人和女人的时候，为了让他们能自己繁殖下去免去自己再辛劳地制造之苦，给他们添加了一点儿粉末，这粉末就叫作爱情。很简单，这就好比在邮票和信封上涂一点儿糨糊，使他们黏起来。他老人家从此一劳永逸。

既然情感并非我所有，思维并非我所有，那么我还剩下了什么东西呢？我们早就知道，我们的肉体只不过是一堆碳水化合物和钙等东西。人被科学可怕地抽空了，人的本质消失了。我们这才知道什么追求自我呀，什么保持人的本性呀，原来只不过一片浑话而已。

有这样一个故事，一个青年去向一位百岁老人讨教长寿的秘诀，老人告诉他，我一生不吸烟不喝酒。青年问，还有呢？老人说，还有一生

196

不近女色。青年问，还有呢？老人说，还有一生不吃肉。青年笑道，那你活着干什么？活一百岁又有什么用？

这个故事不完整，因为这是一个青年人讲给我听的，而我要说，一个人一生不吸烟不喝酒不近女色不吃肉，难道就不是人生吗？难道就不会有别的乐趣吗？我想那百岁老人肯定有他的答案，他既然活下来就不会被他问住。

其实这是一个探求自我的问题，青年人和老人各有各的答案，永远不可能统一起来。

## 人类永远生活在三个问号之中

"路漫漫其修远兮，吾将上下而求索。"这是屈原的一个困惑，对人生的困惑，而非我们总在赞扬的是一种不屈不挠的探索精神。既然他有如此精神，跳江里去干吗？

老师给我讲，在那个黑暗的时代屈原是不可能求索到的。那么，我们今天求索到了吗？路在何方？

下雨了，这是秋雨。天空阴暗，气温很低。院子里那棵榆树在雨中伫立着深思。一些在都市灰尘中挣扎了一个夏天的叶子开始变黄，飘落。秋天，不可遏制地向我逼近。

人类永远生活在三个问号之中。如果说人类是上帝创造的，请问上帝是谁创造的？若说天地为盘古所开，请向盘古身置何处？天地混沌如鸡卵，卵壳外面呢？

这本是最简单的设问，一种最低级的思维方式。三岁的孩子都应该问及，然而没有答案。于是神秘起来。

现代科学告诉我们，人是由猿进化而来，而猿是由单细胞生物进化而来。那么，请问第一个单细胞生物来自何处？或者干脆问，地球来自何处？太阳来自何处？宇宙的外面是什么？大爆炸以前是什么状态？因为不能回答，这些提问被认为是荒谬的了。在这里，科学家们和神学家打了个平手，他们都不知道。

这是一个终极问题。我们身处世界中却不知世界来自何处。有人告诉我说，一些高级大夫，在解剖了许多人体后反倒迷信起来，因为他发现了许多用无神论解释不了的东西。一位来自美国的神学家在北京大学讲课，他说在美国许多科学家都信神。我读了当代一些最伟大的自然科学家的著作，他们对于上帝的有无都没有下结论。这是科学向神学的妥协还是唯物主义对唯心主义的妥协？

我们都知道兔子生育期可以是每月一窝，而且每窝都达到十几只，它们为什么会生得这么快又这么多呢？用达尔文的生存竞争说很容易解释，因为在动物界它们太弱小，如果不这样大量的繁殖就会断子绝孙，为了种族的延续，它们拼命生，让你们怎么吃也吃不完！然而又一个问题，老虎为什么会生得那样少呢？它们一生仅能生育三四次，而且每一次也仅能生两三只。是谁使它们这样"优生优育"呢？这用生存竞争说已不太好解释。如果老虎也像兔子生得那样多，那么我们这个世界如何了得？连人也要被它们吃光了。

看了赵忠祥解说的《动物世界》和《人与自然》，我的收获不仅是增长了知识，更主要的是我不再相信我们这个世界物质是绝对第一性的，一切都是物质运动的结果。许多的现象都在向我证明我们这个世界在受着一种看不见的、超自然的意志在支配着。拍这些科教片的外国人很聪明，他只给我们提供一些现象，而不解释为什么。

## 世界有多大

我们所认识的世界当然不等同于我们所面对的世界，我们所认识的世界已经够五彩缤纷的了，我们称作大千世界。然而这个大千世界和我们所面对的世界相比仅为大海中的一滴水，不，连一滴水也不到。

我一直认为鬼魂和外星人是一同等的存在，仅仅目前无法与我们交流而已。

与狗相比，狗可以分辨出上万种气味儿，而我们，人仅能分辨几十种气味儿，这即是说有上万种气味儿的存在不被我们所知。狗还可以听到比我们多出几十倍的各种声音。我们的听觉是极其有限的，音频太高了听不见，音频太低了又听不见，如果把声音比作一条万里长江，那么我们的耳朵仅能截取那么几厘米。

在某种意义上可以说是我们的感官创造了我们所拥有的这个世界。比如说盲人因为失去了视觉，那颜色的世界对他们是永远不可能存在的。你用任何方法也不能让他们知道什么是红色，什么是绿色。

生物的感官又是因生存的需要而设置的。因为蛔虫的生存环境决定了它不需要听觉和视觉，它也就没有耳朵和眼睛。狗因为它必须凭气味追逐猎物，它的鼻子就特灵敏。蛔虫的世界最为简单，仅是肠胃、食物、胃液，对它们来说，连天空、太阳、土地、高山、大海等也统统不存在，而狗的气味世界和声音世界，比我们人的气味和声音世界又丰富扩大了几十倍乃至几万倍。我们人的听觉和嗅觉世界处于狗和蛔虫之间。

王阳明说，我未观花时花与我俱寂，我观花时，花与我才一时明白起来。他还更进一步地说，心外无物，心外无理。他所说的心便是人的感知。

有一位大主教说，在我未踢到这块石头之前，这块石头是不存在的。这踢的过程，便是一个感知的过程。


## 是世界改变了我们，还是我们改变了世界


世界的变化让人眼花缭乱，人类的发明创造日新月异，彩电、光碟、收录机、无线电话、电脑、航天飞机、拦河大坝。毫无疑问，人类改变了自己存在的这个世界。然而更让我为之惊心动魄的是自然界中的一员对于别的动物的改变。

养鸡场里养的鸡，已经接受了这样一个事实，生来就是要被刀杀

的，它们克服了对死亡的恐惧，被杀时绝不逃跑。

人类的惊人之笔就在这里。追求生存逃避死亡是大自然赋予所有生物的本能，这是动物赖以生存的最基本的本能。连蚂蚁和蚯蚓都有这种本能，然而我们人类把鸡这种本能彻底改造了，它们对死亡毫无知觉，彻底变成了一种为人类提供肉食的庄稼，为了人类的需要，专门生蛋的鸡拼命地生蛋，专门长肉的鸡一个劲儿地疯长，鸡已变成非鸡。

一天下午，在金色的夕阳中，我和一只小狗对望着，我望着笼子里面畸形的它，它望着外面发呆的我。我的确呆了，为它那副怪样子呆了。长鼻子本是犬科动物的特征，例如狼、狐、獾等。这是它们生存的需要，它赖此有敏锐的嗅觉来猎取食物。然而这只小狗的鼻子特别短，比我的鼻子还要短得多。我不知道这种狗的名字叫什么，但我知道鼻子和嘴短是它们的特点，越短越为正宗，越名贵。要说好看，我看是特别的丑陋，这正和人长了一张狗脸一样。它的颜面比人的还要短。它已失去了生存的本领，如此短的鼻子和嘴只能靠人的喂养才能活下来。为了人的一种古怪的癖好，它生成了这种样子。

另一只笼子里关着一只耳朵特长的小狗，它是一副很温柔的样子，耳朵已长得像头上的一条带子，拖在地上了。它走路时，前脚经常踩在自己的耳朵上。这种狗的耳朵就是越长越名贵。当然也就越行动困难。没人喂养，它也一定活不下去。它的耳朵这么长，当然也是人类的业绩。

我看过什么书上曾介绍说一种体形极小的狗的培养是喂它们吃朱砂，朱砂的毒性使它们发育不良，一代一代喂它们吃下去，它们就一代一代小下来，最终变得只有鞋子那般大，叫作鞋狗。这法儿实在残忍。但这也比较简单，只要有耐心就成，而这种短鼻子的狗却叫我百思不得其解，用什么办法会使它们的鼻子一代代缩短最终变成这副尊容呢？总不会是用手按的吧？那么它的长长的耳朵呢？是拉的吗？

这是人类的杰作，不亚于制造宇宙飞船。上帝创造了人，人又创造了这种非狗。上帝一定很震怒，对这种古怪的东西痛心疾首。

我以一种悲哀的目光看着笼子里的小狗，为它们被弄成这种样子而悲哀。笼子里的小狗以悲哀的目光看着笼子外面的我，为我这么个人还要为吃食到处奔波而悲哀。

　　作为地球大家庭中的一员，人类成功地改造了其他动物，把它们改造成为非它们本身。那么人类对自己是否也进行了改造，改造得自己已非自己本身呢？

　　我们可以看到我们把别的动物改造得面目全非，然而我们无法觉察到自己的面目全非。就像那只短鼻子的小狗儿，它会反而对猎狗的长鼻子看不惯，怎么看怎么不顺眼。何必长那么长的鼻子呢？

　　人类有意改变自己形体的是泰国的人妖，无意中改变了形体的是发达国家众多的大胖子。这些体形特胖的人一旦脱离这个社会机构也将不能生存，他们无疑已经是人类社会的产物而非自然的产物。

　　中国人曾经对女人的脚进行过改造，那就是裹脚，为使其变小不惜把骨头都折断。当我们在宣扬灿烂的古文化时，也别忘了如此丑恶的东西也属于一种文化现象。当时不知为什么全中国的男人一下子觉得女人的脚越小越好，哪怕它是畸形。这种审美心理真让人莫名其妙。人类不知道自己的心理有时会变得多么荒唐。这种尝试以失败告终，中国女人的脚又得以蓬勃地生长起来。

　　作为人的本质应该是我们的思想意识，而非我们的躯体，而思想意识又是最不稳定最容易改变的。对人的思想意识改造最成功的是二战时期的日本人，他们几乎是克服了对死亡的恐惧，战争初期所有的士兵都不知投降为何物。战争后期那些神风特攻队飞行员，从他们一登上飞机就注定要死亡，飞机根本就不带返航的汽油。他们驾机去撞击美国人的军舰，把自己当作一枚大炸弹。当时日本的年轻士兵踊跃报名，不被选中痛哭流涕。最叫人惊心动魄的还是那种"樱花弹"。我在一本资料上读到，这种樱花弹在飞机投下时，每一枚炸弹上都带有一人操纵炸弹的飞行方向。可以看作是一种最早的导弹，不过不是用电子装置而是用活人来导航的。

人类也可以像改造鸡那样改造自己本身，使他完全丧失求生的本能，变成一颗炸弹一架机器。日本人在这方面曾取得过辉煌的成就。

我们创造了文化，但文化又改变了我们。陈建功讲过这样一件事儿，他家就住在天坛附近，每天早晨都要进天坛公园溜一圈儿。每天早晨大门外面就有许多人在等着开门了。每当管理人员大门一开，人群一拥而进时，大家便不由自主地发出噢的一声欢呼。这一声噢当然是发自内心的一种兴奋，陈建功非常羡慕，他也想来这么一声，但是，他发现自己噢不出来。他做了几次努力都没能成功。这些能噢出来的大都是工人、摆摊儿的、蹬三轮的，而他当时是作家。

建功是从这样一件小事儿上觉察到自己是被文化压抑得有些失去本性了。

我记得最深刻的是有一次我回过去的煤矿村，骑自行车独自走在山道上，我停下车子，对着旷野撒了一泡尿。我突然产生了一种非常痛快非常美妙的感觉，有十几年没这样轻松过了。我这才发现，人在文明社会中，连排泄这样最基本的生存行为都被压抑着。我们已经习以为常，浑然不觉。

十年前，每天我从煤井下爬上来，看看那些装车的妇女们，只要喜欢哪个，就大摇大摆地走上前去把一双黑的手摸到她乳房上去。没有哪个女人我不敢摸。今天，我看看办公大楼里这些女人们心想如果来那么一下子，立刻会天翻地覆。我变得文明起来，我已经不再开怀大笑，也不再放开嗓子唱，我越来越像个知识分子。我也越来越不再是原来的那个我。

人类发明了扑克牌、麻将、收录机、电视机、电子游戏机。我们生命中大量时光正在被我们自己制造的东西消耗掉。我们的生活正在从室外转入室内。

人类正在越来越疏远大自然，什么高山大海、大江大河，年轻一代已失去兴趣。他们更多地在书本和电视机里生活，对着电子游戏机哈哈大笑。也许有那么一天，人类造的房子将不再有门。从孩子生下来就给他造一间这样的房子，里面一切设备齐全，他要什么只要一按电钮。他终生都坐在屋里看电视机、玩游戏机，非常美满地度过他的一生。

人类更多地把自己的生命消耗在自己制造的环境里这已是一个不争的事实。到我们连自己的腿都退化了的那一天，不知这个人字该怎么写。我们正在不知不觉中把自己丢失。

## 秋天的音乐

如果说我们感谢曹雪芹为我们留下了那么多的好诗词，那么我们就该以同样的敬意来感谢那个叫王立平的作曲家为这些诗词谱上了曲子。听着《红楼梦》那盘磁带，我觉得感人至深的只能是秋天的音乐。

秋花惨淡秋草黄，耿耿秋灯秋夜长。已觉秋窗秋不尽……任何字都经不住在一首诗里如此重复，只有这个秋字，真正是说不完道不尽的秋啊。

在情感方面，与音乐相比，文学其实是一个很粗糙很肤浅的东西。如果说好的文学作品能拨动人的心弦，那么它仅是拨动而已，而音乐却是像水一样径直渗透到你的灵魂深处，它能漫透你的每一个细胞。在人心那无法表述也不能窥视的宫殿，只有音乐在鸣响。语言是笨拙的，它无可奈何地在门外徘徊不得其入。

儿子不知在听谁的音乐，忽然呜呜大哭，泪流满面毫不害臊，一米八五的高大身躯抽动着。我只能默默走开。他的心里装满了生命的悲苦，我无能为力。上帝在给人以智慧，让人知道生命之可贵，又毫不怜悯地告诉人生命最终将要消亡。这就是人生最大的悲哀。任何对死亡的超脱，任何英勇无畏地对死亡的蔑视，其实皆为自欺欺人罢了。想想你的孩子吧，你为了让他健康地长大耗费尽心血，然而他却不久就要衰老、死亡。世界上没有一种道理能说通你。

到得暮年，痛苦挣扎了许多时光之后的心灵已疲惫不堪，不得不接受死亡这位越来越走近的不速之客，生命力已衰弱，难以再起波澜。于是出现了一个风平浪静的阶段。这就是唯有老年人才能有的那种宁静的目光。此时已雪花飘飘了。

在这亿万生命不断消失的秋天，天地间奏响的是一种充满痛苦挣扎的音乐。高天流云，大地悲声。

# 萧萧铁马鸣

我站在金上京会宁府的遗址上，面对着一片盛夏的田野，田野在闪光，在喧嚣。玉米已经秀出了硕大的棒子，沉甸甸的果穗使得它们神态分外庄重，微风中大豆婆娑起舞，阳光在叶片上泛滥，大地一派生机勃勃。

想当年完颜氏在此誓师三军，午门崔巍，金戈铁马，旌旗猎猎气吞万里如虎。风吹雨打八百载，如今，只剩得荒丘几座。斜阳草树，碎砖残瓦，谁复记得当年英雄威仪？

农民在紫禁城内种庄稼，田垄如蛇，嚣张地直逼金殿旧址，若非文物部门制止，他们定会毫不客气地把大豆玉米栽种到一代雄主完颜阿骨打的宝座上去，从而使得当年的皇宫金殿不留一点儿痕迹。这就是历史，时光的冲刷会使得昔日辉煌灰飞烟灭。

金上京会宁府遗址位于黑龙江省阿城市南两公里处，为中国的满族先世女真族所建的金朝首都。公元 1115 年至公元 1234 年，这里的太阳总映照着帝王的紫气和将军们铁甲的闪光。金太祖完颜阿骨打就是在此举行他的开国大典的，他的子孙们在此历经四帝，这块土地在三十八年的时光里一直是北中国的人们朝拜的圣地。完颜阿骨打率领他的子孙们从这里挥师南下，逐鹿中原，横扫千军如卷席，迫使那年老体弱的宋王朝上演了一出出悲壮的历史剧。梁红玉击鼓抗金兵，汉族的妇女又一次

205

在铁血舞台上粉墨登场。精忠报国而屈死风波亭，产生了中国历史上最著名的民族英雄岳飞，从而也产生了最臭名昭著的汉奸秦桧。最让大宋臣民痛心疾首的是父子两个皇帝同时做了俘虏，这不仅是中国历史上绝无仅有，在世界上也属罕见。这就是完颜阿骨打的儿子大手笔导演的一幕千古绝唱。

20世纪末期的我站在这片荒草萋萋的遗址上，万古不变的太阳照耀着生气蓬勃的大地。长天来风吹过八百多个春夏秋冬，历经五个朝代，日月精华模糊了当年的是是非非恩恩怨怨。两个民族融合为一个国家的时候，什么忠与奸、什么叛国与报国都已经失去了实际的意义。有一位研究历史的人曾对我说，历史上的秦桧并不是《说岳传》里的那个样子，他也曾对宋王朝起过一定的重要的作用。他敢于这样对我说，可见他认为我不会为这种大逆不道的言论而憎恨他。岳飞的《满江红》为中国人传诵至今，我也曾把谱曲的《满江红》唱得慷慨悲壮，而今天，每当我唱到"壮志饥餐胡虏肉，笑谈渴饮匈奴血"的时候，我总觉得心虚。我的血里没有胡虏和匈奴的成分吗？汉民族是由多种古民族混合而成的，连一代明主唐太宗都有少数民族的血统。历史不能用今天的尺度去衡量，但更不能用传统的眼光去观照。

站在阳光照耀的田野上，耳听得金鼓齐鸣铁马萧萧，然而我既没有豪壮之情也无悲愤之感，我唯一的感触是苍凉。中华民族不仅经历了数千年的灿烂辉煌，也经历了数千年的野蛮与愚蠢，为像今天这样形成一个和睦平等相处的民族大家庭，我们的祖先曾在刀兵血火中拼杀了数千年。

# 旷野与舞厅

那是一个深秋的黄昏，我独自站在绥芬河谷的旷野上。夕阳金色的光波在河谷平原上涌动。平原向东方延伸，在那尽头处是一道城墙似的山冈，它正面对着自西而来的光线，非常清晰地横在那里，我知道，那是俄罗斯的土地。绥芬河是一条流向远东的河流，它将穿过广袤无边的俄罗斯大地进入北太平洋。北岸是被河水劈成石壁的山崖，裸露着红色的岩石。向上，则是晴朗的蓝天。

我的脚下是收割后的干涸了的稻田。

我越来越像一个离群索居的孤独的老兽，常常独自挪动着上了岁数的脚步，在旷野里徘徊。我感受着阳光从亿万米高空倾泻到我身上，我感受着风吹拂到我脸上，我感受着时光水一样在我的头发上流过。我心存感激。我伸出手，抚摸着树木苍老的皮，感觉着岁月的粗糙。我抓起一块石头，让它在掌心里刺痛我的皮肉，我感觉着山岩与我的血肉相关。我抽动着鼻子，贪婪地闻这泥土散发出的气息，感觉着生养我的土地的亲切。在旷野中我能深切地感觉到生命的存在。

四无人声，就连风声也停息，无边的寂静笼罩着旷野。渐渐地我的耳朵里开始响起一种声音，它时而是无可言说的洪大，如同暴风雨的轰鸣，白色的雨柱抽打着大地，从山那边呼啸而至，大树都在狂风中匍匐在地。它时而无可言说的细小，如同一根纤细的草茎在无形的微风里颤

207

出一种几乎不能听见的细音，又如同在晴朗的月夜，银亮的云朵在深蓝的天幕上飘移时互相摩擦发出的一种微弱的沙沙声。我屏住呼吸，倾听这深入灵魂的天籁。

当我迟缓地转动身体向南时，我的心颤动了。那面是一道漫岗，它上与天空形成一条弧线，就在这条弧线上，一排杨树如同篱笆似的插在上面。我的母亲在山冈的那一面，翻过冈去就是我母亲的小山村。夕阳照在她的脸上、头发上，照在她单薄的身体上，她凝神向这边张望着，她的背后是阳光涂成金色的土墙，墙上挂着一串赤红的辣椒。这一瞬间，我猛然发现自己发生了多大的变化，我从一个在母亲身边寸步不离的孩子，变成了一个星期天宁可待在办公室里的男人。其实到山那边去用不了多长时间，但我就想不起来应该去看望她。我的感情正在枯竭，我的生命正在枯竭。我连母亲都不爱了！七十多岁的母亲还能与我在这个世界上共存多久！

只有在旷野里我才想起了我的母亲……

我的身后是一棵古老而巨大的榆树。在东北的旷野中你能常见到这样的大树，远远望去，它突兀地出现在旷野上，在它的四周是广大的田野，没有一棵和它相近的树木，甚至连一丛灌木都没有，只有它如一把擎天巨伞张开在蓝天下，而它们大多是榆树。你很难知道它是怎么存在下来的，为什么众多的树都被杀光了之后只有它逃过了劫难？它们的树龄都在三百年以上。一旦活到了这个份儿上，它们就不再轻易地被人杀了，它成了这片广大地域内的一个风景、一个神灵。在军事地图上被作为永久性的坐标。

当我抬头仰望巨大的树冠时，我的灵魂被震撼了。树叶已经落光，黑色的枝丫像生铁铸造般沉重，由于是在旷野里，它们长得汪洋恣肆，在广袤无垠的天空里尽情地舒展。榆树的枝干是树木中最繁杂而虬曲盘节的，众多的枝丫像一条条河流分支出去，又汇流集中到一起。这恰如人间岁月，千万人有千万条曲折而复杂的轨迹，而最终却总要归结到同一的结局。天是那样的一种蓝色，令人想起一些古老陈旧的东西，甚至有一种陈旧的霉味儿。它是那么虚幻而深邃，树枝却又是这样坚硬而真实。这铁似的枝丫如大地伸出的千万指爪，紧紧地抓住了梦一般的天空把它栽入地下。

岁月如流，树皮裂纹深达几公分。它不知经历了多少的风霜雪雨，不知经历了多少沧桑变故，不知看过了多少日出月落。树是大地上最长的生命，它具有世界上任何别的生命所不能有的悲壮的美丽。

这是一个体育馆改建的舞厅，因而它就是本县最大的舞厅。我和一个做生意的朋友坐在角落里，看那变幻闪烁的灯光，看那一对对搂抱在一起的男女。耳边响着震耳欲聋的音乐。他说他也不会跳舞，他要拉我来舞厅坐。他说他一进到舞厅里立刻就会有一种说不出的放松舒适的感觉。他经常到舞厅里来，就是这样坐着，从不跳舞。他一定要我来感受他所说的那种非同一般的感觉。他不时地在我耳边轻轻地问，怎么样，好吧？

我在观察这个与旷野完全不同的场所，五彩缤纷的各种灯光交织变幻，构成了一个梦幻的世界，电声乐器巨大的音量与强烈节奏通过听觉神经刺激着人的大脑皮层。人在这里面果然不再去想那些不愉快的事情，整个神经系统都处于一种完全放松的状态。我发现有很多人也都像我们一样，进来不是跳舞而是就那么无所事事地干坐着。既然是坐着，在家里不是一样坐吗？为什么要花钱跑这里来呢？

其实舞厅对某些人，有一种类似气功说的气场，对那些有着这种"功"的人来说，只要一进入这个"场"，他就会产生一种特别的感觉，说穿了就是通过场地和规定环境营造出一种特殊氛围。在北大时我去看过一次气功表演兼讲学，敢到那个地方去讲的一定是很了不得的气功大师，可惜我记不得他的名字了。场地设在北大的体育馆内。北大就是这样一个奇怪的地方，什么古怪的东西都允许讲。听讲的有上千人，我看到了有很多人还没等气功大师开讲，一进体育馆就变态了，抽筋儿的，哆嗦的，一屁股坐下就起不来的。等到气功大师开讲进行指导时，就有一半儿的人进入一种被催眠状态，无意识地摇头摆尾，闭着双眼要倒下却又倒不下，厉害的干脆就躺倒在地下发出一种兽类的尖叫。我只去了一次，再不敢去了，深恐自己也出那种洋相。我相信那里面很多人是大学教授和大学生，都是一些全国的顶尖的大脑。

气功的"场"里要求的是一种彻底的自我意识的放弃，在这里什么外部形态都在被允许的范围之内，而在舞厅里的要求是一种有限度的自我意识的放弃。比方说你可以放纵自己的本能要求，去抱住一个是别人老婆的女人的腰，而在别的场所这是不被允许的。但，这里有一个原则，只能美不能丑。


旷野和舞厅是我们人类社会上的两个极端。一个是静的极端，一个是动的极端；一个是人均空间大的极端，一个是人均空间少的极端；一个是空间被极度放大而时间被极度压缩，一个是时间被极度放大而空间被极度压缩。身处一片无人的旷野中，面对着长天落日、山川相缪，顿感天地之悠悠人生之短暂。在这里，永恒与短暂对比分明，人的一生压缩在了一瞬间，你会把你的来路与结局看个清清楚楚明明白白。于是，那些困扰你的荣辱利害霎时间都微不足道了。你获得了一种白云悠悠的轻松愉悦，全身心都被大自然的恬静所洗涤。世俗日常的灰尘污垢一扫而光。在舞厅中，人造光超越自然光的鲜艳美丽，也超越自然光的光怪陆离，给予你视觉上的刺激达到了极致；而旋律丰富音量巨大的各种人造声，同样超越了大自然中的任何音响。小河流水不能比之优美，雷霆震怒不能比之巨大。人的听觉在这样的音响旋涡里得到了极大的享受，被彻底迷醉。跳啊，唱啊，不管他天塌地陷，不问他明天的穷富死活。在这里人的理智被麻醉，人的思维被打乱。你只能感受。与旷野里同样摆脱了日常生活中的烦恼。

在旷野里你耽于思索，在舞厅里你耽于感受。

# 冷云小学听国歌

　　艳丽的阳光穿过高纬度透明的大气，照耀着操场上身着红色制服的孩子们。铜鼓敲起来，军号吹起来，冷云小学的孩子们为我们表演升国旗仪式。旗杆上的滑轮不太好用，那小升旗手吃力地拉动绳索，五星红旗在钢铁旗杆上慢慢地向天空爬升，一位老师不得不上前去帮她拉动。就在这时，《义勇军进行曲》的旋律使我的心开始颤抖，终于，泪水顺鼻翼潸然而下。我仰起脸，努力想止住它。我怕我身边的女记者们看到。然而它却在这悲壮的乐曲声中不可抑制地汹涌奔流。我甚至看见我脸上的泪水在太阳下闪光。

　　这是第一次，我不知参观过多少次升国旗的仪式。这是唯一的一次流泪。我想到了这国歌正是为这些当年的义勇军英雄们而写的。此时此刻真正是为她，为这位冷云、这位当年的"八女投江"义勇军女英雄而演唱这中华人民共和国国歌。五十多年前，她率领着八位女性义无反顾地投入到了滚滚的乌斯浑河，五十年后，我们在这所她教书的小学校里为她演唱这支不朽的歌曲。

　　冷云当年是这所小学的一位教员。

　　许多年前，我到林口县去看望一位朋友。那天早晨，他领我到河边洗脸刷牙。我们站在河水里，他指着有点儿灰色的渐渐流淌的河水说，当年的"八女投江"就在这条河的下游，这条河叫作乌斯浑河。我大吃一惊，在这之前我一直认为"八女投江"是在牡丹江。

又过了十几年，我第一次参加了"黑龙江考古万里行"活动，终于到达了"八女投江"纪念地，也就是当年她们的投江之处。那是秋天，波斯菊开得鲜艳无比，微风里不停摇曳着，纤细的茎秆像随时会折断，整个形态都是那么的楚楚可怜。一位当地的老人指着山脚下面的一段河道向我们讲述她们当年是怎样走进冰冷的河水里去的。

那是一幅古今中外都罕见的悲壮的图景，八个年轻的女人面无惧色地向着滚滚的河水前进。那已经是塞外的十一月，冷风刺骨，河水里流着冰凌。她们伤残疲惫，衣装破烂，互相扶持着，一个倒下被水吞没，大家仍向前义无反顾地向着死亡行进。骄横一时的日本军人惊呆了，停止了开枪，大喊着要她们停下，但是她们仍然向着滔滔的河水走进去。惊天地泣鬼神。他们不敢再让这样的场面继续下去，向着河里发射了一发炮弹，结束了这个惊心动魄的壮烈举动。硝烟散去之后，河面上一无所有。那年的河水特别大，按说十一月份不应该有那么大的河水。

童声童气的小解说员说冷云牺牲时只有二十三岁。二十三这个数字又一次刺中了我的心。在过去，我就知道她牺牲时很年轻，但那时我也年轻，根本没有意识到二十三岁这个年龄意味着什么。如今我的儿子都已经超过了这个年龄。二十三岁，花一样的年龄。如今的二十三岁都被叫作女孩儿，她们自称是女孩儿，我们也把她们当作孩儿。她们是真正的女孩儿。但是二十三岁的冷云已经是烈士了。八位女英雄中最小的只有十三岁，最大的才二十三岁，在今天来说仍然是一个女孩子。在过去只把她们看作英雄的时候，感觉到的只是一种崇敬，现在意识到了她们是一些正当芳龄的女孩子，就多了一种刀刺一样的悲痛。

好像只说对日本侵略者的仇恨已经不够了。天地精华造就的八个女孩子给人类自己抹杀了。八朵上帝赐予人类的花朵让人类自己摧残了。这是整个人类的耻辱。在冷云小学里听国歌，除了感到悲壮还感到了一种痛楚。

# 大兴安岭

　　高高的兴安岭，一片大森林，森林里面树呀根呀么连着根。高高的兴安岭，一片大森林，森林里面住着勇敢的鄂伦春。这是我孩子时就会唱的歌儿，几乎是儿歌，曲调简单明快，一边拍着手跳着，一边唱。那时候对兴安岭和鄂伦春都有一种神秘感，甚至不大知道什么是兴安岭什么叫鄂伦春。

　　没想到的是我因为采访，亲眼见到了兴安岭和鄂伦春。

　　第一次进大兴安岭是一个冬季，我去采访新林林业局所属的一个金矿。那次没什么印象，因为只是坐车看到的一片冰天雪地，冷得出不了门，只能从车上下来就钻进屋里，很少出门。第二次是一个夏天，就见识到了真正莽莽苍苍的大兴安岭了。虽然森林已经被砍伐了很多，但没有大树还有小树，仍然是你望不到头看不见边。火车只管跑，除了树还是树。一片原始的荒凉，几十里没人烟。那次是去采访一个叫韩家园子的金矿。那是一个更荒凉更遥远的地方。大兴安岭有了一个初步的印象，博大，苍莽，荒凉。据说在大兴安岭每年都有在森林里走失的人。接我的司机告诉我，他家邻居一个妇女有一年在森林里迷路走失了整整四十七天。发动了一百多人进山去寻找也没找到。最后她竟然又走了回来。当然已经不成样子了。一个人独自在森林里四十七天，那是一种什么生活？她只能吃野菜野果和蘑菇生活，夜里也睡在树林里。四十七天她该走了一个多大的范围？居然没遇到一个人。当你到了大兴安岭莽林中，你就会恍然大悟，什么张家界野人，太可笑了。那巴掌大的地方会存在什么野人？

到了大兴安岭一看，发觉小时候唱的"高高的兴安岭"这句歌词不对头了，在大兴安岭里驱车你根本就没有什么高的感觉。这里全是一些漫岗，你看不到一处陡峭的山峰。其实，整个东北地区你都很难看到一座像华山、黄山或者桂林那样高耸险峻的山峰。据我所知，东北好像没有爬不上去的山峰。东北最高的长白山，汽车都能直接开到山顶。这是中国北方和南方山的最大不同。

兴安岭是中国最寒冷的地区。冬季气温常常在零下三十多度。据说最低的时候达到过零下五十度。

由于长年气温低，大兴安岭上长的植物也都与别处有很大不同。那次进大兴安岭的时候是夏天，有小雨，当汽车在大道上行驶的时候我发现两旁有很多竹子，我感到很奇怪，我知道竹子是不可能在这样高寒地区生长的，可是它们怎么看也像是竹子。青青的枝干，尖尖的叶子，一丛丛地在路边摇曳着。等汽车在路边一停的时候，我赶紧跑下去看，却发现原来是柳树。但这些柳树完全没有那种下垂的如绸带一样飘荡的枝条了。叶子也没有那么密。这些柳树只有向上的树枝，叶子稀疏而且竖立，如竹子一样。我感慨很多，寒冷的气候竟然改变了柳树的形态。

大兴安岭上树种很单一，没有东北地区常见的那些柞树桦树等，只有松树，也只有一种叫樟子松的松树，好像也叫冷杉吧？

人对地域的差异，很大程度上是从植物上感觉到的，比方一看到椰子树你就肯定会感觉到是热带。大兴安岭上的草和树就给人一种进入了另一个世界的感觉。这里的草也长得与别处大有不同。虽然我生活在东北已经多年，但在别的地区还从来没有过这种感觉。大兴安岭的确是一个寒冷的国度。

# 鄂伦春人

　　高高的兴安岭，一片大森林，森林里面住着勇敢的鄂伦春。一呀一匹烈马，一呀一杆枪……这是歌唱鄂伦春族的。的确，鄂伦春这民族就是靠打猎生活的。我那年在十八站随意走进一家鄂伦春人家，那个老太太指给我看，她们家就有步枪，是政府发给她家的。鄂伦春族可以家家都拥有枪支，而且不是猎枪，是真正的现代化武器——半自动步枪。在中国，拥有枪支是犯法的，这好像是唯一的特例吧？蒙古族被称为马背上的民族，鄂伦春族也真正是马背上的民族。有一年我在另一个地方参加了鄂伦春乡的节日，他们的男人都很矮小，走路有点儿罗圈儿腿，看上去很不起眼。但是当他们一跨上马背，那威风立刻显现出来。马队从山坡上飞奔而下，马蹄嗒嗒地在山石上踏过，火星飞迸。一位老太太弯腰把她的孙女抱上马，骑马在山林里飞驰也是如履平地，显现出鄂伦春族在山林中驰骋纵横的英姿。

　　鄂伦春族是中华民族中相貌特征比较明显的一个民族，汽车司机在开着车从十八站民族乡经过时，往大街上一指说，那就是鄂伦春人。这个乡大约有一半汉族一半鄂伦春族，只要从大街上一走，一眼就能区分出哪个是鄂伦春族。他们都是眼细小，颧骨高，脸平而宽，与汉族人的区别比日本人朝鲜人都要明显得多。他们的身高也普遍矮小。在中国这是人口最少的民族。在黑河市的鄂伦春族乡新生乡访问，才知道他们的人口少的根本原因，那就是普遍生育能力低。国家对鄂伦春族是绝对不实行计划生育的，甚至鼓励他们生育，可是每对夫妇最多的也不过生育四个孩子，大多是两个三个。这个新生乡名义上是鄂伦春自治乡，但是只有不到三分之一的鄂伦春族，大部分是汉族。

我曾经把这个问题向一位乡干部提出来，他说很有可能是他们长年生活在冰天雪地的野外影响了生育能力。我看到一些他们在野外打猎时的照片，为追赶猎物，鄂伦春人常常就那样倒卧在雪地上过夜。也参观过他们过去的民居，那叫撮罗子，仅仅是用棍子支一个圆形架子，四周围上桦树皮，除了能稍稍遮挡一下雨雪，根本不能避寒。四面透风，顶部还要留一个大窟窿冒烟。鄂伦春人的居住条件我想只能比居住在北极地区的爱斯基摩人稍暖和一点儿。现在他们大部分都定居了，也住上了政府为他们建造的砖瓦房。

鄂伦春的男人普遍能喝酒，性情豪放。但也是常常喝得大醉误了事情。那次我们要拍摄他们的民族风情展览馆，那馆长就是迟迟不给开门，大家到处找也找不到他，他又醉了。好不容易找到他，开门时已经是晚上了。东倒西歪地走来，钥匙都插不进锁孔里。

那位乡干部向我们介绍说，鄂伦春人不反对和汉族人通婚，所以他们很多妇女都嫁给了汉族人。因为汉族男人不太能喝醉。对于酒精的依赖性，我知道俄罗斯男人也是很厉害，他们简直不能抵御，一个俄罗斯女人最大的痛苦是丈夫酗酒。据说俄罗斯电视上不允许做酒广告，几乎当成了毒品一样防范。鄂伦春人在俄罗斯那边比中国境内还要多一些，我读那本俄罗斯人一百多年前写的游记《在乌苏里的莽林中》，书上总写到当地的乌德海人，后来才发现，乌德海人就是中国的鄂伦春人。有一个很漂亮的鄂伦春姑娘是全国有名的民族画家，她主要是用桦树皮作画。她说有一年她到俄罗斯访问，到集市上买俄罗斯披肩，卖披肩的老太太总是和她达不成交易，她不由得用鄂伦春话骂了一句，你这老东西真小抠儿！不料那俄罗斯妇女大笑起来，她听懂了。因为她也是鄂伦春人。

这个鄂伦春女画家很有名，很多作品在世界上展览过。那天我们专门参观她的画。鄂伦春的桦皮画非常美，画家是采用桦树皮那种天然的纹理构图，别有一种自然风情。但是剥桦皮很辛苦，因为要选出能作画的不是太多。鄂伦春人对人类的起源跟基督教的说法相反，基督教认为女人是上帝用男人的肋骨造出来的，鄂伦春人认为男人是女人从自己的肋骨间抠出来的。也就是最初的男人是女人的儿子，同时也是丈夫，有两重身份。同理，最初的妻子同时还是母亲。她有几幅连环画就是画人类起源的。一个丰硕的女性身上躺着一个非常小的男性，像她的生出来的孩子，但又不是她的孩子。当我站在这样的桦树画之前观看的时候，忽然有一种莫名的感动。妻子是另一种意义上的母亲。我记得很多外国小说中都有丈夫把心爱的妻子称小母亲。中国小说《白鹿原》中那位儒学老先生在临终时忽然对给他梳理头发的老伴说，我真想叫你一声妈啊。我曾经说，单就这个细节，作者就非常了不起，它体现了人身上一种最本性的东西。

　　鄂伦春人的丧葬习俗是把死者在林中用树做支柱搭一个架子悬在空中。我想这大约是因为他们的居住地大部分时间都在冰冻中，无法挖掘坟墓的原因。

# 天生一个仙人洞

　　我想，凡是参观过大同云冈石窟的人都会有一个惊奇的发现，那些佛像越是洞窟深处的越是侵蚀得厉害，有很多已经是剥落得面目全非了，那靠外面的反而完好无损。原来对这些石像造成损坏的并非是风吹雨打，而是山崖上的渗水。石窟的深处与山崖越是紧密相连，山崖的渗水也就越大。因为这些石窟都是沙质岩，透水，而著名的乐山大佛，是建在外面的，比云冈石窟还要年代长久，多少年来在露天里受到无数的风吹雨打，它比那些深居洞窟的石佛却要好得多，而在洞窟深处雕一座佛像比在山崖外面雕一座佛像要费工十倍还不止。他们为什么要把佛像雕在洞窟里呢？难道他们当年没想到凿在山洞里的佛像会被渗水侵蚀？大同云冈石窟是北魏建造的，他们后来又在洛阳建造了龙门石窟。无一例外，都是把佛像建在深深的洞窟里。

　　去年我到大兴安岭参观了大鲜卑山的嘎仙洞，忽然想到，这些建造云冈石窟和龙门石窟的北魏人是从祖先那里继承了一种洞窟情结，他们的祖先就是生活在洞窟里的鲜卑人。

　　早晨从加格达奇出发向西，在苍苍茫茫的大兴安岭里大约跑了三个小时，来到一个鄂伦春族自治乡，乡长早在等着我们了。他带我们去看嘎仙洞。后来吃饭时我问他是不是鄂伦春族，他说不是，是地道的汉族。他说虽然这是一个鄂伦春族自治乡，但实际上只有三分之一还不到的鄂伦春族。这座大鲜卑山并不很高，其实大兴安岭没有太高的山峰。它只是面积大，广袤无边。这座有名的嘎仙洞如果在南方，特别是云南和贵州的山区，那就简直算不得什么了，一个小山洞而已，但在兴安岭，这成了非常神奇的一个山洞了。山洞在半山腰，爬上去也就只用了十多分钟吧，因为山不高，也就能有三四百米。这个山洞南北长九十二米，宽二十七点八米，高二十米。它的价值在于《魏书》上曾有一段记载，北魏皇帝太武帝拓跋焘在公元443年，派中书郎李敞到北方一石室祭祖。大家都在猜测这个石室到底在什么地方。考古学界研究了多年也没有找到这个石室，直到1980年，有一位名叫米文平的文化干部发现了它。据说这位米文平原来并不是一位专业的考古学者，他只是对历史有极大兴趣，他多少年就想找到《魏书》这个石室。其实除了他，当时的中国没有几个人会想到是在这么遥远的大兴安岭，也只有身在大兴安岭的米文平会这么设想。对这个山洞他当然是不陌生的，他在这之前就发现过有取火的痕迹，也发现了一些人类在这个山洞里生活过的遗物，如兽骨之类的东西。他到过这里许多次，直到有一天下午，太阳正好西射进了山洞，他忽然发现石壁上有一个字。于是他就找到了一个铁证，这就是当年李敞刻在石壁上的那篇祝文。距今已经一千五百五十八年。公元1980年7月30日，这一天就成了不同寻常的一天，米文平，这个从不见经传的人也就有了他在历史上的一页。碑文是汉字隶书，竖写十九行，两千零一字。这篇祝文一字不差地记载于《魏书》上，真正是铁证如山了。

走进洞里只见洞顶是乌黑的，这就是远古时代的鲜卑人在洞内取火时熏的。当年谁也不能想到这种最轻、最缥缈虚无的东西却是最能保存长久的东西。烟的元素是碳，具有最稳定的化学特性。我不是考古的，从走进山洞到出来都没有什么感触，仅仅是一个平常的山洞而已。当我走下山，在一条小河边捧起清凉的河水时，忽然觉得这地方真有些神圣了。想到了远古时候的鲜卑人那艰难的生存状态。这是中国最寒冷的地区，冬天能达到零下四五十度。想到一片冰天雪地，那些披着兽皮的洞穴居民从山上跑下来破冰取水的情形，很是让人感动。

　　我读过很多写嘎仙洞的文章，今天我到这里来有这样几种不同于别人的想法：一、是这个并不大的山洞让北魏人产生了一种挥之不去的石窟情结，他们一路凿下去，从山西的大同到甘肃的敦煌，又到河南的洛阳。他们用石窟留下了他们的辉煌踪迹。这种所到之地到处建石窟的行为在别的民族历史上很少见。二、我发现了这个山洞是底部向上而不是向下，这种倒水平的山洞很少。这样取火产生的热空气会保留在它的底部不流散，所以古鲜卑人能度过严寒的冬季，在大兴安岭地区要找到第二个这样的山洞是不可能的。三、其实这个嘎仙洞并不能真正说明北魏帝国就是从这里发源的，这比证明日本是秦朝徐福的后代还缺少证据。一个统治了半个中国的庞大帝国仅仅是从一个小小的山洞起源是神话。这个山洞所能容纳不会多于一百人，而任何一个国家的兴起都是多个部族甚至多个民族融合成的。嘎仙洞的发现能证明的仅仅是北魏这一段祭祖的事实，再往上就止于一个传说了。也许鲜卑人某个部族曾在山洞里居住过，产生了祖先来自山洞的传说，就像很多山东人都说他们的祖先来自山西某地大槐树下一样，而拓跋焘就是受了这个传说的影响，决定寻找祖先，于是找到了大兴安岭上的这个山洞。

# 七月的乡村

　　七月的乡村街道上到处是泥泞，但这并不给人们造成烦恼，他们穿着高高的大水靴在泥水里满不在乎地踩过。因为这正是庄稼需要雨水的时候，即使再大的雨也让人高兴，他们似乎看到大豆和玉米吸着雨水在疯狂地生长。

　　七月的乡村是蔬菜最丰富的季节，大头菜包起了硕大的菜包，黄瓜挂满了架，今年最多的是豆角，由于种得多了吃不及，邻居家送给弟弟好几麻袋让他喂牛，而弟弟说牛已经吃腻了，他扔在大街上一大堆。

　　我站在村头的新房子台基上，这是人们建好的房子，还没有住上人。向南望去时，只见南山已经被绿色全部覆盖，山脚下的河也被庄稼遮蔽看不见了，河的这岸是大片的果园和玉米地。我看着这七月的山野，它无声无息地横在阳光下，但那股大气磅礴的生命力直逼到你的眼前，让你不得不屏息静气。

　　学友开着四轮拖拉机到这边来接玉花，刚才她打过去电话说，我去不了你家，到处是烂泥！好像她从来不是农村人似的。果然玉芬打发学友开着四轮拖拉机到这里来了。她坐在了拖拉机的轮盖上，我真怕她一不小心给摔下去，那样就不只是脏了她的凉鞋，人也要成泥蛋了。

　　下午太阳出来了，地面很快就有些干了，我走出村子去看那条河。这是我熟悉的一条河流，当年曾经在它的身边开荒种地。水量算不得很大，但是已经浑黄，有一些陈枝败叶从上游漂下来。我记得刚到东北的那一年，这条河发大水了，从上游冲下来许多树木和庄稼，水退之后，我赤着脚，背一个大背筐沿河滩捡了好几麻袋玉米。那是它给予我这个流浪者的恩赐，我永志不忘。现在它仍旧在流淌着，泛着白色的泡沫。跳过几个水坑，我走近了它的身边，四无人声，只有我和这条河流。水声哗哗地响着，这是最美的音乐，我站在河卵石上心都发颤。

晚上，到学友家吃鱼，玉花和她的姊妹们坐上三轮农用汽车跑到大河里去打鱼，老三有一张渔网，他是个不愿干活儿却很爱捕鱼抓鸟儿的人。他撒了很多次网，捕到的只是一些指头般大的小鱼。我觉得它们才是真正大自然里生长的鱼，所以很认真地吃它们，结果吃完饭一看，满桌子只有我面前鱼刺最多，让我很不好意思。

吃过饭后大家坐在院子里说话，玉花忽然用胳膊碰了我一下轻声说，你抬头往上看。我抬起头一看，只见夜空深邃高远，众多的星星，大的小的明的暗的远的近的，各个地闪烁在天幕上。这种美丽只能用"星汉灿烂"来形容了。别人也许没有什么觉察，只有我和玉花看了感动，我们在城市里已经多年没见到过如此美丽的星星了。我站起来，走出院子，在黑暗的街上听这寂静的天籁，看这无边的美丽的夜空，感到只为此时这一刻就是不虚此行。

# 翻越虎峰岭

## 田野在闪光

八月的田野在闪光，在喧嚣。阳光在大豆叶子上泛滥，玉米田似扛着长枪的士兵排成的方阵，发出一阵阵吼声。金上京会宁府的午门，历经八百年的风吹雨打，如今只剩下两个土堆，长着稀疏的蒿草，远远看上去如两个巨大的坟包。这是金国 1115 年至 1234 年的都城。自金太祖完颜阿骨打在此建国称帝，到 1153 年海陵王迁都燕京为止，金政权在此历经四帝，统治达三十八年之久。

我站在当年午门的遗址上，面对着一片生机勃勃的盛夏的田野。那个瘦弱的大宋宰相远远从南而来，翻身下马，低头胁肩走进这午门。前头朱红色的沉沉宫门，一重重，依次而开，他一阵阵发抖，每进一重门都要小下去一截，终于消失在那最后的一重门里了。历史上有记载，他曾到这里出使过两次。事实上他并无诛杀岳飞的权力，杀害岳飞的凶手应是那个大宋的皇帝，然而自古以来，皇帝从来是不会出错的，出了错也是受了奸臣的蒙蔽，受了女人的蛊惑。他，于是就成了中国历史上最大的奸臣，被唾骂到今的千古罪人。即使八百年后的今天来想，岳飞统帅的军队竟然被称为"岳家军"，大宋皇帝岂能容忍？中国人的传统

223

是，皇帝永远圣明，即使杀了你的父亲，你也要山呼万岁，万万岁。岳母刺字，精忠报国的国即大宋皇帝，没有任何别的成分。朕即国家。她给儿子套上了一道枷锁。

完颜阿骨打站在我脚下的午门上，挥师南下，逐鹿中原，金戈铁马，旌旗蔽空，横扫千军如卷席。

阿骨打长眠在这里了，一个高高的方形的土堆，掩埋了如虹气象，掩埋了盖世伟绩。今天，上面长满了古老的榆树。古树斜阳，荒草萋萋，无复当年英雄。

这些榆树那时还没有，它们没能亲眼目睹那两个倒霉至极的大宋皇帝跪倒在这下面。这爷儿俩蓬首垢面，风尘仆仆，把头磕了又磕。

额头碰触在这远离故乡的冰冷的土地上，跪拜仇敌的祖先，这是怎样一种耻辱呀。然而为了苟活于这个世界上，父子俩一齐把头碰了下去，他们感受着太阳在他们的头上旋转，感受着轻蔑的目光如箭镞般射在他们背上。

赵佶是一个了不起的书法家，他那自成一体的瘦金体，遒劲有力，真可谓钢筋铁骨。然而他太贪恋这个世界了，他不得不把膝盖屈下去，把腰弯下去，整个人匍匐在地，把人间最耻辱的事情都做了。

然而谁能说他这样做就不是对的呢？这蔚蓝的天空，这明丽的阳光，这青翠的田野，长天来风吹拂，大地万古不灭。生命是什么呢？生命就是这样一个在天地之间的存在，除此之外，一切都是一种虚幻。什么帝王将相，什么荣耀耻辱，都是过眼烟云。只有这美丽的大自然是永久的，是不能舍弃的。他们那从不低下的、高贵的头颅，在大自然面前低下去，接触到这生长万物的土地，他们感受着自己这生命的真实的存在，心里充满了感激。

在松花江边，那个今天叫作依兰的地方，他们开始了普通人的生活，种地，打柴，喂猪，捕鱼。晚上，一家大小聚在一起，倒也有了一份欢乐，外面北风怒号着，粗砺野蛮，使得皇上不再记得那江南的丝竹管弦。但是他们正在感受着另一种人生，体验着一种更为实在的生命。

土坑烧得火热，躺在上面，他不记得天下还有比这更舒服的享受。宫殿里的一切都如梦幻一样模糊了。

雕栏玉砌应犹在，只是朱颜改，小楼昨夜又东风，故国不堪回首月明中……不，他们没有时间去想这些无聊的事情，他们在盘算着明天怎样套上马车去山上打柴火。这些女人一点儿不知道节省，真该叫她们也上山上去砍一天试试。

问君能有几多愁，恰似一江春水向东流。松花江不是南方的江，在春天的时候绝不似那条江那么多愁善感。春天的松花江说一声开江，巨大的冰排从上游汹涌而下，如千军万马，奔腾吼叫声如雷鸣，气势万钧排山倒海。站在江边面对这浩浩荡荡天翻地覆的景象，人类不能不觉得自己的渺小与卑微。大自然让人的灵魂在它面前颤抖，只能跪倒在地顶礼膜拜，谁敢道出半个"愁"字？

新闻记者们最大的本领，是能给一件平常的事物起出一个富有诗意的名称，他们把这次行动叫作"一次对历史的访问"。考古学家和新闻记者们将沿着满族人的迁徙路线，向东去寻这个民族的发展踪迹。我由于一个很荒唐的原因加入这个队伍里来了。阿城是我们的第一站，对于满族人来说，这却是他们的发展史上倒数第三站了。他们的倒数第二站是沈阳，最后一站是北京。

这个民族的演化大体上是，先秦是肃慎，汉代是挹娄，魏晋是勿吉，唐代是靺鞨，宋代是女真，清代是满族。这是一个从事农业兼渔猎的民族，这一人种的洪流自东北向西南运动，在宋代和明代曾两度问鼎中原，终于建立了大清帝国一统天下，成为三个曾统一中国的民族中的一个。

## 寻梦镜泊湖

虎峰是张广才岭上的一个高峰，张广才岭是长白山延伸到黑龙江境内的余脉，翻过虎峰就进入牡丹江流域了。汽车在高速公路上以每小时二百公里的速度开上了虎峰，我们站在这松花江和牡丹江的分水岭上，苍山如海，天高气爽，大块的云朵在头上飘移而过，古桦老松在这昂扬的夏季里也变得郁郁葱葱生机盎然。现在翻越虎峰只需一小时，而满族人的祖先从牡丹江流域翻越虎峰，进入松花江流域却是历经了数千年的时间。我们现在是溯这股人种的滚滚洪流而上，去访问他们的足迹。

道路两旁是青青的稻田，稻香扑鼻，你很难想到车队现在是开进了一个故国的首都里。

渤海国是突然出现，又突然消失的。它的疆域面积曾经相当于今天的英法两个国家的总和。文化经济在当时为世界前列。这座都城是当年仅次于唐朝长安的亚洲第二大城市。历经了二百多年的辉煌之后，于距今一千三百多年前突然消失了。如流星一样划过天空，连那道闪光也不能留下。

满族人在北京建立起他们庞大的帝国，竟然也不知道他们的祖先曾有过的这一段辉煌。

清朝初年，大兴文字狱，许多江南的文化流人被发配到此，其中有大学者方拱乾、吴兆骞等，他们从那江南的丝竹歌舞繁华之地，来到这荒凉山野之间，回首南望，云遮路断，苍山如海，故土杳然。他们以为自己来到了一个自古无人烟的蛮荒之地。他们终日徘徊在榛莽丛中，忽有一日，他们发现了奇迹——这长达三十二华里的城墙遗址和这庞大的五重宫殿旧址，一下子给惊呆了，他们以为见到了神人踪迹。这蛮荒地域里的这些灿烂的文化遗存，只能是神仙们留下的遗迹，他们把这发现写到笔记里，也曾上奏报给朝廷，清廷也把这些他们祖先的遗迹当成了神迹。直到民国初年，才有人对这片遗迹进行了考证，知道了这就是那个曾在古书上出现过的渤海国。

五重殿阁建在同一条中轴线上。这和北京的故宫是同样的，现存的殿基高三米，长五十六米，宽二十五米，台基上有五十四个直径两米的巨大玄武岩殿柱底座。殿阁崔巍，金碧辉煌，大祚荣头戴紫金冠面南而坐，文武百官分列两旁，个个蟒袍玉带，气宇轩昂，美女如云，轻歌曼舞，管弦伊呀，香烟缭绕，钟鼓齐鸣……转眼间，灰飞烟灭，紫气消散。只剩得，西风萧瑟，断壁残垣。

这里现在属黑龙江省牡丹江市宁安县的渤海镇。

渤海国与唐朝和日本都有着密切的来往，他们使用汉字，五言诗和七言诗都让今人难以区分是渤海人还是唐朝人作的。他们信佛教，从这里出土一个舍利函，有石、铁、铜、银等共七层，里面放五颗舍利子，这五颗舍利子在博物馆被盗，据说现在某个国家的博物馆。阳光下的渤海国的灿烂文化遗存，在对我们述说着这样一个史实，即，刀兵的南下和文化的北上。当一个民族用刀枪打得另一个民族落荒而逃时，文化却能逆刀兵而上，把那个胜利者彻底征服。

满族人建立了大清帝国，由传说中知道他们的祖先与镜泊湖有着一段渊源，却没有知道与镜泊湖近在咫尺的渤海这段辉煌的历史是他们的祖先所为，这应该是那些英雄死不瞑目的遗憾。对我们今天，也是一个重大的遗憾，如果他们当年知道了这里是他们的祖先的发祥地，只要他们稍加保护，就不至于今天在这遗址上连一块完整的砖瓦都找不到。

女真英雄们在北京坐稳天下之后，也为自己的祖先编了一个美丽的神话，天上下来三个仙女在镜泊湖里洗澡，其中最小的妹妹吃了神鹊衔来的一只朱果，因而怀孕，产下一个男孩儿，并叫他姓爱新觉罗，这就是满族的来源。这是清太宗命令他的史官们在史册里这样写的，他这明显是接受了汉人关于皇帝是天子的说法，于是也照葫芦画瓢编了一个反过来哄汉人。这里也说出一个事实，就是满族曾经在这镜泊湖边生活过。镜泊湖在他们祖先的历史上有着很重要的位置。

镜泊湖果然水平如镜，湖水清澈，呈一种蔚蓝色。两岸青山对峙，湖光山影，的确非同一般。

马达嗵嗵地转动着，把铁船推向上游，水道曲折有致，峰回路转，看看到头了，却又在前面延伸出一片新的天地。真正是，山重水复疑无路，柳暗花明又一村。这是中国最大的堰塞湖，它就是牡丹江在一万年前由于火山爆发，岩浆堵塞了河道，而形成的一个高山湖。湖面并不宽阔，但它沿山谷蜿蜒曲折，长达二百多里，而且比中国的那些有名的大湖，什么洞庭湖、鄱阳湖、太湖，都要深得多，最深的地方七十多米，是那些大湖的十几倍。

有这样一个传说，当年大祚荣被武则天的大将李楷固追杀到此，前有大水后有追兵，而且人困马乏，粮草断绝。有一老人告诉大祚荣，让他向镜泊湖主求援。大祚荣写了一封信，投入湖中，不一会儿，就有无数的红尾鱼拥到岸上来，大祚荣的军队吃了鱼，士气大振，和唐兵决一死战，打败了李楷固。这个故事说明了人之所以在镜泊湖附近建都，是与那时候镜泊湖里大量的鱼有关。1972年，考古队在兴凯湖的新开流发现了靺鞨人的先祖六千多年前的遗迹。那时候他们是完全以捕鱼为生的。


## 兴 凯 湖

黄昏时分，一片青青的草原出现在面前，无边无际，晚风吹拂，草浪起伏，这风景让人立刻想起"天苍苍，野茫茫，风吹草低见牛羊"的诗句。然而这里没有牛羊，什么也没有。布满云层的天空低低垂着，向东方延伸，这种云层是凝固的，它使我想起小的时候看到的一些古瓷器上所画的那种青色的云天。它是那样的古老、陈旧。这凝然不动的云天，在那遥远的地方，和草地相接，那儿，草的齐整的梢尖儿和平展的云层形成一条地平线。这条极细的线一动不动地横在天尽头，一种远古的宁静充塞了天地之间，这是一个无声的世界、死亡的世界。似乎没有我们挂在其间，云天和草地就会合二为一。它们是那样地互相吸引，急于接近。

大家都下车，默默地看着这片无边无际的草原。连那些叽叽喳喳的女记者们也不再说话，这广大无边的肃穆震撼了所有的人，使这些所谓的文明人都进入失语状态。草原上的这堆自命不凡的人群，成了一个微不足道的存在。真正的存在就是这无边的宁静与荒凉，我们怀着一种恐慌，赶快上车。

兴凯湖宾馆在树林当中，吃过晚饭，天已经完全黑下来，我推开门独自来到后院。风很大，黑色的树林，被风刮得像草一样剧烈地摇动起伏。在这树林的呜呜呼啸声中，我听到了一种更深重的轰鸣，它更为洪大有力。我忽然想到，这是兴凯湖，它就在不远处。

从树梢上看见一片灰白色。我壮起胆子，穿过这片动荡慌乱的杂树林子。轰鸣声愈发大起来。树林走完，兴凯湖果然就出现在面前了。这不是一般情况下的那个大湖，它在发狂地咆哮。昏黑的夜空下，一片灰蒙蒙的大水泛着白色的浪头铺天盖地奔涌而来。水沫和沙子被风刮起，凶猛地抽打在我的脸上，我被一种巨大的恐惧吸引了，不顾一切地向它走过去。它拒绝我，一个个乌黑的大浪在我的面前高高竖立起来，像不可名状的怪物，对我进行威吓。在它们的背后，似乎有一些阴险的东西蓄谋已久地等我靠近。我终于胆怯了。我站住，在它们不能够到我的地方。巨大的轰响震天动地，大自然失去了理智，地壳在坍塌，亿万年被压在底下的怪兽纷纷挣扎出来，它们对我充满了仇恨，为了不失体面，我一步步向后退，当我退到树林子里的时候，拔腿便跑。在狭窄的林间小路上，我拼命快跑，灌木丛不怀好意地拉扯着我的衣襟，大树竭力弯下腰想捕捉住我。

我一进灯火通明的宾馆大楼，立刻后悔万分，我知道了刚才我其实是与大自然进行了一场对话，然而我像一个胆小的孩子一样给吓住了，我逃跑了。我很想返回去，可是又觉得已经没有意思了。

第二天中午时又到湖边去看了一下，由于波浪搅起湖底的泥沙，湖水是一种铁灰色，这是兴凯湖与别的湖不同的地方。一排排的浪涛自天边雄壮威武地奔来，阳光下闪耀着金属的光泽。站在兴凯湖边，就如站在大海边一样，有一种苍茫博大充塞胸间。

229

新开流文化遗址在大小兴凯湖之间的湖岗上，属新石器时代的遗址，东西长三百米，南北宽八十米，挖掘的三十二座古墓中，出土的有石器、陶器、骨器共两千多件，陶器上有鱼鳞纹、渔网纹、陶塑神像等。骨器中有骨制的鱼钩、渔网、鱼标、鱼卡子等。据五号墓人骨放射性碳-14测定为六千零八十年前后的遗址。

这里奇特的发现是鱼窖，这些靠捕鱼为生的人类，在夏天为了能把捕到的鱼保存较长时间，他们在地下的沙土中挖一个个的地窖，因这里的地下两米深处即使在夏天也有冻土层，是天然的冰箱。他们把捕到的鱼横一层，竖一层，压在里面。六千年后挖掘出了他们保存的那些鱼的鱼骨。

可是不知道他们为什么到后来突然迁徙，他们离开了这个养育了他们的大湖，一去不复返。致使这个大湖荒凉了六千多年再也没有人烟。

他们走了，熄灭了篝火，把陶罐小心地装进了鱼皮口袋，背起幼小的孩子，再望一眼他们从小就生活在这里的沙滩，看一眼曾给他们送鱼的大湖，恋恋不舍地走了。留下的只是一些破碎的陶片，塌了顶的草屋和篝火熄灭后那烧黑了的沙土、草灰、木炭。

大湖从此沉寂下来，在长达六千年的岁月里，风沙一层层把他们的遗迹掩埋，这片沙滩上再也没有升起过炊烟。这是为什么呢？

那天下午，当大家陆续回到宾馆的时候，几乎是不约而同地发现女记者小A的脸烧得通红，而且两眼灼灼发光，大家都问她，小A你怎么啦？小A你怎么啦？小A你是不是病了？她羞涩地笑笑说，没有，没有！跑回屋里去了。大家都很纳闷，她平时是一个很文静的女孩子。

晚饭时她的脸上烧退了，不再那么红，但有人发现她掉了两次筷子。这件事直到那次行动结束后两个月，在一次偶尔的谈话中，有人才告诉我，小A那天独自一个人躺在沙滩上，当时四无人迹，太阳当空照着，忽然她身体内发生一种过去从来没有过的冲动，是那么强烈，她渴望着能有一个男人走近她，甚至不管是谁。她在那里躺了很久，当然不是纯粹为了等男人，她为自己的那种冲动惊呆了。当天晚上，经不住她的一个好朋友再三地追问，她向她说出了这次奇妙的经历。她是一个独身主义者，因此她就更为这次的冲动感到神秘。

她说她当时躺的那片沙滩，就是掩埋着六千年前人类遗迹的沙滩。

当时的男人都哪里去了呢？他们都在树林里装模作样地照相，在湖边捡石子，像真对考古有兴趣似的在草丛里寻找陶片。我想，如果那时刻的小 A 是那些六千年前的女性，她会怎么样呢？她会毫不犹豫地向那些正在湖边打鱼的男性走去，而在六千年后的今天，她不仅不能走向她需要的男人，而且她都不敢说出来。后来她向一个好朋友承认了这件事情，也是她一个大胆得让人吃惊的行为。这就是现代的文明。物质生活的巨大变化是清楚可见的，这种进步是无可争议的，而我们现代人在精神上的改变却是很少能发现的。这种巨大的改变真正是一种进步吗？你需要抽烟，需要喝酒，需要唱歌，需要打球，需要穿漂亮衣服，需要……为什么这一切你都可以大张旗鼓地说出来，而种族延续这样的更重大的需要却不能说出口呢？这真是一个百思而不得其解的事情。

## 凤林古城

汽车轮胎碾着黏泥在狭窄的田间小道上艰难行进，好不容易开到了炮台山下。男男女女从车上走下来，鱼贯而上。这是因为刚下过雨，草丛里满是露水，大家都怕湿了鞋，非常自觉地一个跟着一个前进。

严格地说，这不能算是一座山，山顶上连一块石头都没有，这是一个高二十米左右的土堆而已。炮台山地处宝清境内，地理坐标是东经131°51′，北纬46°35′，因形似炮台而得名。城墙围山而筑，呈椭圆形，由山上至山下共筑三道城墙，外城周长两千五百五十米，内城长四百二十三米，山顶城墙长一百八十八米，内有半地穴居住遗址，清晰可辨。这是一些深约一米、长约五米、宽约三米的土坑。坑里长满蒿草。

站在这里向北望，越过七星河，可以看到对面的另一个古城，那就是凤林古城。因为两座城隔河相对，也叫作对面城子。从出土的陶器、石器、铁器上鉴定，属于汉代古城。

这座炮台山的四周，就是当年十万官兵开发的北大荒了。大豆和玉米绿油油的望不到边，田野里不见一个人影儿，似乎这些庄稼是自个儿从地里长出来的。在中国的土地上，大约除了北大荒，没有比这更长的田垄了。长得几乎望不到头儿。有一个笑话，一台拖拉机播种小麦，播到地那头再回来取麦种时，放这头的麦种已经长出麦穗来了。

绕过河来，穿过了凤林村向西行驶。开出村三百多米，一座古城的遗址就出现了。这座古城是不很规则的方形，外城墙周长约六公里，占地总面积为一百多万平方米，城内由内城墙分为九个城区，这些城区已经开辟为田地，种着大豆和玉米。但是还保留着一道道的旧城墙遗迹，长着茂盛的蒿草。有一个地方曾经做过烧砖的窑地，以至我后来捡了一块带红釉的陶片，怀疑是现代的。

大城内还有一中心城，这是一个方形的很明显的城池了，周长四百九十多米，四面城墙中部各有一座马厩。城四角各有一座转角楼。这座土夯筑的城墙历经近两千年的风吹雨打，依然高达四米，城外的护城壕也有三米多深。这里曾出土有石斧、石磨盘、穿孔石刀、玉斧、玛瑙石珠、陶罐、陶碗、双耳铜釜、铜铃等，经测定为一千七百三十五年前的遗存。这是黑龙江境内汉魏时期最大的一座古城。类似的古城在三江平原上很多，三江平原是满族的文明发祥地之一。

在距今一千七百年的时候，不知为什么这里又荒凉下来。一些很不经折腾的东西，在荒无人烟的空间里一睡就到了公元1958年，没有人类的打扰，因而就使得这些文化遗存得以保存下来。否则我们到今天是什么也不会见到的。

当年十万官兵开赴北大荒来开发的时候，他们认为是来到了一片千古荒原上，事实上他们进行的是第二次开荒。远在近两千年前，这里的人烟比他们到来开荒时要稠密得多，如果他们知道了这一点，他们的豪情壮志也许要打一些折扣。

在兴凯湖那群以渔为生的人消失了四千年之后，又在这里出现了他们的踪迹。这长达四千年的历史是一段空白。这四千年的演变迁徙，颠沛流离也只有他们自己知道了。

兴凯湖的那些人类，是黑龙江省这块土地上最早的人类，到目前为止是这样的。我们现在是顺着他们的足迹，从那个顶端向回返了。他们从这里开始南下，一步步向着辉煌的顶点进军，那就是入主中原，统一全中国，中原的帝国到汉魏时期已经历经了四五个朝代的变迁，而这里，他们却刚刚具有国家的雏形。但不知为什么所吸引，他们奋勇地向南挺进，难道冥冥之中，他们感觉到了自己的使命？他们像一个刚刚学步的孩子，脚步蹒跚，而关中的诸民族已经是一个伟丈夫。他却要去征服他。

从兴凯湖捕鱼为主，到这大平原上以农业为生，这是一个极为艰苦的转变。以简陋的工具进行开荒、播种、除草、收割，低劣的工具和笨拙的技术，使得劳动效率极低，收获甚少，仅能饥寒交迫地维持着生命。凡是干过农活儿的人都知道，当你的钢铁制的镰刀不锋利时，你要付出几倍的力气才能割下庄稼。想想用石头制的镰刀进行收割，你会不寒而栗。

踩着青草和陈年枯叶，一群无聊的现代人来访问这数千年前的村落了。他们是半穴居的，即在地上挖一个一米深的坑，在上面用树枝和野草搭成屋顶。这样的房屋是为了取暖。直到20世纪的70年代，在东北的村庄里依然可以看到这样的民居。经过千年的风吹雨打，这些村落仅存一些浅浅的土坑了。坑底积存了一些朽烂了的柞树叶子。这是一片稀疏的柞树林子，夕阳金黄的光线穿过树叶在林间波动，一切恍如梦境，当年这种时候，炊烟升起来了，空气里充满米饭的香味儿。腰间束着兔皮的孩子们在街上嬉笑打闹，一只黑狗在他们的腿间钻来钻去。

也许是一场风雪过后，也许是一场暴雨过后，他们突然又神秘地消失，灶坑里的灰烬还是热的，废墟里人体的气味儿还没有消散，只有被遗弃的猫在旧居间徘徊，时而满怀忧伤地叫几声。

柞树从人们睡眠的炕上生长出来，繁茂的叶子犹如那无数个梦一样

233

在天空飘荡，从前的村落变成了树林。乌拉草不用栽种就在一夜之间走遍了田垄，很快把良田变成了荒草甸子，茫茫三江大平原又回到了荒古时代。沉沉一梦两千年，中原大地已经群雄逐鹿演出了七个朝代变幻的正剧。

十万大军开进了这千里无人烟的荒原，一名戴厚眼镜的上尉肩上背着沉重的犁索在拉犁，他偶然从刚翻开的黑土里捡起了一块陶片，他惊呆了，他认出这是千年以前的遗存。但是他不能出声儿，他为说实话已经付出了沉重的代价。

直到20世纪70年代初期，中国与隔江相望的那个国家关系紧张，为了证明这大片土地，还有江对岸的大片土地，当年都有中华民族的祖先在此生息繁衍，一个考古队开了进来，他们掘开了这千年荒原。一个出于纯粹政治目的的考古行动，结果却使他们获得了喜出望外的收获，他们不但证明了黑龙江流域有中华民族的祖先开发过的遗迹，而且找到了一个咄咄逼人的后来入主中原的民族的源头。

## 渤海古墓

牡丹江下游正在修建一座黑龙江省最大的水电站，据说它的容量将是两个镜泊湖大。在它将要淹没的库区就迫不及待地进行考古发掘。第一个发掘地点是三道中学渤海墓地。我和那些吉林大学的考古系的大学生们共同吃了一顿中午饭。这些男孩子和女孩子们一个个晒得又黑又亮。还认识了一个考古志愿者，这是一个外县的农民小伙子，他迷上了考古这个行当，自费考古已经很多年，到过很多地方。到这时我才确信，考古也是一个很有吸引力的事情。考古队员赵评春先生偶尔谈话说起，他已经有五六年没有看过电视了。考古队员们大都沉迷于古代的生活，而无视现代的生活了。他们对那些出土的破碗、烂罐儿和旧棺朽骨的兴趣儿，远大于一般人对金银首饰和时装的兴趣儿。

考古除了是一门学问，还是一种高超的技术。比方，一个技术差的人在这块地方什么也没有挖掘出来，而一个技术高的人就可以挖掘出许多有价值的文物。

由于我自以为是的原因，这个考古工地我未能去看到。所以当我们翻越了老爷岭到第二个考古工地时，我是决心要亲眼看一看了。对于掘坟掘墓我并不陌生，远在1958年，那时我还是一个小学生就已经参加过了。但那时候好像是专为挖砖挖木头大炼钢铁用，对别的都不大在意。

路上因为车跑没有油了又没有加油站，耽误了近一个小时，半道上坏了轮胎，又耽误了半个小时，所以到达头道乡时天已经黑了。大约因为这是本次考古行动的最后一站了，大家都很着急。通往工地的是田间小路，我们只好徒步往那里跑了。我第一次为我的这双鞋不跟脚而恼火，恨不得将它摔掉。

一行人，男男女女老老少少在一片昏黑的田野上向前急急忙忙奔跑，这情形让人感到很可笑，他们要去干什么呢？要去看死人骨头，就是这么回事儿。因为此时天空还有最后一点儿微光，每晚一分钟就少一分看到的可能。

古墓群在牡丹江左岸的台地上，是渤海时期的平民墓地。用没打制的石块儿砌成。砌得很马虎，仅能看出是一个长方形的坑穴。土层很浅，几乎是暴露在地表上的，没有什么出土物品。渤海时期的墓葬都很少有殉葬品，这大约和民族习俗有关，这个民族不太在意死后的荣华。何况这是一些普通老百姓，自然就更没有什么东西了。

没有白跑，借着最后一点儿天光，还可以看清挖掘的尸骨残片有的捡出来了，有的还散乱放在墓穴里。几乎没有一块完整的骨头了，仅此而已。

我抬起头，辨认一下方位，大约在东方一公里处就是牡丹江，隐隐约约可以听到那汩汩的流水声。天色愈加昏暗，依稀可辨认出这是一片大豆地，周围大豆很茂盛，大豆的叶子已经呈一种灰色。昏黑的田野一片宁静，连一声虫鸣都没有。牡丹江对岸的山岭，在青白的天幕下像黑黢黢的城墙一样横亘在那里。突然，我看见一些黑色的人影正如蚁群似的爬过山顶来，他们呼喊着，乱纷纷，前仆后继，终于翻越老爷岭进入了牡丹江流域，千辛万苦，不屈不挠，历经数千年。在这里，他们建立起他们第一个辉煌的帝国——渤海国。若干年后，他们将再次翻越虎峰岭，进入松花江流域。如一道滚滚洪流势不可当，曾两次向南突入山海关，问鼎中原。横扫千军如卷席，最终把朱氏后代赶下了中国最南边缘的大海。

这个民族几千年的历史，就是一部向南进军的历史。他们总不安于在东北地区生存，一步步南侵，一步步推进。例如在海林县旧街乡的将军府旧址，这是一座相当于现在省政府一级的机关，它的建筑居然是完全用土夯的城墙，还不如中原一户农民的家院，当时农民的围墙也多是砖石所筑。满族的祖先在东北所有的城市都在不断地迁徙中，包括他们的都城也是这样。

就像水流千里归大海一样，人种的洪流最终也是要汇合的。尽管有时人为地进行了分裂，却不能改变这总的趋势。汉民族是历史上多个民族汇合而成的民族，当满族这个骁勇的民族一头撞入中原时，也就像一条河流冲入大海，最终也消失了自己。

这就是人类的历史，发展和汇合从来都是同步进行的。现代科学技术的进步，缩短了距离，扩大了文化交流，加速了这种汇合。首先我们看到的是人类服装上的差别正在消失，大部分民族除非有特殊庆典已经不再穿着民族服装。在南美洲的某个角落里有人穿的衣服，竟然和中国黄土高原上的农民穿的衣服一样。一个民族落后的习俗将逐渐被淘汰，先进的习俗将传播开来。消灭了方言之后，下一步将要消灭"国语"了。未来的世界将是操同一种语言，穿同一种服装，讲一种语言可以走遍全世界每个角落，一件衣服可以从南极穿到北冰洋。甚至人的肤色也将混合得难以分辨。我们每一个人都应该认识到，你仅是作为一个地球上的人而存在的，你是何种血统，是谁的子孙，这并无什么实际意义。头发是什么颜色，皮肤是什么颜色，眼睛是什么颜色，也并不能决定你的什么。只有别有用心的人才去强调这些差别。人类最应该警惕的是那些举着民族的旗帜，实现个人野心的人。

# 方　正

　　方正是一个县名。它地处松花江南岸，从省城哈尔滨沿江而下，一百五十公里即到。如果日本人在中国有一个最是伤心地，那么方正便是。

　　汽车在一条洁净的沙石大道上跑着，两边是青青的稻田。时值北方六月，稻秧在水田里插好后已经返青，正是最有生气、最好看的时节。和风吹拂，水光激滟，真有点儿江南的味道。我们要去参观日本人公墓，远远看见一座不高的山冈，山脚下有一处日式房屋，大约这就是了。

　　1945 年 8 月 15 日，日本天皇宣布无条件投降，这年冬天，有一万多滞留在佳木斯一带的日本开拓团民众被关东军所抛弃，他们只能徒步向哈尔滨方向进发，企图从那里返回日本。走到方正县内，由于天气骤然寒冷，又遇风雪，粮食断绝，都因冻饿而死在了路上。一片荒原，风雪交加，衣衫褴褛蓬首垢面的人群不断地有人倒下，倒下后就再也爬不起来。他们已经没有能力互相救助，对倒在路边的亲人连看都不看一眼。

　　我们的车开到园门前，果然大门上方写着"中日友好园林"。据说原本这里叫"日本人公墓"，后来又改为这个名字。这是 1963 年周恩来总理亲自批准修建的。松树林中有一座圆形的坟墓，直径三米，高一米，墓前立一三米高的花岗岩石碑，上面有"方正地区日本人公墓"一行大字。很难相信就这个小小的墓穴里葬有五千多日本人尸骨。解说员告诉大家，这里面大多是妇女和儿童。

日本人当初是计划向中国东北移民五百万，他们要在"满洲"达到百分之十的人口是日本人。从呼伦贝尔到长白山麓广大的地区都有他们的开拓团。战败后军队无暇顾及这些移民。佳木斯一带如桦川县、桦南县、汤原县的移民，还有林口县、依兰县的团民一齐向方正一带进发。方正县有一个他们开拓团的本部。他们当时只有一条路，从方正经珠河奔哈尔滨，然后取道回国。一路上他们还怕遇到苏联和中国军队，只能昼伏夜行，还不敢走大道，只能从山林里穿行。没有运输工具，没有粮食，半数以上是妇女和儿童，每天只能前进很少的路程。这支队伍一路上扔下无数尸体，行军到方正时粮食断绝体力耗尽，达到了生命极限。妇女和孩子不能再前进，开始向沿路的中国农民求助。

一个名叫卢忠村的老人给我们讲当年的情形，他现年七十岁，是一个日本遗孤的养父。那年他正在山上伐木头，听到消息说方正有许多日本人扔下的女人和孩子，没人敢要。他是个很胆大的人，就赶到了方正，在一个牛棚里他看到一群女人和一些孩子，女人们都剃了光头，但一眼就能看出来。他们都躺在一堆烂稻草里。当他的目光盯在一个男孩子身上时，这个孩子的妈妈立刻扑上来抱住了他的腿，求他把这个孩子带走。这是一个七岁的孩子，瘦得像根鱼刺，他抱起来时觉得就像抱一件空衣服。这个孩子就成了他的养子。20世纪70年代，他的养子回日本定居了，还时常来信，也寄回一些钱来。

方正是日本遗孤最多的一个县，现东京东商株式会社董事长远藤勇就是方正长大的日本遗孤。他在1974年回到了日本，1995年出资十三万元在这座"日本人公墓"旁边又建起一座"中国养父母公墓"，这里埋葬的都是曾经养育过日本遗孤的中国人。碑文是："养育之恩，永世不忘。"

# 鸭绿江上

　　鸭绿江其实是一条不大的江，它的名声却很大，特别是经历过 20 世纪 50 年代的人，没有不会唱"雄赳赳，气昂昂，跨过鸭绿江⋯⋯"这支歌儿的。1999 年的夏天我终于来到了鸭绿江上。从集安乘船向下游行驶，一江水碧如染，古人给这条江命名为鸭绿江可谓名副其实。正当夏日，江水悠悠，青山如画，叫你很难觉得江南岸就是另一个国家。机动船推开碧绿的水波轻快地前进，微风拂面。如同松花江一样，这也是一条发源于长白山的河流。它和松花江方向相反，自东北向西南流去，流经集安这一段之后就进入辽宁省境内，然后从丹东入黄海。在集安这一段是山区，两岸都是高峻的山岭。看上去南岸的玉米生长得也很高，大豆也茂盛，但据说那边的产量却只能是这边的一半。因为他们没有化肥，也缺少优良品种。

　　对岸这个国家是中国人最亲近的国家，可以说每一个中国人都对这个国家的人民有着浓厚的感情。从 20 世纪 30 年代我们两个国家经受着同一个国家的侵略，也共同在这条江的两岸对同一个敌人进行了长达八年的斗争。那场战火刚刚熄灭，在共同对付美国人的战争中，两国人民的鲜血又流在了一起。在近代历史上恐怕没有第二个国家与中国人有着如此深厚的情谊。

　　他们能把庄稼种成这样子，说明他们的农民也是勤劳的，而且，他们把每一寸土地都开垦起来种上了庄稼。可以看到江边陡峭的山坡上巴掌大的一块块土地都种上了几株玉米，可以想见劳作的艰辛。让人担心的是他们那边的自然环境保护还远不如中国，把耕地一直开垦到山顶，在中国这边是不允许的。如此大的坡度只一场暴雨就会把植被完全破坏，再也不会长出草来。

毕竟盛夏，那边也显出一派生气勃勃的景象。三五个赤身裸体的孩子在江水里洗澡，他们互相嬉戏着泼水，身上晒得乌黑。当我们的船行近时，一个个倏地蹲进水里，只露出小小的脑袋向我们张望。看到水面上漂起长长的乌黑的头发，我们才知道这是一群女孩子。她们虽然看上去还很小，但已经知道害羞了。我们向她们挥手致意，她们也从水里举起小手频频挥动，但就是不站起来。

对面山坡上出现一排白色的巨大的标语，足有几里路长，在阳光下闪烁着耀眼的反光。那是用白石灰直接铺在地面上的。我向船长请教是什么意思，船长说，那是——沿着伟大领袖金日成主席指引的方向奋勇前进。还有一个纪念碑样的建筑高高地矗立在村子中央，和那些民房比起来显得很是突兀。船长告诉我说，那是专为写大标语的建筑物。

当回返时，船离对岸更近了，这是船长为了让我们看得更清楚。但船上的人都默默地注视着却一声不响。

# 俄 罗 斯

　　俄罗斯是遥远的一片白光。我第一次见到俄罗斯是在一片荒岗上。我赶着一群牛，牛在吃草。我沿绥芬河谷向东望去——那天天气晴朗，又是下午，能见度极高。河谷平原向着东方绵延过去，在一片苍茫中我看见了在遥远的天尽头有一片白色的闪光。有人告诉我，那里就是苏联，白色的闪光是房子，那是一个苏联人的村庄。遥远的白房子就是我最早见到的俄罗斯。我所站的那片荒岗是长白山的余脉，到这里已经消失了雄峻的峰峦，变成了一片平缓的漫岗。隔河与对岸的苏联国土相望。岗上布满了积水的交通壕，还有一些被摧毁的钢筋水泥工事。那片荒岗曾经是日本关东军东宁要塞的指挥部。

　　1968年，当时的中国到处是阶级斗争的烈火，我从胶州湾西海岸跑到中国最东北谋生。想不到在这个中国边缘的小山村里也如全国一样斗争激烈。我放牛的时候就常常望着对面那白色的房子，幻想着那里是一片安详和平的生活。我曾经一度产生过要越境跑过去的念头，但最终却没有勇气。中苏关系紧张，越境就是叛国。界河边戒备森严，谁要是接近河边就有被捕的可能。多年之后，苏联变成了俄罗斯，中俄关系缓和，我作为一名政府官员，站到了那条小河里，看着哗哗流动的河水，又一次产生想蹚过去的念头，不过那次只是想尝试一下越境的滋味而已。但是因为当年的那种恐惧仍然没有勇气跨出那一步。俄罗斯对于我

242

仍旧是遥远的白房子。

我在那块与俄罗斯隔河相望的土地上生活下来，一住就是十六年。当时的中国人几乎与外界隔绝，我所在的那个小煤矿有一台收音机，却能收到来自对面苏联的广播。中国对所有的外国广播电台都实施了干扰，什么也听不到，但是唯独能收到来自对面苏联的广播，他们的发射功率非常之大，比中央人民广播电台要清楚得多。中央人民广播电台的播音节拍是四分之二，一强一弱，听上去特别刚强；而苏联的广播电台是四分之三的节拍，一强两弱，听起来非常亲切。单是这声音就让人想入非非。那片国土在强烈地吸引着我。

第一次真正踏上那片国土是在1989年，是二十年之后的事了。在一个夜里，飞机降落在了莫斯科机场。那里正在动荡。叶利钦站在包围克里姆林宫的坦克车上发表演说，说服了叛乱的军队，避免了一场流血政变。我们看到了广场的坦克，但是翻译萨莎告诉我们说那是在拍电影，事变刚刚过去，美国人就开始要拍一部事变的电影了。

坐在汽车上就可以看到大部分的商店都已经关门，开门的商店里货架也是空空如也。苏联正经历着一场严重的物资匮乏。

吃过早饭马上就要想办法预订中午的饭，莫斯科所有的饭店都规定，每一张餐桌一顿饭只卖一次饭，你吃过之后这张餐桌就完成任务了，不再接待。更叫你啼笑皆非的是商店里卖礼帽每个顾客只能买一顶，多了不卖。理由很充分，一个人只有一个脑袋，你能长两个脑袋吗？但是你只要走出这个门去再回来就可以再买一顶。就这样，我进出店门三次，买了三顶礼帽。这就是计划经济所产生的现象。我是在五十步笑百步，退回五年在中国这样的现象也不稀奇。

一个购物的长队，近前一看原来是买冰激凌的。我数了一下，四十三个人。俄罗斯人排队的耐心真让人吃惊。如果是中国人宁可不吃也不会排这么长的队，要么就是一哄而上地抢购。

与市场萧条成鲜明对照的是那庞大的地铁系统。莫斯科的地铁有三层。站在那个地铁的入口向下一望，你不能不为这个巨大的工程感到震惊。当年他们是怎样忘我劳动过？这是多么大的生产力啊。莫斯科的地铁就是苏联的象征，庞大、深邃。

托尔斯泰故居在黄色落叶的包围中，我仿佛看见这位老人毛发蓬乱，像一只大熊一样，踩着沙沙响的橡树落叶从林子深处向我走来。这个文学巨人对任何一个国家任何一个民族都具有无可比拟的吸引力，他是世界上最伟大的作家，到现在还没有，也将永远不能有超过他的人了。他是俄罗斯的另一个象征，另一个侧面。

大西洋暖流使得欧洲的秋天总是潮湿多雨，莫斯科在那些日子里天空阴暗，细雨霏霏。我们去参观一个教堂村，那是个不足一千人口的小镇，却有一百座教堂。在泥泞的道路上走着，翻译萨莎费力地拔出一只靴子叹了口气说，孙同志，你知道外国人总不能最后打败我们的原因吗？我说，不知道。他说，因为我们的路太难走了。他看似在说笑话，其实却是一个历史的真实。拿破仑曾经占领了莫斯科，希特勒打到了莫斯科城下，都没能够最后打败俄罗斯，原因的确是因为它的疆域实在是太广大了。当年的苏联版图上放得下中国和美国两个大国还不满。

拿破仑的大军横扫了整个欧洲，可是一看这无边无际的广大而寒冷的土地，没有尽头的漫漫长路，只好摇摇头下令撤军。

列车在俄罗斯广大的土地上行进，你的眼前总是一片一望无际的森林，除了森林还是森林。俄罗斯的农村全部是木头造的房子，连厕所都是用圆木垛起来的。俄罗斯有取之不尽用之不竭的森林资源。

我第二次是乘一条大船渡过黑龙江踏上俄罗斯国土的，那地方叫布拉戈维申斯克。那是个仅有三十万人口的城市，但是它的博物馆却是中国几百万人口的城市也望尘莫及的。俄罗斯深厚的文化又一次让我折服了。

又一次踏上俄罗斯土地是在 2002 年的夏天。这次我是从绥芬河口岸乘汽车过海关，到达的地点是俄罗斯最东方的海港符拉迪斯沃克，中国名字叫海参崴。俄罗斯的经济已经恢复，尽管他们的商店里几乎全是中国商品，但是市民明显比中国人的生活水平要高得多。最让人感觉到不同的是他们生活安闲。走在路上的每一个俄罗斯人，不论男女老少，你都能在他们的脸上看到一种非常安详的神态。这几乎在中国人脸上是很难见到的神态。他们的步态总是不慌不忙，大街上你看不到一个急匆匆的人。

大海蔚蓝，人们在海堤上拿面包喂海鸥。海鸥能在空中翻飞着啄食抛起的面包。

# 东流与南归

　　我是在 1968 年流入黑龙江的。当时在中国人口的流动属于违法，政府对盲流采取围追堵截的政策，我要到的东宁县属边境地区更是困难重重，尽管亲戚费尽心机给办了证明，还是被扣押在一个叫马桥河的地方待了整整一个月。后来是亲戚们带领我从山林里步行到东宁县的。生产队不收留，我只好到深山里开荒种地，真正的自食其力，自己种粮食自己吃。只凭一把镐头，我成了一个真正意义上的拓荒者。

　　后来到一个公社办的小煤矿开始了十六年的挖煤生涯。我们那个小煤矿有百分之八十的山东人、百分之二十的河北人。那是个全靠人力开采的小煤矿，抡着镐头刨煤，刨下后再用人力把煤拉到地面上。每天从井下爬上来，累得说话的力气都没有了，但是还要咬紧牙再扛起锄头上山种地。公社领导收留我们这些盲流给他们挖煤供他们烧饭取暖，卖了钱给他们做各种费用，他们却连口粮都不给我们吃。我常常挂着锄头在山林里发傻，人类社会的进步，科学技术的发达，对我们这样的人有什么关系？我用最原始的工具种地打粮食吃，用最原始的工具挖煤，人类文明对我们有什么用处？现在那些下乡的知青们回忆起当年如同下地狱，当时在我们看来他们却如同是天堂，那时候我们常说，如果我们是知青该多好啊。

　　在黑龙江省差不多每个人上溯三代都是山东人，那些抓我们的人其

246

实都是山东盲流的后代，甚至有的就是当年跟在爹妈的后头跑到黑龙江的，可是他们对我们这些后来的山东盲流毫不手软，这是最令我愤愤不平的事。我写道，同是鱼儿大吃小，同是盲流旧欺新。现在想来那愤愤不平很可笑。

民以食为天。当年为了觅食，跑到这寒冷的土地上，现在老家有吃的了，又跑回去，理所当然。可是我以为，每个南归的山东人都会在心灵深处有一个屈辱的烙印，这也是他们要回老家去的一个原因。从国家的角度来看，山东的经济比黑龙江要发达得多，可是单从一个农民身上说，山东的农民挣钱并不比东北农民容易。也就是说，黑龙江的农民平均收入绝对不比山东农民少。大批的农民南归，留恋故土是一个方面，再一个就是气候。黑龙江太冷，不是适宜人类生存的地方。在哈尔滨有半年是身上套着棉袄棉裤过的，总不是一种很舒服的感觉吧？

我生活了十六年的那个矿村已经荒凉不堪，很多房子都扔在那里没人居住。当年的伙伴们大多回山东去了。但是我还是时常回去看一看，那是埋葬了我青春的地方。我相信，即使回到了山东的伙伴们，他们一生也不会忘记那个荒山沟里的小小的矿村。有一次回去与他们见了面，提起小煤矿，个个都非常感慨，说，唉，在那里遭那个罪，眼不敢睁……可是又都非常怀念那个地方。

# 寂寞断桥

　　此断桥非彼断桥，彼断桥名断而未断，此断桥却是名副其实地断在江流之上。你能想象怎样把两厘米厚的钢板毁坏吗？只要你的手摸上去一试那钢铁的质感，你便会觉得除了用数千度的高温把它熔化，别无他法。它实在是坚不可摧的。然而，你来到这座断桥上就可以看到它是怎样被一种可怕的力量摧毁的。巨大的钢铁桥梁像面条那样被轻易地给扭曲成麻花形状，而且被撕裂成奇形怪状的断茬。这座断桥不如那座断桥有名，但是，这座断桥上无论发生的惨烈程度还是事件的重大，都是那座断桥不可相比的。这座断桥坐落在鸭绿江上，我们走上这座横跨在江上的断桥时，我立刻想到这才是真正的断桥啊。西子湖畔的那座断桥充其量是一个凄凉却又美丽的神话传说，而这里却曾经是血与火的战争。当我的手抚摸在这面貌狰狞的断口上时，感觉到了它冰凉而坚硬的质地。仿佛看到了无数战机像黑云一样扑下来，江面上燃起冲天大火，耳边响起那震耳欲聋的炸弹的爆炸声、飞机的呼啸声、桥梁的断裂声、人们的喊叫声，江水被炸得沸腾了，钢铁被烧得通红……

　　这里曾进行过二战以来的最大的一场战争。上百万士兵投入了这场战争，几十万人死在了这场战争中。这岂是那个凄恻缠绵的爱情故事所能比的？中国有三十多万优秀的儿女从这座桥上雄赳赳气昂昂地跨过去，一去不回还。

本来，那场战争对于我应当比当今的海湾战争还遥远，然而一个人，使得我从小时候起就对这场战争有了一种感觉。这个人就是奶奶的侄子相士英——我的从来没见过面的表叔。我对他的认识仅仅是一张指甲大的发了黄的小照片。他是奶奶把他抚养大的，所以奶奶从我记事的时候起，就不断地拿给我看，向我讲他的一些事情。奶奶流着泪说，他死在了朝鲜。照片上是一个稚气未脱的男孩子，刚刚二十岁，在他牺牲的时候也只有二十一岁，是一个真正意义上的大男孩儿。现在一些四十大几的歌星不是还在舞台上又蹦又跳地装大男孩儿吗？二十一岁，花样的年龄，充满美丽幻想的年龄，还常常在父母面前撒娇的年龄，而我的这位表叔却已经在血里火里九死一生了。奶奶说，他曾经在雪地里趴过整整七天，也就是一个星期。只靠就着雪吃炒面获取点儿热量。现在的男人不要说让他们趴在雪里七天，就是一天试试？不，哪怕只趴上一个小时看看，能有几个不叫苦连天？至于他最后怎么牺牲的，就谁也不知道了，而且他牺牲了很多年之后，仍然音讯全无。在战争中，这是正常的事情，我亲自采访过一位参加过那场战争的老人，他说，分给他的那个连队，一颗炮弹爆炸了，所剩无几，那些牺牲了的战士，他连他们的名字还叫不上来呢。

在丹东的抗美援朝纪念馆里，我曾经想找相士英这个名字，也算对地下的奶奶有个交代。当然，我只能失望地看着那些密密麻麻的牺牲者的名字发出一声叹息。我没有找到他的名字，但是，我确信，是有这么个人。他牺牲在了那场战争中。

随旅游团来到那块曾经有我的亲人流血牺牲的土地上，我的心情非常激动，我想亲眼看一看他们当年留下的遗迹，哪怕是他们住过的村庄、房屋，用过的枪支，甚至用过的毛巾脸盆。但是我什么也没有看到，连一个纪念那场战争的展览也没有参观到。导游只带领我们去看伟大的领袖金首相的革命遗迹，对她来说，好像那场与美国人的战争从未发生过一样。

今天，我站在这座断桥上，江水悠悠西去，断桥的残臂在风中鸣响，真正是桥断人去不复还。几十万个英灵留在了江那边的土地上，永远回不了家乡了。包括那个名叫相士英的大男孩儿。他的那张发了黄的旧照片仍旧保留在我的书柜里，那是我从奶奶身上继承下来的唯一的财产。

我的耳边又响起那雄壮的歌声："雄赳赳，气昂昂，跨过鸭绿江……"这条江不知道为什么叫鸭绿江，江水是浑黄的，没有一点儿绿色。莫非取自"春江水暖鸭先知"？

在我要从断桥上下来的时候，忽然觉得眼前一亮，在桥墩上，有一枝金色的小花在开放！这就是苦菜花，它是那么瘦小，细得像根线一样，在风中摇曳着似要折断，但是，它就那么独自无忧无怨地开放在钢铁与水泥的夹缝里，生机盎然。我俯在桥栏上看着它，泪水潸然而下。这个小生命，只有春天的阳光在照耀着它。它也以它灿烂的笑脸迎着天上那轮万古不变的太阳。在这个世界上，它是如此艰难，又是如此顽强。我想到了一首古诗，驿外断桥边，寂寞开无主，已是黄昏独自愁，更著风和雨。无意苦争春，一任群芳妒，零落成泥碾作尘，只有香如故。断桥是寂寞的，很少有人来光顾。比起西湖边的那座断桥，真是不可同日而语，那座桥边柳绿花红，游人如织，这里人影稀少，堤岸陈旧。然而，这是真正的断桥。桥已断，人未还，悠悠江水空对着这两岸青山。

# 烟雨五月下扬州

## 1

雨落南京火车站广场。作为一名途中的旅人，我坐在一辆小型客车里，看它们自数千米的云层中不断地扑向柏油路面。触地之后，作为雨，它们立即消失，化作明晃晃的一片。

这种南京人称作中巴的小客车是不论钟点，坐不满客人绝不肯开的。我只能看着这沙沙的雨在地面上碰撞跳荡，心怀忧郁地等。司机喊着招徕乘客，扬州啦！扬州啦！扬州那么大个城市居然不通火车，这在东北地区是不可思议的。我所挂职的那个地处边境的小县城都在筹划修建铁路，扬州这个在唐朝即为大都市的城市仍坚持唐代没有铁路的老传统。害我在这雨天里孤独地等。

车里在放录音机，是为乘客解闷，也是司机本人爱好。放的是20世纪60年代的歌曲，《金瓶似的小山》《北京的金山上》《北京有个金太阳》《共产党来了苦变甜》。忽然有一支我极熟悉的旋律在雨中回荡起来，我的心颤抖了，"麦浪滚滚闪金光，棉田一片白茫茫，丰收的喜讯到处传，社员人人心欢畅"。在我的故乡，当年曾有一位漂亮的、黑黑的姑娘总唱这支歌儿，她那时刚十八九岁，每逢开大会，她就站起来唱，那是露天电影院，四周是黄色的土墙，墙头上的衰草在抖动，麦浪滚滚闪金光……后来她嫁给了我最好的朋友，但是去年突然去世，刚四十多一点儿，是一个还不该死去的年龄。

独在异乡为异客，在这绵绵的雨天里她突然来陪伴我了。我相信，此时此刻，我是唯一在想念她的人，哪怕她的丈夫和孩子也不能恰在这时想起她来。我怀着一种淡淡的忧伤，倚在车窗看雨落满广场。想我那久别的故乡，想少年的时光。这五月的雨，这旧日的歌声，连同那黑黑的故乡的姑娘，一齐抚慰我这异乡人的惆怅。

越过烟雨迷蒙的长江，在大道上向扬州进发。雨渐停，收割后的麦田散发出麦秸的苦涩气味儿，乡村情绪在我心中复活。

2

斜阳草树，寻常巷陌，人道寄奴曾住。

我独自徘徊在扬州的小巷里。风雨侵蚀的砖墙，锈迹斑驳的古老板门，我感觉像走进了一个陌生的久远的年代，小巷两边的旧屋里，居住着唐宋时的人。我像个孩子似的站在一个木板门前数那上面的铁铆钉，竟有八十个之多。这是一扇该送进博物馆的门，它这些手工制作的铁铆钉已锈得一触即碎。它实在太老了，然而仍在夕阳中尽它作为门的职责。

每扇门上都贴有堪称书法精品的对联，各不相同，各具风骨。古文化在这种小巷里浸染着每一砖一瓦、每一寸土地。那厨前择菜的老太太的絮语，让你疑心是《菩萨蛮》《卜算子》或《浣溪沙》。

扬州的小巷子狭窄而幽长。黄昏时分，那古老的夕阳照着半截古老的砖墙，我想起了戴望舒的《雨巷》，我也盼望遇见一个打雨伞的丁香一样忧郁的姑娘，然而我面前驶来的是一个骑摩托车的姑娘，她穿一件

252

红衣服，一团火一样冲出来。人们都说扬州摩托车太多，我想就是因为这些辛弃疾的"寻常巷陌"太窄太幽长。

我走进一座中学，老松古柏，藤萝满架，房屋古朴，甚至那厕所都掩映在巨大的芭蕉叶中。我想，在这连厕所都充满诗情画意的环境里培养出来的学生一定是儒雅，但也是缺乏粗豪之气的。扬州是古典的，也是女性化的城市。

3

青山隐隐水迢迢，秋尽江南草未凋。二十四桥明月夜，玉人何处教吹箫。

扬州的文化是纤巧的曲折的文化。不说那些年代久远的曲折小巷，就是现代建筑也极尽曲折，我住的宾馆不足五十米长的楼道竟然拐了三道弯儿。你要想叫服务员开门不得不一一拐过这些拐弯去叫，要想省事儿，你喊破嗓子她们也听不见，而北京宾馆的楼道，不管多长，全是像一根笔直的棍子，一眼望到头。

体现这种曲折文化的典型，当然是扬州园林的建筑。何园和个园是扬州有名的两处园林。从外面看，巴掌大的一块地面，但一走进去，却如迷宫一般千回百折，半天走不出来，伸手可及的地方，你要走过去不知转多少道弯儿。假山、楼台、甬道、回廊、花坛、鱼池，千变万化迷离回旋，尺寸之地让你觉得无限趣味，这恰如人生，那长短和结局差不多都是一样的，但要走过去却可以千姿百态峰回路转。扬州园林的每一块石头，每一盆景，无不凝聚着人们苦心孤诣的曲折。曲折，乃精髓。

最大的公园是瘦西湖，扬州小姐告诉我，瘦西湖原是一段护城河，经扩建而成，那么它的"瘦"和纤巧是可想而知了。瘦西湖的柳树很有名，许多中国著名的大诗人都歌吟过，而我这个北方人一看，却是虬枝盘根瘦骨伶仃地歪在水边，全是病树。我真想去对每一个游人说，你

253

们到哈尔滨去看松花江岸上的柳树，那才叫柳树呢！很快我发现了自己的感觉是对的，园林工人修理锯下的柳枝全都被虫子蛀得千疮百孔，原来是雪白的木质都变成了红色。

我不明白的是诗人们怎么能在这些痛苦的树身上发现美呢？

4

故人西辞黄鹤楼，烟花三月下扬州。

扬州的兴盛是隋炀帝开凿大运河的结果。扬州地处大运河与长江的交汇处，在当时尚无铁路的古国大地上，可以算得上是最为四通八达的地方，发展到唐朝的扬州，犹如今日的上海，是中国数一数二的大都市了。它是全国盐的集散地，商贾云集，又成了一个穷奢极欲的游乐城市。当时中国人的理想就是"腰缠十万贯，骑鹤下扬州"。唐朝诗人王建的诗《夜看扬州市》可让我们见识当时扬州彻夜狂欢的情形：夜市千灯照碧云，高楼红袖客纷纷。如今不似时平日，犹自笙歌彻晓闻。

杨君小姐是地道的扬州人，她说扬州人最大的特点是会享受，他们叫作早晨皮包水，晚上水包皮。意思是早晨要长时间地喝茶，这早茶要一直喝得装满肚皮，整个人成了一个皮包水，而每天晚上都要洗澡，在水里泡着，叫水包皮。扬州人另一值得骄傲的是他们吃的扬州菜系为中国四大菜系之一。煤炭烹饪学校请客，我总以为所谓的烹饪学校不过是一个培养厨子的地方，顶多有一栋楼房，或者如哈尔滨的那些烹饪学校那样，仅是租一间房子，请一个退休的老厨子教一教手艺。待到一进这所学校，我大吃一惊，一个相当大的校园里绿树夹道鲜花竞放，特别是那几株高大的玉兰树正盛开着洁白的花朵，给这个校园里平添了一种高贵。教学楼、宿舍楼整齐洁净，无论怎么看，这也是一个相当不错的高等学府。

在扬州，吃，也被培养成为一种了不得的文化。古城扬州，是一个吃喝玩乐的都市。

5

四十三年，望中犹记，烽火扬州路。

我是从当年金国完颜氏的发祥地爬上火车出发的。进山海关，又过千山万水，一路上沿着他们南侵的路线终于到了扬州。

虽经岳飞等英雄们的抵抗，他们还是没有被驱赶出山海关，辛弃疾是在岳飞死后第二年才出生的，到他长大后，仍然要和金人打仗。这位伟大的诗人同时也是一位卓越的军事家，可是，尽管他进行了顽强的抵抗，仍不得不节节败退，从历下过徐州，弃扬州渡长江。最后只能踞伏江南发一通感慨：今老矣，搔白首，过扬州。

当年的哈尔滨不过是一个荒村，距哈尔滨不到一百里的阿城是金国首都，草黄马正肥，完颜氏校场秋点兵，金戈铁马，旌旗猎猎，而扬州还是舞榭歌台红袖纷纷，饮酒赏月笙歌彻晓。很显然这是一场非等量级的较量。以致一老一少两位皇帝都被抓走是在情理之中。空有那么多英勇无敌的抗金英雄，甚至那些悲壮故事演到今天，其实金还是被元打败的。

女真人的子孙们在经历了三百年之后，再度跨越山海关，卷土重来。这次，扬州又出了一位抗清英雄史可法。结果是扬州仍然被攻破，演出了中国历史上的一出惨剧——"扬州十日"。清兵在扬州城大杀十天，死八十万人。

在哈尔滨以东，一个名叫亚沟的山坡上，有一块岩石，上面极粗糙地刻了一个足蹬马靴、背负弓箭、手拄长剑的武士。这就是金人在他们的都城遗留下的形象。那是一条荒山沟，几乎连路都没有，可以看作是当时一个老百姓在那里闲极无聊，随意用一钢钻刻成的，恰恰是因为他随意而为，正反映出了当时的金人那种尚武精神。

255

我们曾专门去寻找过金人的冶铁遗迹。他们要打造刀剑，铁是不可缺的，在山里，一个不足五十户的小村西头，一片茂密的乱树丛里，我们找到一座金人炼铁炉的遗迹。分开草丛，可以看到一堆焦炭和炉渣。我拿起一块含硫很多的铁渣，看它上面那斑斓的硫化铁图案。它在我手里显得那么沉重，我不由想到它那八百年前的经历：炉火正红，风箱呼嗒呼嗒响着，一群赤膊的金人忙碌着，汗流浃背。如今只剩下风吹草动，荒树婆娑。我们的录像带上录下了一片八百年前的风声。

　　当年的金国文化就是铁与剑的文化，而宋的文化是吃与歌舞。它的失败是注定的。文明总要败在野蛮之下。

　　扬州最繁华的石塔路中心便有一座唐代石塔。一千多年的风吹雨打，坚硬的石头也多处剥蚀，多处裂缝。原来高出地面的塔基已沉入地面以下一米多。它作为一个遥远时代的纪念物，矗立在这座现代化的城市中心。我曾在黑龙江省的宁安县见到过形状相同同是唐代的石塔，仅是体积小一些。那里是唐代渤海国的京都，从古城墙的遗迹看，远大于当时的扬州。可是，它到现在仅存几堆土而已。同样，金的京都也只剩下了两个土堆，简直连废墟都算不上，仅能称作遗迹，而屡战屡败的扬州却仍是一座繁华的城市，这里出现了一个令人困惑的问题，歌舞的文化总是不敌金戈铁马。一次次被打败了，也就是软的总败于硬的。然而这些金戈铁马总是容易消散，消散得仅存一抔土，而享乐的文化总是被保存下来，日益发达。软的总是败于硬的，却最终总是把硬的吞食消融掉，这不能不令人感慨万千。

# 农民和钱币

　　岳父在早晨七点去世，我、妻子还有她的两个姐姐在晚上八点去给他烧纸钱。在大街上我们四个人向十字路口走，我手里拿一根拨火棍走在最后头，因为我根本就不相信这些纸钱到那边能顶用。妻子不知从什么地方花了三十块钱买来两捆草纸，还有一些印制得相当漂亮的冥币，上面印着"天堂银行"的字样。这是我第一次见到。面额也特别巨大，最大的是十亿元。

　　风很大，吹得火焰升不起来，只能蛇似的贴在地皮上蜿蜒。街道上风向不定，红色的纸灰四处飞扬，时常扑在人脸上。我们不得不用拨火棍压住它。灯光昏暗，人影幢幢，处在呼呼飞旋的冥钱中，我产生了一种无边的苍凉感。加上她们悲伤的呼唤，我精神恍惚，觉得一时间和冥界相通了。那些已经死去的人就在街的那一边，我们之间仅仅隔着一层淡淡的雾障，他们在那边默默地站立着，等我们烧的钱。就在这一瞬间改变了我多少年来一个坚定的想法，对活着的人来说，这也许是一种很好的自我安慰的办法。

　　妻子哭着说，爹啊，你一辈子从来没有这么多钱啊，现在你就都拿去用吧，放心地用吧。

　　岳父是一个地道的农民，他在倒下之前一直都在庄稼地里操劳。他能从几亩瘠薄的山地里种出让人吃惊的好庄稼。他的那些地让人看了真

257

不敢相信能长出粮食，土层仅仅有二十多公分厚，还杂有大量的碎石，下面是花岗岩石板，天一旱就干到底，雨水一大常常整块地给冲得不知去向。有一年我带领两个儿子每人背上套上一根绳子，像牲口那样帮他拉犁起垄种地瓜。那块地小得牛都回不过头来，只能用人拉的犁或者用镐头刨。那还不是他最小的地，最小的只有一张普通写字台那么大，比现在那些大老板的写字台还要小。在这样贫瘠狭小的土地上，他成年累月地劳作，整个人像长在地里似的。天旱了他从沟底的井里挑水浇，坡陡得像直立起来一样，爬上去每一担水都要付出艰辛的劳动。他栽地瓜，种花生，种小麦，种各种蔬菜。他种出了一个大得出奇的地瓜，他拴住瓜蒂挂在墙上一个冬天，等我回去吃。地瓜不是人参，越大越珍贵，地瓜再大也是地瓜。我很郑重地吃着，其实跟一般的地瓜毫无二致。

他把种的地瓜和芋头，总是不到秋天就刨出来担到集上去卖，这样就能卖个好价钱。有时还把豆角、辣椒、芹菜捆好，搭上别人的拖拉机直接运到黄岛开发区，在那里卖的价钱会更好一些。他卖出的每一根菜茎都经过了他的手无数遍，看他在地里莳弄那些青菜，好像他要从每一片菜叶里抠出一张钞票似的。卖的时候，他不厌其烦地和人斤斤计较，用上他所能说出的最好的话来引诱人家买。到晚上回家，坐在炕上，他把那些毛票儿一张一张每一个皱褶都抚平，按照面额大小，一毛的，两毛的，一块的，一摞一摞小心翼翼地摞起来，压在枕头底下。他的钱从来不允许岳母碰，以至到今天岳母仍然区区地那么几张钱都认不全。他常常对妻子说，我哪，卖东西从来都给人家的秤高高的，打发得人高高兴兴的。妻子就揭露他说，我知道，你那杆秤小，小一两多。他羞愧地低下了头，可是嘴里争辩道，你没看见我都是称完了再添上点儿吗？从来不给人家不够秤呀。

他就那样一毛钱一毛钱地攒起来，居然也有了一千多块钱的积蓄。这是他毕生最大的一笔钱。非常可怜的是他没有亲手把这些钱花出去，就病得一塌糊涂了。他本来可以有更多一些的钱，可是他有一个先天性免疫力缺乏症的孙子，这孩子从一下生就开始打针一直打到现在十一岁。活又活不成，死又一时死不了。就是这个孙子使他一直到最后的日子都在为钱奔忙，没一刻安闲，没吃过一天好饭。

当岳父在刚刚二十岁的时候就想赚钱发财。那是1947年，解放军已经解放了胶南地区，而青岛仍然为国民党军队所占领。当时的青岛缺乏吃的花生油，而解放区缺点灯用的煤油。岳父就担着一担花生油，步行二百多里路到青岛去把花生油换成煤油，再把煤油担回来换成花生油。两地差价很大，每一次都能赚不小的一笔钱。但是也很危险，他必须在黑夜里穿过封锁线，不小心就能给冷枪打死。他没有被当兵的打死，却差点儿死在自己的本家手里。那一天他借住在胶州的一个本家侄子家里，等半夜时好过封锁线。拂晓前，他的这位侄子送他上路，就在过一条小河时，他的这位侄子突然从背后一棍子把他打倒了。打在头上，打昏了。其实这位本家侄子并非是一个能杀人的角色，他只不过是在他的老婆的唆使下才起意的。当他一棍子把岳父打倒之后，却没有勇气打下第二棍了。他很奇怪地就那么举着棍子愣在那里。幸亏岳父戴一顶棉帽，没有给一棍打死。月光下他看见了那侄子举着棍子在他头上，岳父跳起来夺下了棍子，这位本家侄子撒腿就跑。岳父也怕他回去叫人来追，扔下那担花生油强忍着剧烈的头痛，跑了回来。后来胶州也解放了，这位本家侄子只好又回到了他们这个叫作阿陀的小村子。岳父并没有追究他的图财害命，可是这位侄子从此就一病不起，不久就病死了。

岳父做梦都想着赚钱，从不放过一个赚钱的机会。记得我第一次回去的那一年冬天，看他挎一个筐到处收麦麸，山前山后地跑着，累得气喘吁吁，一天也不闲。原来是养鸡场到农村用鸡蛋换麦麸，岳父一算中间可以每斤麦麸赚三分钱。他便在这山沟里干起收麦麸的营生来。他斤斤计较地过着穷日子，但一辈子也没有钱。

上三日坟给他烧遗物时，在他的衣物中间竟然夹着一张网。就是那种尼龙线织的专门捕鸟用的网。这种网把它张开在树林里，鸟儿飞的时候一不小心撞上，就会越挣扎越纠缠，绝对逃不脱。据岳母说，这是一张新网，还没来得及用，是他心爱的东西。他明知到哈尔滨来这东西再也用不着了，还是悄悄地塞进包里带来。我原以为这东西是易燃品，不料点的时候它并不很容易燃烧。在它终于被引燃时，看着这种深含阴谋和罪恶的东西一点点儿冒出绿色的火焰，我想，如果不是主人得了绝症，它不知会陷害多少鸟类。开始，我以为他是捕鸟为了玩儿。后来岳母说他是看着村里的另一个老头儿就是用这种网在山林里捕鸟儿，一只不大的鸟儿卖到青岛市里去就能得四五块钱。这样一天能够挣上二三十块钱，远比种地轻松。他于是就想在自己没有力气那一天，也去捕鸟儿挣钱。给他烧这张网的时候，看着它一点一点变成灰烬，我想到，他如果把那些美丽的鸟儿捕杀了显然是一种犯罪，但如果他真的捕了我并不会觉得他有多么可恨，即使他捕了很多。

文艺作品中总把捕杀野生动物的农民描写成穷凶极恶的残忍歹徒，当我们在电视里看到法庭上把他们判以重罪时，大家都觉得大快人心，从来不去想一想，他们为什么要冒国法于不顾而去捕猎。事实上，他们捕杀的野生动物全都是卖给城市里有钱有权的人吃了，用了，没有一个人是捕杀野生动物给自己吃用的。那些有权或有钱的人一方面用各种办法让农民穷得没有钱用，迫使他们铤而走险去为他们捕猎另一方面，当他们在那些高级饭店里吃饱了山珍海味之后，抹抹嘴又出来判这些捕猎者以罪行。法律上好像对唆使杀人者是判以重罪的，可是对吃野生动物者却从来没有这一条，其实他们就是唆使捕猎野生动物者，甚至可以说是迫使农民捕杀野生动物者。

岳父其实是个很有生活情趣的人，但是他一辈子只能在土地里弯着腰劳作，没有好好生活一天。他很爱美，每天都要把脸洗得干干净净，把那稀少的几根的头发梳理得整整齐齐。这一点他绝对比我要强得多。他爱美而没有钱，这就造成了一些矛盾。妻子到现在耿耿于怀的是有一年村里的人都买了一种绸布料，有一些人家都给了女儿做了褂子，他却非要给自己做一条绸裤子不行。妻子看着伙伴们穿上了新褂子，自己却没有，气得大哭一场。她对我满意的一点就是我从来不和她争穿的。要来哈尔滨时岳父也清楚自己是再也不能回去了，他把最心爱的东西都带上，其中有一顶很旧的咖啡色的礼帽。这是他在定亲时特意向岳母家里要的，他对还没过门的妻子说，我什么也不要你陪送，只要你给我买一顶礼帽。这顶礼帽他只在过年时拿出来戴一戴，有时别人出门要借一次他都不答应。就要把他送火葬场了，岳母一定要我把这顶礼帽给他戴上。他的头上其实已经戴着一顶帽子，我和妻子只好在上面再戴上一顶。他最后就是戴着两顶帽子给送入太平间，又给推进火化炉里的。那顶礼帽已经有五十年，看上去实在是旧了，但是在他的眼里它永远是漂亮的。

火焰渐渐熄灭，地上的纸钱已经烧完，灰烬都被风吹散，好像真的被他带走了。在昏暗中，我们回家去，妻子哭着说，爹啊，你走好，带上你的钱走好啊。我好像看见他老人家戴着他那顶漂亮的礼帽，怀里揣着鼓鼓囊囊的上亿元钱升天去了。

# 伙计，家乡的桃花开了……

　　清明节这天并不清明，浓雾，却又大风，奇怪。这种饱含着水汽的急速流动的空气撞到脸上头发上立刻就化作水，看看路边的杨树，全都雨浇过一般水淋淋的，每棵树下居然都积成一汪水。这是我回到家乡的第一个清明节。别人都祭扫去了，我忽然想去我伙计的村子看看，也仅仅就是看看而已，他已经死在了东北，家乡也没有任何亲人了。

　　只有十几里路，我蹬自行车去。到村头遇见一道土崖，立刻有一种幻觉，似乎那个年轻的他就在土崖下满头大汗地忙活着。在东北没有这样黄中带红的土，而且东北的土质立不住，所以看不见这样的土崖。他是个脾气急躁非常能干的人，就像那种烈性马，只要一骑上，或是一上套，不用人催促，它就会拼命地奔跑。当年我们在煤矿，他总是大汗淋漓，浑身就像从水里捞出来一样。和他搭档推车，你会觉得特别省力，当然是他替你负担了。但他又是个非常忠厚善良的人。就是他这种性格要了他的命。本来那时他已经是带班的工长了，用不着自己动手干活儿，可是他看不得别人那种慢腾腾的样子。那次是撤支柱，他一把推开两个年轻的矿工说，闪开，我来！恰在这时塌方了，一顿乱石把他给砸死在下面。

　　我们是同龄人，又是同一年到的东北，同一天下的煤矿。四十年后我回到了家乡，他却永远回不来了。

这是一个小山村，但因为划到了市区，所以收拾得干净整齐，街道都铺上了水泥路面，狭窄的小巷子里也铺设了那种城市人行道上铺的红色地砖。家家都是高大明亮的砖瓦房，一个个气派的门楼像当年的大地主。想想我们在东北住的那三间土屋，深切地感觉到我们是被家乡抛弃了的人，就如当年我们抛弃家乡去东北一样。走在印满他少年时脚印的大街上，我想，他已经在这个世界上消失了，永远回不了家了，但这毕竟是他生活了二十多年的家乡，在这里总该还有人记得他吧？我开始向我遇到的每一个人问：你们村有某某这个人吗？他们都摇摇头说，没有，不知道。怪了，他在这里出生，又在这个村里长大，难道就没有人记得吗？

　　有一伙儿老年人在种树，我上前去干脆这样问，我有个伙计叫某某，他家住在哪里？那个扶树的一脸茫然，问那个铲土的，你知道某某吗？铲土的抬起头来说，没有这个人，肯定是你名字记错了。笑话，我会记错他的名字？我们朝夕相处近二十年。我又在大街小巷转了半天，没找到一个人还能记得他。唉，四十年的光阴真是厉害，可以把一个人消失得无踪无影。

　　他到东北从没回过家乡一次。问他为什么，他总是长叹一声说，唉，混成这个样子怎么回去？他有难言之隐，当年他背井离乡到东北，完全是因为一位姑娘，恋爱了几年的邻村的一位姑娘忽然嫁给了他同村的一个比他家富裕些的人，就在姑娘结婚那天，他受不住了，拔腿去了东北。当时他大约心里发誓要有了钱才回来，结果是一直也没能，所以他就四十年一去不回还。我这次带回来的仅仅是一个符号而已，对他的家乡而言，他也仅仅是一个符号了。一个符号在人们的脑袋里岂能经得住四十年的风吹雨打？

　　村后有一座高高的水坝，他经常对我说起他们村后的这个大水库，大约他少年时常在里面游泳、摸鱼。我想爬上水坝去看看。田间小路越走越狭窄，最后是推着自行车都无法走了。他们竟然把路削得如此细窄，在东北是绝没有的。坡下果树园里有一个半老的女人在干活儿，我问到水坝怎么走法？她大笑道，哟哟，你这个人哪，哪条路都好走，你怎么偏偏走到这里来？她像遇到熟人似的热情地爬上坡来给我指路，同时诧异地问道，你到大坝上去做什么？我说是来找我的一个伙计某某的，村里人都说没有这么个人。这女人啊了一声，说，他们怎么会记得某某，他都四十年没回来过了，他在东北过得怎么样？还好吗？几个孩子？我慌了，到这个村里来找一个死去的人，这无法让人理解。支吾了几句赶紧推着自行车离开。

走出一段回头看时，这才发现女人身后那片果园里桃花开得红艳艳的一片，我想起有一年同样的清明节，我们一起望着漫天大雪，他说，伙计，咱们家乡的桃花都开了，这里还下大雪。

我磕磕绊绊地推着自行车，边走边喃喃地说，伙计，家乡的桃花又开了……说着，泪水就涌了出来。

唉，在他的家乡总算还有个人记得他，可是为什么唯独是这个女人记得他？

伙计，家乡的桃花又开了……又开了……

# 请珍惜阳光

阳光，每个人都有一份儿，这恐怕是我们这个世界上唯一的公平，可是有的人却把属于自己的那一份儿给弄丢了。他们成年累月地在黑暗的矿井下面挖啊，刨啊，想把本来属于自己的那一份儿给找回来。那里才是绝对的黑暗，任何光线都没有的黑暗。在没有灯光时，你把一张白纸送到他鼻子尖上他都什么也看不到。等到他们把脊梁累弯了，腿也站不直了，严重的肺病使他们呼吸也困难，实在刨不动时，从深深的矿井下面爬上来，这才发现，啊，阳光原来在这里！然而这阳光属于他们的时间已经不多了。

从又冷又湿又黑暗的矿井上来，第一眼看见太阳时，你就会觉得真是爹亲娘亲也没有太阳亲。有一天停电，我和冯连平爬上来躺在井口的煤垛上晒太阳，我问，伙计，你这辈子最大的愿望是什么？

他说，能天天这样见一见太阳。

现在，他在井下给砸死了，再也实现不了这个愿望了。我和冯连平是同一年到煤矿，同一天下井，又是同推一个大车时间最长的。有一天我们从井下上来，老赵龇着他的大金牙笑着问我，小孙，我给你介绍个对象吧。我以为他开玩笑，头也不回地说，不要。他又问我后面的冯连平说，小冯，我给你介绍个对象吧。冯连平说，行啊。

等到赵桂荣来到煤矿，我一看就后悔了，好漂亮的一个小媳妇啊。

以后的许多年里，每当这个漂亮的女人从我身边走过，就会想，这本来应该是我的啊。有一种感觉，她身上最低有一部分还是我的，于是就常常忍不住要这里或那里摸上一把。有时让冯连平撞见，我就理直气壮地说，你也该明白她本来就是我的！冯连平脸一红，像做下什么对不起人的事，嗫嚅道，我，我没说什么呀？

　　第一天下井对一个挖煤的人来说是一生中的一件大事，就像一个战士第一天上战场，一个小媳妇的第一夜。那天不知为什么老周不愿带冯连平做搭档，拐弯抹角地要我，冯连平受不了，脸涨得通红，几乎是用哭声对工长说，好了，我不下了，我不下了还不行吗？老周后悔了，赶紧说，行行，我不是那个意思，不是那个意思。其实，冯连平干活比我还要实在。后来他成了我们矿最好的大车手，大家都争着和他做搭档。他每个班下来都要累得汗流浃背，整个人像从水里捞出来一样。在煤矿，一个人干活实在是比什么都重要的品质。繁重的体力劳动，多出一份力就是多受一份痛苦，多受一份儿损失，你少出一份力，你的搭档就要多付出一份力。多出力的人确实就是一种舍己为人的品质。冯连平几乎就是一种天生的性格。有一种烈马，只要你把它往车上一套，甚至不用你喝一声，它就会拼命地拉车，让它停下来都困难。冯连平就是这样的马。他最后还是死在了这上面。

　　他已经是工长了，但是只要一看见工人干得慢了自己就忍不住要上手。那次他说，躲了，我来！结果顶板塌落，把他砸死在石头下面。

　　我不想把这写成一篇悼念文章，他是一个普通又普通的挖煤的人，有什么值得悼念的？

　　他常常会冒出一句莫名其妙的话来，我说他是最词不达意的人。自然也会有些出格的话，因为时间长了，大家也就不计较，都明白那不是他的本意。在凭力气吃饭的人中这样词不达意的人很多。但他绝对是一个善良的人。在煤矿打架是经常的事，但他从来没有跟任何人动手打过架。他很毛，好冲动，爱发火，很吓人。但只要对方一发火，他就会立即软下来，绝对不会激化，以至动手。我深知他这毛病，从来不怕他。

另一个深知他的当然就是赵桂荣了。刚结婚时，吵架，赵桂荣火冒三丈，把一碗小米饭兜头扣在了他脑袋上，喝道，我叫你吃！这本来会使武打不可避免地开始了，可令赵桂荣都没想到的是冯连平只是愣了下，抖掉头发上的米粒，提起矿灯上班去了。从此，赵桂荣再也不怕他了。矿工打老婆这似乎是习俗，但冯连平从来没有动过赵桂荣一手指。

冯连平爱画画儿，班前会常常用一支粉笔一眨眼就在墙上画出一只兔子、一只公鸡、一个小鸟儿、一个老头儿。为我们偷牌的事，民兵连长为显示自己的水平，把我们关在屋里让我们写检讨书。我倒是很认真地写了，大约我那时就爱好写作。他却在纸上画了一个人牵一头毛驴。连长一看脸都气白了。

我们这帮人上年纪了，干不动了，都不下井了。只有他还在井下干。赵桂荣说，咱也不下了，在矿上吃又吃不好，睡又睡不好。他说，孩子没结婚还要用钱，干到年底吧。结果还没到年底。

已经两年了，赵桂荣总觉得冯连平好像还没死，又下井去了。说不定什么时候一推门进来说，小宾他妈，快做饭，我饿坏了。

他们家睡觉从来不关门，有一天早晨我一推门就进了屋，他们俩还躺在被窝里没起来。我就扯把凳子坐在炕前和他们说话，让他们躺不住也起不来。唉，俱往矣。

天气凉了，阳光就显得可亲起来，今天的阳光特别明丽，穿窗而入照在我的床上，我抚摸着床上的阳光，觉得世界上没有什么能比这阳光更美丽更可爱的东西了。冯连平却再也见不到这阳光了。他给深深地埋在了井下。那里又冷又潮湿，而且永远都是无边的黑暗。在人类所能到达的领域，只有那里才是真正的黑暗。也只有下过井的人才能知道那是怎样的一种黑暗。他一生见阳光太少，他的灵魂却又要永久地待在黑暗里了。

# 活着的拉斯普京

俄罗斯作家代表团的名单上有个拉斯普金，因为"金"和"京"发音相似，我怀疑是拉斯普京。我问俄国通的郝先生，他说，不是。但我翻看了这个拉斯普金的作品目录，确定了他就是我所敬仰的拉斯普京。于是，勉强参加这个招待会的郁闷一扫而光。我所敬仰的外国作家，他是我唯一能亲眼见到的人了。

拉斯普京是 1937 年生，比我整整大了十岁，也就是今年六十九岁。六十九岁的拉斯普京留着一撮胡子，看上去是一个倔老头儿的形象。我身边的一位中国作家悄悄说，他很像一个老渔夫。拉斯普京的小说有《活着，可要记住》《告别马焦拉》《最后期限》《给玛丽亚借钱》等，其中我最喜欢的是《给玛丽亚借钱》。小说中那纯朴的乡村农民如同我在农村的乡亲们。他们纯真的情感深深地打动了我。我甚至模仿这部小说也写了一部乡村题材的小说，当然，很不成功。这个俄罗斯作家协会组织的代表团共有十几个人，在整个会谈期间我的目光始终在拉斯普京身上。

拉斯普京的发言却大出我意料，他大发牢骚，批评当前俄罗斯的文学现状，对年轻一代的作家们表示失望，说他们的作品离开床上动作就不会写别的。这与中国一些老作家和评论家们对年轻作家的指责是如此一致，真是如出一辙。俄罗斯的文学现状肯定不值得乐观，这从他们这个应该是国家级的代表团出访活动还要由一个企业家来赞助就可以断定。但是拉斯普京把这归咎于年轻一代作家们身上可就是太不公平了。你让他们写什么呢？写什么能有市场？说市场太俗，那就说是读者吧。可没有市场哪来的读者？

这里文学主要是指小说而言，小说这种文学形式面临两大杀手，几乎没有取胜的可能。第一是电视。它们占据了人们生活中绝大部分空闲时间，能有耐心捧一本长篇小说读下去的人已经是"另类"。电视五彩缤纷的节目使人们只觉得时间不够用，而不是想办法如何消磨。几乎所有作品被改编成影视剧的作家们都宣称他们的作品是被导演给糟蹋了。平心而论，你看过张艺谋的那几部由小说改编的电影，再去读一读原小说，你觉得是给糟蹋了吗？其实作家们也不过说说而已。当年有大导演求征武则天文学剧本，立刻就有五六位有名的作家自告奋勇甘愿被"糟蹋"。这是作家们的悲哀。但这悲哀绝不是作家的无能和导演们的高超，而是导演们占据了现代科技的制高点。科学技术的发明对艺术形式起着决定性的作用。当年一个小小的钢笔尖，就使得练了一辈子书法的老学究扔掉毛笔，改用钢笔记账、写家书。小说的第二杀手是新闻媒体。新闻传播的手段太快太广大了，万里之外的一声狗叫你这边马上就能听到，这边你做了个鬼脸，万里之外的朋友立时就能看到。一位朋友把他刚写完的小说给我看，我看完了马上给他讲了一个新闻事件。几乎完全一样，而且他小说中编的故事远不如现实中发生的事件精彩。

拉斯普京为俄罗斯文学感到悲哀，他是真诚的，但也是毫无办法的。同行的邦达连科对拉斯普京提出了异议，但是他并没有说出令人信服的理由。翻看一下拉斯普京的创作目录，可以发现他在1995年发表了一个短篇小说《下葬》之后再没有发表过作品。恰巧《下葬》这部小说我也读过，他写的是变革后的俄罗斯老百姓极度贫困，死了人连下葬都成了一件非常困难的事情。很显然，拉斯普京与这个时代的俄罗斯已经不能融洽相处了，他已经失去了往日的辉煌。就在拉斯普京发言的时候，我身旁的王先生低声感叹道，年龄是不可超越的。我深有同感。

拉斯普京的主要作品是《活着，可要记住》。是的，活着的拉斯普京说明了一个道理，活着，可要记住，年龄是不可超越的。这对我们这些正在步入老年的人尤为重要。

# 飞 鼠

1968 年的夏天，那天并没捡到多少蘑菇，但我有了一个意外的收获，我捉到了一只飞鼠。那是在我们向回走的路上发现的。我看见一个似鸟非鸟的东西从一棵树飞到了另一棵树上。我指给他们看，姓时的爷爷惊喜地说，是飞鼠子！我们开始把它往树林外头驱赶，它像一块手帕似的就那么从一棵树飘到另一棵树上。它是在飞，但不像鸟儿那样扇动翅膀，也不像蝙蝠那样是靠前肢生长出来的薄膜飞行，它就那么张开四肢滑翔。飘飘摇摇，恰似一块四四方方的手帕。到后来捉到手后我才看明白，它的四肢原来是由皮毛连成块儿的，很薄也很柔软，伸缩自如。它飞行的时候非常优美，是我从来没有见到过的最新奇的飞行方式。三十年后的今天，当我写到这里，它从一棵树上飘向另一棵树时，在高高的天上，那自由自在的样子又清晰地出现在了眼前。

它上当了。飞出了树林，落在一棵远离其他树的孤树上。我们从四面包围了它。用石块儿向它攻击。如果它不会飞，比如像花狸棒子那样在地下逃跑，我们也肯定是捉不住它，它跑得比花狸棒子要快得多。但它多了一项了不起的本领，会飞。哪想到反而是这种本领使它陷入了绝境。它开始有些惊慌失措了，从树一边躲到另一边，但四面八方都有穷凶极恶的人向它又喊又打。我很快就发现自己对它的威胁最大。我投掷的石块总是在它的左右横飞，而别人掷出的只能是一种虚张声势而已。

这是我从小就有的一种训练，我们那伙孩子总是爱玩一种极野蛮的游戏，就是用石块儿、土块儿、碎砖、瓦片儿互相攻击。一直到我上初中了，仍是玩儿这种半是游戏半是恶意发泄的叫作"开火儿"的游戏，常常在放学的路上就干了起来，并非没有打得头破血流的时候。

我发狂地向它投掷石头，一块比一块准，一块比一块狠。它惊恐万状地躲闪，一双大眼睛望着我，更激起我一种攻击的本能，我感到手臂上力气暴发，欲罢不能，只想攻击，浑身充溢着一种恶意的快感。我一声不响，不像别人那样喊叫，只是沉着冷静地进行着投掷。但我身体上的每一块肌肉都处于一种高度紧张状态。这是一种最佳的竞技状态。它几乎爬上了树的最梢头，但我像一具发射器一样，掷出的每一块石头都如子弹一样，嗖嗖地直射向它的身体，总能达到它的高度上。击中了！在我刚掷出这块石头的时候，我就感觉到了。我常有这样的感觉，你向一根电线杆，特别是那种木质的电线杆，打出一块石头时，就在打中前的那一刹那，你会在掌心感觉到一股气流的冲击。果然打中了，那块石头降落的同时，它也从树枝上掉落下来。一前一后，石块在前，它在后。

它并没有死，但是不能动了。它躺在地下，一双大眼睛不甘地看着我。这双眼睛使我心一颤，它们是那么的又黑又亮，又大又圆，似乎还有些湿漉漉的，不是一种仇恨而是一种怨尤。一种罪恶感开始在我心里萌生，我把它从地下捡起来。它温热而又柔软的小小的身体在我的手里，我的手感觉到它的心脏在急剧地跳动。它的大小跟松鼠差不多，但远比松鼠漂亮。它的皮毛是一种银灰色，油亮闪光，这是松鼠那种干燥的毛色所不能比的。背部深一些，从上往下颜色渐淡，到肚皮则差不多是一种柔和的雪白了。它是我直到今天为止，见到的最美丽的动物。我把它放到捡蘑菇的桶里，心里直发痛。回到马架子时，它忽然恢复了，它要跳出来，我不得不抓住它。它吱吱叫着反抗，毫不畏惧地向我发动攻击，一下一下跳起来要咬我。它的凶猛使我怀疑它是一种食肉的动物。一般而言，食肉动物都比食草动物凶猛而敏捷。就它身体的矫健有力和反应灵敏而言，我只在水貂身上见识过。有一年，我到我的连襟家里去，他在海边，家里养着几十只水貂。当他喂食时，那水貂闪电一样蹿起来抓住钩子，竟能在如此细又滑的铁丝上攀缘自如，像体操运动员那样做大回环。这种灵敏程度叫人感到恐怖。在爷爷的帮助下，我用麻绳把它捆了起来。但是眨眼间，它嚓嚓地把那根麻绳咬成了数截儿。我几乎是怀着一种胆战心惊的心情又把它逮住，关进一个铁桶里。

　　我跑到山上找到了一截空树筒子，用锯割下一段，两头钉上铁丝，做成了一个坚固的铁笼子。我当时以一种亢奋的心情在干这件事。人对一种他爱的东西往往都会有一种不正常的占有心理。我既爱它又想关起它来。我饭都顾不得吃，一直干到天黑。我想，你吃什么我也要弄来喂你，只要你能待在笼子里。但是它什么也不吃，只是在里面团团乱转，一会儿又用锋利的牙齿嚓嚓地啃那铁丝，虽然我知道它那肯定是徒劳，但总有一种它能啃断的感觉。

　　过了狂躁的两天，它死了。那天早晨我到笼前一看，它没有在铁丝网前躁动。再一看，它躺在里面不动了。它美丽的小身体就那么一动不动，安安静静地躺着，叫你很难相信这就是那个狂暴不安的生灵。我站在马架房子前，默默地对我所钟爱的动物哀悼。早晨的阳光照在我瘦瘦的脸上，我显出了一种深深的哀痛。它是大自然的精灵，是除蝙蝠之外唯一的会飞翔的哺乳动物，是连爷爷那样一辈子在山林里过日子的人都为之惊喜的动物。四周的山林都一片肃穆。爷爷认为它是气死的。他小时候就有过这经验，当他捉到一只鸟儿时，想养活它，它却不喝不吃，几天后就死在笼子里了。不管是家雀还是燕子，只要是它们能飞了你再关在笼子里养，都会是这种结果。你只能在它们很小的时候，还没有长毛时开始养，到大了它才能和你相熟。

　　爷爷说，飞鼠子皮是很贵的，你把皮剥下来吧。我摇摇头。爷爷替我把它的皮剥了下来，我偶一伸头，惊呆了。它的背部上有一大块紫红的淤血。那正是我击中的部位。我感到浑身一阵冰凉，我杀了它，我杀了它……我在心里这样对自己说。一种巨大的罪恶感乌云一样压在了我的心头。我的背部感觉到了不堪忍受的一种疼痛。几天来，它一直在忍受着巨大的疼痛，英勇不屈地搏斗着，始终都生气勃勃，至死都没表现出一点儿软弱、一点儿萎靡不振。但它最终没有逃脱它的命运。对于它来说，我就是它的命运。我深切地感觉到了，作为别个生命主宰的危险，你常常无意之中就成了罪人。

爷爷把它的皮就钉在了马架房子的墙上。它像一张昭示于人的我的罪恶的布告一样，我一直不敢正面看它。

# 陶片上的小孔

　　那是在松花江南岸的一块台地上，大家都在低着头翻找各种陶器残片，豆苗儿刚出土，没长成叶子，田垄完全暴露在阳光下，可以看到地面上几乎布满了大大小小的残破的陶片儿。考古队的人都有这经验，只要在河流附近的高地上差不多就一定会有古代人类遗存，在这块土地上曾经生活过古人类。我对这些没有什么兴趣，但也跟在大家后面，低着头在田垄上寻找。无意中我捡起了一块只有杨树叶大小的陶片，它上面有一个小孔，很明显是后来钻透的。这个小孔让我想起了儿时的一个生活场景，我把它擦干净，送到一位考古研究员面前问他，你知道这小孔是干什么的？他略一看说，这是古代人把它用绳索穿起来当装饰物用的。我说，不对，我知道这是干什么用的。他很有些不屑地看了我一眼，你说吧。我于是就给他讲了一个关于这个小孔的来历，他信服了。

　　我在很小的时候，常常蹲在母亲的身边，看她用一个钉子或者破剪刀的尖儿，用力地钻那些破了的瓦罐儿，把这些破瓦罐钻上一个个小孔之后，再用麻绳把它缝起来。很简单，陶片上的小孔就是这么来的。

　　据考古队的人说，这是一块五千年前的人类文化遗存，很明显，那时候他们就用这种方法把破了的陶器缝起来，那么，这种笨拙的方法一直用到了我的母亲那一代，也可说是到我这一代，延续了五千多年！我母亲那一代人很多家具都是用陶器做的，尿罐儿、面盆、水缸、盛粮食的瓮，我小时候还用瓦罐打过水，那东西非常容易破，稍不注意，在井

275

壁上一碰，啪的一声就破了，整个打水的过程都提心吊胆。所以有句俗话叫作："瓦罐不离井上破。"在古代，行军打仗的士兵们背的水壶都是瓦罐，你说要多么小心才能不打碎？现在，每当我喝完一瓶可乐，常常手里拿着那个空塑料瓶舍不得扔，我心里想，要是退回几十年，这是一个多么好的水壶啊，又轻又结实。可是现在它给扔得到处都是。

你想一想，把一个破了的瓦罐钻上孔用麻绳缝补起来是多么艰难的一件工作，又是多么没有价值——缝补起来的瓦罐并不能完好如初，它很快会坏，而且根本就是漏水的。但是母亲那一代人就是这样度过了她们的青春年华的。有句成语叫作"没有金刚钻，别揽瓷器活儿"，这话的本意已经很少能有人知道了，过去的一只碗打破了也是不能扔的，要把它钻上孔锔起来。用的是铜钉。破了再锔，有时一只碗上要锔十几个铜钉。瓷器不像瓦罐，太硬，必须用带金刚石的钻头才能钻上孔，于是就有了"没有金刚钻，别揽瓷器活儿"这个成语。那种工艺要很高的技术，有专门的工匠，叫铜匠。铜匠现在没有了，就是"锔"这个汉字现在也很少有人用了。你可以知道，当年打碎只碗是多大的罪过。绝不能像现在打碎就扔。

衣、食、住、行，现在看上去很简单的一些事情，退回几十年都要付出艰辛的甚至巨大的劳动。用镢头，用犁，用锄头，种出一斤粮食要费多少工时？要耗多少生命？布是最常见的东西，已经不会让我们特别注意，可是退回几十年，这是一种很珍贵的物品。我的岳父就是一个织布匠，你问他织一匹布要几道手续，他会数得你不耐烦。单是纺线就很不容易，要大批的妇女成年累月地坐屋子里嗡嗡的纺啊纺啊。我邻居的一个女人纺线非常好，有一天走出门忽然说，啊呀，春天了啊。她已经三个月没出门一步了。她的整个生命就是消耗在了纺车上。

当年的人们的生命就是在这种烦琐、艰难而没有价值的劳作中活过的。这就是人类的历史，真正的历史。我们现在看古装戏，只看到人们或是金戈铁马，或是峨冠博带，或是长袖善舞，其实，古代人的生活远不是这样的。无论我们从历史书上，还是从古代戏曲中，一概见不到人类真正的历史，我们只能见到一些惊天动地的故事，帝王将相们的个人生活。真正的人类历史已经被完全湮没了。

**图书在版编目（CIP）数据**

衣锦还乡／孙少山著. — 北京：中国文史出版社，
2020.2

（中国专业作家散文典藏文库·孙少山卷）

ISBN 978 - 7 - 5205 - 1410 - 1

Ⅰ. ①衣… Ⅱ. ①孙… Ⅲ. ①散文集 - 中国 - 当代
Ⅳ. ①I267

中国版本图书馆 CIP 数据核字（2019）第 245053 号

责任编辑：卢祥秋

出版发行：**中国文史出版社**

社　　址：北京市海淀区西八里庄 69 号院　　邮编：100142

电　　话：010 - 81136606　81136602　81136603（发行部）

传　　真：010 - 81136655

印　　装：廊坊市海涛印刷有限公司

经　　销：全国新华书店

开　　本：720 × 1020　1/16

印　　张：18　　　　字数：250 千字

版　　次：2020 年 2 月第 1 版

印　　次：2020 年 2 月第 1 次印刷

定　　价：59.80 元